岩波現代文庫／学術 344

〈物語と日本人の心〉コレクション I

源氏物語と日本人

紫マンダラ

河合隼雄
河合俊雄［編］

岩波書店

はじめに

国文学、国史学などの専門家ではなく、また知識もあまりない人間が、どうしてこのような『源氏物語』についての書物を書くことになったのか、そのことをはじめに述べておかねばならない。

恥ずかしいことであるが、私は長い間『源氏物語』を読んだことがなかった。若いときに、人並みに挑戦——と言っても現代語訳であるが——を試みたが、「須磨《すま》」に至るまでに挫折した。青年期にはロマンチックな恋愛《ラブ》に憧れていたので、それとまったく異なる男女関係のあり方が理解できなかったのである。それは端的に言って、「馬鹿くさい」と感じられたほどであった。次から次へと女性と関係をもつ光源氏のあり方には、腹立ちさえ覚えたのである。

おそらく『源氏物語』など一生読むことはないと思っていたが、日本人の生き方を考える上で読みはじめた王朝物語のおもしろさに取りつかれ、とうとう『源氏物語』を読むことになったのだ。

これには相当な覚悟と時間が必要であるが、国際日本文化研究センターを定年退官し、まったく自由の身となった一九九四年の春、プリンストン大学に二ヵ月間、客員研究員として滞在した間、ひたすら『源氏物語』に没頭することができた。これは実に得がたい体験であった。

これより以前に、王朝物語はいろいろ読んできた。『とりかへばや物語』については一書を上梓したほどである(『とりかへばや、男と女』新潮社　一九九一年)。しかし、やはり『源氏物語』は群を抜いていた。物語というよりは小説として読める部分もあった。この時代によくぞこれだけのことが書けたものだと思った。

しかし、読みすすんでいるうちに、小説の主人公とも言える光源氏その人の姿が、どうもとらえられない。というよりは、「影が薄い」という感じさえ受けるのである。どうしてかな、と思いつつ読んでいるうちに、これは光源氏の物語ではなく、紫式部の物語なのだと思うようになった。

宇治十帖《うじじゅうじょう》になると、この確信はますます強くなり、読み終わったときは、千年も以前に、これだけ「個」ということを追求した一人の女性がいたという事実に興奮してしまって、しばらく眠ることができなかった。

私の専門は心理療法である。個々の人間がいかに自分の人生を生きるか、ということに直接かかわる仕事である。そのときに、私にとっては、現代の日本において生きる、ということが大きい課題である。

現代人にとっては、西洋の近代ということは決して無視できない。西洋近代に生まれた科学とそれに結びついたテクノロジーの強さは、またたく間に全世界を席捲してしまうものがあった。現代人は好むと好まざるとにかかわらず、西洋近代の影響を受けている。しかし、私は西洋人ではない。日本的な生き方を知らず知らずに身につけている。

西洋の近代の考え方や生き方が絶対に正しいのなら、それを身につけるように努力しなくてはならない。一時はそれに近い考え方さえもったことがあったが、いまはそうは思っていない。そこから学ぶべきことは多いにしろ、西洋近代を超える努力をするべきだと思う。

これは現代の西洋においても行われつつある。そのときに、自分が日本人だということもあるが、日本の物語に語られている古い知恵が、あんがい役立つのではないか。そのような期待をもって読んでいるが、幸いにもその期待に応えるだけのものを日本の物語はもっている。かつて、『とりかへばや物語』についてスイスで発表したとき、「ポストモダーンの物語だ」と聴衆の中の一人が言った。前近代が脱近代の知恵をもっている。

『源氏物語』は前述のような問題意識をもつ私にとって、まさにありがたい作品であった。これを、紫式部という一人の女性の自己実現の物語として読むときに、現代人にとって役立つことは大いにあると思った。この物語全体の構図が、女性による「世界」の探求の結果として読みとれるのである。それは、実に見事であった。

ここに「女性による世界の探求」という表現を用いたが、それは「女性の目から見た世界観」という表現もできるであろう。西洋近代は、「男性の目から見た世界観」が徹底的に優位を誇った時代である。このため、現代の「学問」というものは、「男性の目」を基本にしている。もちろん、女性にとっても「男性の目」でものを見ることは可能なので、男女を問わず、そのような態度で学問をしてきた。

『源氏物語』の鑑賞についてはともかくとして、一般に言う「研究」はだいたいにおいて「男性の目」によってされてきたと言っていいだろう。それは、もちろん多くの業績をあげてきている。それに対して、本書は『源氏物語』を「女性の目」によって見たものと言えるだろう。

これも、新手の「研究」であろうと思うが、そんなのは認めないという人もあろう。それはどちらでも別に大したことはないが、これが有用であることは認めてほしいと思う。男性の目は構造を明らかにするのに対し、女性の目は全体の構図を見るのである。世界を「男性の目」だけではなく、「女性の目」で見ることが大切であるという主張が、近代を超えようとする欧米の学者の中に認められるように思う。それらは本書の中にも引用することになるが、とくにユング派の女性の分析家によって書かれた、現代女性の生き方に関する論述は、私の『源氏物語』の見方に対して、大いに支持を与えてくれるものとなった。

私なりの考え方は、相当に形をなしてきたが、ここに大きい心配があった。まず、それはあまりに他とかけ離れた無意味なものではないか、というのと、こんなことはすでに他の研究者によって指摘されていることで、いまさら何も発表することはないのではないか、という危惧があるからである。

私は専門家ではないので、先行研究に関して知識がないし、これからそれを身につけることは、時間的に不可能である。かつて、『とりかへばや物語』や明恵《みょうえ》の『夢記《ゆめのき》』について書物を書いたときは、長い時間をかけて先行研究をたどったが、それは文献が少なかったからできたことで、『源氏物語』となると、これはできない話であることは誰しも同感してくれるであろう。

そこでずるい方法ではあるが、対談などを通じて自分の考えを述べて、それについて意見や助言をいただくということを思いついた。もちろん、文献も少しは目を通したが、まったく恣意的なものである。

プリンストン大学に滞在中に読んだ、アイリーン・ガッテンさんの英文の論文「『源氏物語』における死と救済」(1)が興味深かったので、好機を得て対談した(「源氏物語(I)紫式部の女人マンダラ」『続・物語をものがたる　河合隼雄対談集』小学館所収)。

帰国後、瀬戸内寂聴さんの『女人源氏物語』(2)を読み、その根底に私の読みと通底するものがあると感じたので対談した(「源氏物語(II)　愛と苦悩の果ての出家物語」前掲書所収)。

これらの方との対談で私の考えに対して支援をいただいたように感じた。

次に非常にありがたかったのは、雑誌『源氏研究』(第四号　翰林書房)の座談会に招かれ、源氏研究の専門家である、三田村雅子、河添房江、松井健児の三氏と話しあう機会に恵まれたことである。(3) 対談中のみならず後の食事の時間まで、私は自分の『源氏物語』の読みについて述べたが、それは書いてみる価値がある、先行研究などについては援助すると励まされ、大いに勇気づけられて、一書を書こうと決心することができた。

そこで、私の考えのアウトラインを「紫マンダラ試案」としてまず発表し(『創造の世界』一〇九号)、これを素材として、前述の河添房江さんと対談し(『創造の世界』一一一号)、多くの参考になる意見を聞かせていただいた。これらの経験によって、本書を書く意味も感じられ、勇気づけられた。もちろん、このような事実を並べたてて、自分の誤りや知識不足を防衛するつもりはない。専門家から見て問題と思われるところは、どんどん指摘していただき、訂正すべきは訂正していきたいと思っている。自由な批判や意見を歓迎するものである。

なお対談などによって得た知見は本文中に、その旨を示して述べることになるであろう。ここにあらためて、前記の方々に感謝の気持ちを表したい(なお、本文中は敬称略で書くことをご了承くださるように)。

プリンストン大学で『源氏物語』を読んだ翌年、一九九五年五月に私は国際日本文化研究センターの所長になった。以後四年間の任期が終わり、続いて第二期の二年間も所長を続けることになったが、本書は私が「日本文化」の研究を行う施設の長として、第一期に行った研究の一つの結果として出版するものだと考えている。

深層心理学を専門にする者の日本研究として、このようなものもあっていいのではなかろうか。これが「日本文化」に関するひとつの研究として認められ、現代に生きる日本人に対して少しでも役立つところがあれば、まことに幸いである。

注

（1）Aileen Gatten, "Death and Salvation in Genji Monogatari", *Michigan monograph series in Japan studies, No. 11*, Center for Japanese Studies, Univ. Michigan 1993.

（2）瀬戸内寂聴『女人源氏物語』第一～五巻　集英社文庫　一九九二年

（3）河合隼雄・三田村雅子・河添房江・松井健児「源氏物語　こころからのアプローチ」『源氏研究』第四号　翰林書房　一九九九年

目　次

第一章　人が「物語る」心理

『源氏物語』は光源氏の物語ではない。これは紫式部という女性の物語である。これが筆者が『源氏物語』を通読したときに抱いた印象である。

物語を読みすすんでいるうちに、光源氏という人物が、一人の人間としての存在感を感じさせないのに気がついた。心の中に、生きた一人の個人としてのイメージができあがってこない。これはどうしたことか、と少しいらだつような思いもあったが、そのうちに、これは「紫式部の物語なのだ」と思いはじめた。そして、全巻を読み終わったときには、光源氏の姿が消え、そこには一人の確固とした人間として存在している紫式部の姿があった。これは、実に深い感動をもたらすものであった。

このように感じた筆者の印象は非常に強いものがあった。物語に登場する女性群像が光源氏という主人公の姿を際立たせるためではなく、紫式部という女性の分身として見えてきたのである。紫式部という一人の女性が、彼女の「世界」をこのようにして描ききったのだ、と思った。

これが本書を書くことになった最初の動機である。それでは、筆者はどのように、この物語を読んだのかについて、少し詳しく述べてみたい。

1　玉虫色の光源氏

『源氏物語』を読みながら、まず感じたことは、一応は主人公と目される光源氏という男性が、一人の生きた人間としてのイメージをもって現れてこない、ということであった。これは、実に不思議な存在である。しかし、他の研究書を読んだり、他人と話しあったりすると、光源氏を「理想の男性」と感じる人もあるし、「まったくけしからん」と怒りの対象として感じる人もあることがわかってきた。

彼は「玉虫色の光」をもって輝いているのである。

「便利屋」的存在

光源氏の姿はなかなか一筋縄でとらえにくい。したがって、読者の彼に対する感情も多様である。対談の際に瀬戸内寂聴に聞いたところでは、谷崎潤一郎は源氏が嫌いで、「源氏はうそつきで女たらしでけしからん」と言っていたとのこと。これに対して、円地文子は、「男は冠《かん》がないと魅力がない」というわけで、源氏が大好きだったと言う。『源氏物語』の現代語訳に取り組んだ二人の作家が、このようにまったく相反する感情的反応を示しているのは、実に興味深い。

相反するイメージという点から言えば、アメリカの日本文学研究者、アイリーン・ガッテンと対談したとき、「とくに光源氏が十七歳、十八歳の若いころについては作者は褒めますね、『この人は立派な人よ』といつも言っている。私はちっとも『立派ではない』と思いますが」と彼女は言った。つまり、光源氏は立派であって、立派ではないのだ。

物語に語られる源氏は確かに「立派」である。容貌、地位、趣味、財産、どれをとっても最高と言えるだろう。彼がいかに、書、画、音楽などに優れ、学識もあったか、ということは随所に語られている。それは「理想の男性」とも言えるだろう。

それでは、なぜ「立派ではない」のか。それは主として彼の女性関係にかかわってくる。彼は谷崎の言うとおり「うそつきで女たらし」である。筆者自身も若いときに、『源氏物語』に描かれる「浪漫的愛《ロマンチック・ラブ》」などというキャッチフレーズに惹かれて読みはじめ、すぐ嫌になったことを思いだす。

読みはじめてすぐ、「帚木《ははきぎ》」、「空蝉《うつせみ》」に語られる源氏の女性に対する態度が、どうして「浪漫的」なのか。人妻に恋するのはいいとしても、西洋の浪漫小説に描かれるように、一人の女性に対する永遠の愛を貫こうとするどころか、空蝉に逃げられ、軒端荻《のきばのおぎ》を人違いと知りつつ関係をもってしまう。

それどころか、空蝉の弟の小君《こぎみ》とも男色関係にあるらしい。そして、逃げられた空蝉に対して、どれほど思慕の念をつのらせるのかと思っていると、話は「夕顔《ゆうがお》」に移ってしまう。青年期の筆者にとっては、馬鹿らしいとしか感じようがなかったし、読みつづけることもできなかった。光源氏は何も輝いてなどいない。

源氏の玉鬘《たまかずら》に対する態度も嫌に思う人は多い。前述のアイリーン・ガッテンは対談のときに、「なんかいやらしい四十代の男性が、かわいそうな二十歳の女性をつかまえたいような」と言い、「西洋の読者はとくにこのときの源氏は大嫌いです」と言っている。

確かに『源氏物語』が好きだと言うアメリカ人でも、光源氏は嫌いだと言う人が多い。そして、紫の上《むらさきのうえ》は好きだと言う。ガッテンによれば、ヘレン・マッカーラーは『源氏物語』の紫の上の物語の部分のみを翻訳しているとのことである。

「不誠実極まりない」男として、光源氏を責めるのもどうかと思われる。たとえば、「蓬生《よもぎう》」に語られる彼の姿はどうであろうか。須磨《すま》に退居している間に取り残されていた、末摘花《すえつむはな》が荒れた住居にいることに気づき、歌を贈り、手厚い援助をしている。そして、二年後には、彼女を二条東院に住まわせ、交際を続けている。花散里《はなちるさと》、明石《あかし》の君《きみ》に対しても、結局は六条院に住まわせ、生涯関係を保つのだから、誠実と言えば誠実である。

もちろん、一人の男性が多くの女性と関係をもつのはけしからんと言えば、それまでである。これに対して、当時は一夫多妻の制度だったのだから、と弁解する人もある。

しかし、このような議論はあまり実りをもたらさないようだ。

『源氏物語』を読んでいるうちに筆者が感じたのは、源氏のまわりに現れてくる女性たちが、すべて作者、紫式部の分身である、ということであった。彼女は自分の人生経験をふり返り、自己の内面を見つめているうちに、自分の内界に住む実に多様で、変化に富む女性の群像を見いだした。ある女性は誠実で忍耐強い妻であったが、他の女性はコケティッシュで、男性に甘言を投げかけるのを年老いてもやめることはなかった。ある女性は嫉妬の焔《ほのお》を燃やし、その焔は死後も消えることはなかった。「これが、これらすべてが私なのだ」と彼女は思った。

この多様で豊かな「世界」を描くにあたって、彼女は一人の男性を必要とした。その男性との関係においてのみ、内界の女性たちを生きた姿で描くことができた。内界の女性は無数に近かった。しかし、それは紫式部という一人の女性のものであるという意味で、彼女たちは何らかの意味でひとつにまとまる必要があった。そのため、彼女たちすべての相手を務めるのは、一人の男性でなくてはならなかった。それが光源氏である。

紫式部は、自分の「世界」を記述するにあたって、彼女自身を中心とするのではなく、光源氏を中心とするほうが適切に描けると感じたのである。

このように筆者は考えた。これによって、光源氏が通常の世界に存在している一人の男性としてのイメージに適合しにくいことが、納得された。彼は言うなれば「便利屋」

的存在である。彼は、夕顔や朧月夜《おぼろづきよ》や、その他の魅力ある女性たちに、もっとも適切に対応する役割を担って、その都度登場してくる。それぞれの場面においては、確実に役割を果たしているものの、全体を通して一貫した人格として見ることはほとんど不可能なのである。

このような点を端的に言うと、瀬戸内寂聴が対談のときに言ったように、「『源氏物語』といいながら、源氏自身の影が非常に薄いですね。いくら読んでも光源氏の具体的なイメージが出てこないんです。(中略)源氏というのは狂言まわしですね、結局」ということになろう。

しかし、物語を読み返しているうちに、そうとばかりは言えない気もしてきた。光源氏は、よく言われるように作中人物が作者の意図に反して自由に動く、というような行動をしているところもある、と思われるのである。紫式部の意図を超え、あるいはそれに反逆して、光源氏が勝手に動きだす。こうなると、これは「物語」と言うよりは、小説に近くなる。そんなところもあるように思われる。

この点については後に詳しく述べることになろうが、こんなわけで、光源氏の「光」は玉虫色に輝き、単純な色分けを拒否するようなところがある。おそらく、これも『源氏物語』の魅力の一因となっているのであろう。

人か神か

光源氏が嫌いだと言う人は、彼を一人の人間として見なしているし、現代の倫理観によって見ている。そのような人の中には、彼をドン・ファンだと言う人もある。しかし、それは違うのではなかろうか。

ドン・ファンはキリスト教文化圏に生まれてきた、アンチ・ヒーローである。唯一の神を戴く世界において、一夫一妻がよしとされ、恋愛においても、それは一人の男性と一人の女性の間にこそ生じるものとされる中で、次々と異なる女性を口説き、だましていく。彼は「悪」の体現者であり、それにふさわしい終わりを迎える。しかし、源氏は別にアンチ・ヒーローではない。と言って、西洋の物語におけるヒーローでもない。なんとも不思議な存在である。

光源氏に相応する姿を西洋の中にあえて探しだそうとするなら、ゼウスがあんがいふさわしいのではなかろうか。これはギリシャ神話の中の神であり、もちろん、キリスト教の物語とは言えない。しかし、ヨーロッパ文化はよく言われるように、ヘブライズムとヘレニズムとの混合によって生じてきている。ここで、ゼウスと源氏を比較して見ておくことは、西洋文明の影響を受けて生きている日本の現代人にとって、意味のあることであろう。

ゼウスは『ギリシア・ローマ神話辞典』(1)によると、「天」、「昼」、「光」を意味する語に由来していて、ここに「光」というのが光源氏と呼応していて興味深い。ゼウスは実に多くの神や人間の女性と関係があり、数えあげると切りがないほどである。そして、そこから多彩な子どもたちが誕生する。

多くの存在の根源にゼウスがある、という発想であろう。ゼウスには、ヘーラーという正妻がいる。ヘーラーは正妻としての座に誇りをもっているのだが、ゼウスがあまりにも多くの女性と関係をもつので、嫉妬に狂うときがある。

ゼウスおよびその愛人や子どもたちが、ヘーラーの嫉妬に苦しめられる話は、枚挙にいとまがない。嫉妬深い妻の目を逃れて、女性のもとを訪れたり、妻の追及に耐えかねたりするゼウスの姿を見ると、光源氏の物語の神話版を読んでいるような気がする。

たとえば、ゼウスの愛人イーオーの場合など、ゼウスはヘーラーの怒りを恐れて、彼女を若い牝牛に変えてしまうが、たちまち、ヘーラーに見破られ、彼女は牝牛を乞いうけて、百も目をもつ怪物アルゴスに番をさせる。しかし、ゼウスはこんなことで断念したりはしない。ヘルメースに命じてアルゴスを退治させる。ヘーラーもこれに対抗して、蛇を送ってイーオーの牝牛を苦しめる。

結局のところ、イーオーは世界をさまよい、ヨーロッパ、アジアと渡り歩いて、とうとうエジプトで人間の姿に戻って、ゼウスと結ばれる。ヘーラーは彼女の子どもたちを苦しめるのだが、それは省略するとして、ゼウスとヘーラーの虚々実々の戦いは、なんともすさまじいものがある。

これは一例のみであるが、ヘーラーの嫉妬も強烈だが、それに苦しみながらも次々と女性に迫っていくゼウスのほうも大したものである。ところで、このようなギリシャ神話を読んで、ゼウスを「女たらし」として嫌いになる人はいるだろうか。あまりいないことだろう。それは神のこととして、多くの人が認めるのではなかろうか。

名前に「光」をいただく光源氏は、どこかでゼウスに似ていないだろうか。ゼウスがこの世の多くの存在を根づかせるルーツを与えるために、どうしても多くの女性と関係して子どもを生む役割を担わざるを得なかったように、源氏も、紫式部という女性の内界に住む多くの女性たちを根づかせる役割をもって登場している、と考えられる。つまり、ゼウスはこの世の日常のレベルを超えた存在なのであり、源氏もこの世のレベルを超えているのだ。紫式部の単なる日常の生活に関与するのではなく、その深層の世界の住人なのである。

源氏の書、画、和歌、音楽などの才の見事さの記述は人間業を超えたようなところがある。それに彼が最後に准太上天皇《じゅんだいじょう》になったことなどは、実に上手な作者の工夫だと思う。源氏は普通の人間でないことをこれによって明らかにしている。

それではなぜ天皇にならなかったのかと言われるかもしれないが、天皇になってしまうと、これは俗世界の頂点に立つ存在として、日常性がつきまといすぎる。したがって、源氏は天子と同等の格を有することを明らかにしつつ、俗世界の関係にあまり組みこまれないところに位置させているのだ。

とは言うものの、すでに述べたとおり、源氏は自分勝手に動きだして、きわめて人間くさい行動もする。この点が興味深いのだが、これについては後に論じるとして、ここでは、ともかく源氏を日常のレベルで――その上、現代人の感覚で――見るのは、あまり意味がないことだけを指摘しておきたい。

「男の目」と「女の目」と

一般に言われているような意味での「主人公」として、光源氏を見ない。と言っても、彼を単なる便利屋と考えるわけでもない。彼が主人公などということではなく、この物語を全体として見ると、これが紫式部という一人の女性の自己主張の物語として読めてくる。それはどのような立場で、どのように読むことによって、そうなったのかを述べてみたい。

心理療法という仕事をしていると、人間の主観ということを大切にせざるを得ない。たとえば、母親を憎んでいる人に、あなたの母親は立派な人だとか、やさしい人だとか、どれほど客観的に説明しても何の意味もないことが多い。

その人が母親を憎んでいるのが、正しいかどうか、よいか悪いかなどという以前に、ともかくその人の主観の世界を大切に受けとめることからしか、ものごとははじまらない。と言って、それに同意するのでもない。同意してしまったら、二人で一緒に迷路に入りこんで抜き差しならなくなる。どちらともつかない、しかし、鋭敏なバランス感覚に支えられた態度をとっていると、それまで見えなかった構図が見えてくる。

対象を自己から分離して客観的な対象とし、それを一義的な要素に分解し、それらの要素間の関係を明らかにして、全体の構造を把握する、という研究方法がこれまでの学問の世界においては優勢であった。これが成功し、偉大な成果をあげたのが近代の自然科学である。

これがあまりにも効果的であったため、社会科学や人文科学においても、この方法をできるだけ真似ようとする。この方法によっても成果があげられることは明らかであるが、そこから抜け落ちるものがある。それをどのようにして把握するかが課題になってくる。

そこで、先にあげた心理療法の場におけるような、ものの見方が必要になる。つまり、相手を客観的対象とはしない。むしろ、両者の主観的かかわりのほうを大切にし、要素に分解するよりは、全体を全体のままでとらえようとする。

このような態度を、かつて、ジークムント・フロイトは「平等に漂う注意力」と呼んだことがある。何かに焦点づけるのではなく、何に対しても平等に注意を漂わせるのである。これは、一見、ぼんやりしているようにも見えるが、そうではない。

対象に対する二つの見方を区別するために、一応、「男の目」、「女の目」という呼び方をすでに「はじめに」の中に示しておいた。これには異論をはさむ人もあろうから、少し説明しておきたい。

ここに男女の区別をしたのは、歴史的に見て、だいたいにおいて、男のほうが分析的、客観的な見方を得意として、女のほうが全体的、主観的な見方を得意とすると考えられてきたからである。そして、とくに近代ヨーロッパにおいては、この傾向が男性の優位性と結びついて強い力をもつようになった。社会的な活躍の場が、男性によってほとんど占められ、思考や世界観まで男性優位の状態になった。したがって、女性がその中に入りこむためには、「男性の目」をもつことが必要であった。

現代において、欧米の女性がそのような試みをしてみると、あんがいそれが可能であることがわかってきた。男も女も同等に「男の目」をもつことができる。ウーマン・リブの主張もこれによってなされてきた。

このことによって、「男の目」によってものごとを見る傾向が一般にますます強くなってきたとき、最近になって、「女の目」でものごとを見ることは、「男の目」と同等の意味をもつ、という主張が出てきた。そして、伝統的に言って、「女の目」でものごとを見るのは、男よりも女のほうが得意であるという主張が生まれてきた。これは、近代を超えようとする努力の一端であると考えられる。

これまで述べてきたことを要約すると、ものの見方を、「男の目」、「女の目」、という呼び名で区別できるが、近代は「男の目」の優位の時代であり、それは男性に結びつくものと考えられてきたが、実は、男にも女にもそのような見方が可能であることがわかった。

次に、ものごとを見るには「男の目」、「女の目」の両方が大切であり、現代においては「女の目」でものごとを見直す必要がある。後者は、女性のほうが得意であるが、もちろん、男性にも可能である、ということになろう。そして、「研究」というスタイルをとるときは、とくに「男の目」の優位性が感じられるが、これからは「女の目」による「研究」もあっていいのではないか、ということになる。

男女いずれも可能なら、男女の名を用いず、第一機能、第二機能などと名づけてもよさそうであるが、人間に男女の区別がある、ということの不思議さが、どこかでこの問題に関連していると思うのと、ものの見方の差を実感として感じやすいのではないかと思って、あえて、「男の目、女の目」という表現を用いることにした。

筆者自身は男性であるが、この書物は「女性の目」優位の立場で書かれている。そのような見方で『源氏物語』を読むと、これから論じるような全体的な構図が浮かんできたのである。

「女の目」で見ると言っても、見たことを文章によって表現し、しかも一冊の本としてまとめるとなると「男の目」も必要になることは、もちろんである。両者がどの程度のバランスをもつかということになるが、これまでのものと比較すれば、本書は「女の目」から見た点が多く語られている、ということになるだろう。

2　「物語」がつくりだされるとき

『源氏物語』は紫式部という女性によって、書かれている。書かれた年は、平安中期、十一世紀はじめと推定されている。この事実は世界の精神史の中でも稀有なことである。もちろん、あらゆる民族は固有の神話をもっている。そのような「物語」は人間にとって必要である。

この点については後に述べる。しかし、そのように民族共通に、まさに神の時代のこととして語られ、特定の作者を見いだせない物語に対して、このように明確な個人によってつくられた作品がこの時代に存在するのは、日本が世界に誇れることと言っていいだろう。

では、それはなぜ、どのようにして成立したのかについて、私見を述べてみたい。

虚構の中に語られる真実

すべての民族はそれぞれ固有の神話をもっている。フランスの神話学者、デュメジルは「神話をなくした民族は命をなくす」[2]と明言している。つまり、神話は民族の命なのだ。神話の意義について、神話学者のカール・ケレニイは「ものごとを基礎づける(begründen)ためにある」[3]と言った。

人間というものは、あらゆる存在についてそのルーツを知りたがる。ものごとを根づかせることによって安心するのだ。日本という国の存在。これはどのようにして成立し、どうしていま、ここにあるのかについて神話は語ってくれる。それによって国民は日本という国のルーツがわかったと感じ安心する。「人はなぜ死ぬのか」、「どうして私の目の前に山が存在するのか」などなど考えはじめると切りがない。それらについてルーツを明らかにし、それらに基礎を与える役割を神話はもっている。

人間の集団がある神話を共有し、全員がその神話の中に生きている限り、その集団は安泰であり、その集団の成員は安心して生きておられるし、とりたてて「私はなぜここに存在するか」などというような根源的な問いを発する必要もない。古代というのは、そういう時代であったことだろう。

しかし、そのような集団の神話を共有できなくなった個人はどうするのか、これが現代の問題であることは後述する。ともかく、その個人は自分で自分という存在の「基礎づけ」を行わねばならなくなる。

きわめて卑近な例をあげてみよう。飲み屋に行って酩酊してきたときに、いかに多くの人が「自分の物語」を語るのに熱中しているか。ある人は、自分の的確な判断によって会社の危機を救った話を語る。ある人は、自分のひとことによって平素はいばっていた上司がぺちゃんこになった話を語る。つまり、これらの「物語」は、各人の存在の確かめを行っているのだ。

これは生きていく上で必要なことである。このような人に一年間、飲み屋に行くことを禁止したとすると、何らかの異常を示すか、どこかに自分の「物語」を語れる場を見いだすことになるだろう。

現実を外的事実、内的事実に区別するのは安易とは思うが、このようなことを考える上で便利な方法である。自分の判断によって会社の危機を救った人の話を、クールに外的現実と内的現実とに分けて記述すると、彼の言う「判断」は別に彼個人の力によるものではなく、彼の属する課のうちの何人かの考えであるし、会社の重役にもそのように考えていた人もいた。彼らの判断が採用されて会社が有利になったことは事実であるが、会社の存亡にかかわるほどでもなかったということになる。

しかし、彼の内的現実の中では、彼は一人の「英雄」なのである。集団の危機に一人で立ち向かい、外敵を倒して全員を救う英雄像が活動している。この外的現実と内的現実を関連づけ、自分という存在の意義を確実にするものとして、彼は「物語る」ことを必要とする。

ここで、この人が彼の「物語」を外的事実と混同してしまうと、周囲の人々との摩擦を起こすことになるであろう。さりとて、外的現実のみに生きていると、彼の人生は味気ないものとなり、だんだん精気を失ってくることであろう。物語は彼という個人の中で、「外的事実」と「内的事実」をどう関連づけるかという課題解決の結果として生じたものである。物語がその人の存在を確実にしてくれる。

ここに述べてきたような物語の意義を、紫式部はよく知っていたと言っても過言ではないであろう。「蛍《ほたる》」の巻において、源氏が玉鬘や紫の上を相手に「物語」について論じる、という形で紫式部が自分の「物語論」を展開しているのは、周知のことである。

ここで、源氏は玉鬘が物語に熱中しているのを見て、「女こそものうるさがらず、人に欺《あざむ》かれむと生《む》まれたるものなれ」という言い方をして、物語など、ほんとうのことを語っているのは少ないだろうに、女というものはそれを好んで読んでだまされている、とばかり、物語と女性とを結びつけて、まず厳しい批判を述べる。しかし、その後で、そのような虚構の中にかえって真実が語られるものだ、と重要な指摘をしている。

「ひたぶるにそらごとと言ひはてむも、事の心違《たが》ひてなむありける」と言っている。この物語論の中にある「日本紀《にほんぎ》などはただかたそばぞかし」という源氏の言葉に、紫式部の物語に賭ける気概が感じられる。

注目すべき王朝物語

物語についての紫式部の卓越した論を紹介したが、彼女がここまで意識して物語を書いていたかと思うと、あらためてその偉大さに感嘆させられる。紫式部の『源氏物語』は、突発的に生まれてきたものではなく、多くの王朝物語のいわば頂点として存在している。平安時代において、物語が華を咲かせたのである。

ヨーロッパを見ると、どうであろうか。この時代は、個人が物語を書くことなど思いもよらなかったであろう。ボッカチョの『デカメロン』が、ヨーロッパにおける最初の個人による作品と言えようが、それは実に遅く、十四世紀になってからである。この事実と比較すると、日本の王朝物語の発生がいかに稀有なことであるかがよくわかる。

『源氏物語』の中で「物語の出で来はじめの親」(「絵合《えあわせ》」)と言われている『竹取《たけとり》物語』が書かれたのは、十世紀のはじめか、ひょっとして九世紀末とも言われている。これから約百年後に『源氏物語』が生まれてくるのだが、その中間に、『伊勢《いせ》物語』、『平中《へいちゅう》物語』などの歌物語に続いて、『宇津保《うつぼ》物語』、『落窪《おちくぼ》物語』のような物語の大作が出現していることも注目すべきことである。

それでは、他の文化圏においていまだ個人の作者による物語が生まれていないのに、わが国において、どうしてこのような現象が生じたのかについて考えてみたい。

すでに述べたように、人間には「物語」が必要である。したがって、どのような文化でも神話をもっている。そして、おそらく、もっと単位の小さい地域においては「伝説」をいろいろともっている。それが特定の場所や人物などとは関係のない不特定の形になってくると「昔話」になるが、このような物語を古代の人たちは多くもっていたし、それは、われわれがいま「物語」と呼んで感じるよりは、はるかに現実《リアリティ》として受けとめられていただろう。

隣の中国では「怪力乱神を語らず」で、「物語」を語らぬようにしながらも、それらはむしろ「歴史」のほうに取りいれられていた、と考えられるだろう。中国では現実性を強調したいので「歴史」と呼ぶが、今日的な目で見れば、それは多分に「物語」性を含んでいるのである。しかし、この際も公的な歴史となると、ますますその「物語」は一般に共有されることになって、個人による物語は、なかなか生まれない。せめて「外史」という形をとることになる。

キリスト教文化圏においては、「物語」は『聖書』の中に語られている。正統と異端という点について、きわめて厳しい態度をもったこの宗教は、「物語」はすべて『聖書』に語られているので、ある人間が「物語」をつくるなどということは神に対する冒瀆《ぼうとく》とさえ考えられたのではないだろうか。すべての人間は神の与えた「物語」を生きるべきであって、ある一人の人間が「物語」をつくることなど考えられなかったのではなかろうか。

神の長い統制から少しは脱して、個人があえて物語をつくり得ること、それを人々が楽しめることを示した点で、ボッカチョの功績は大であるし、その物語の内容が勢い反キリスト教的にならざるを得なかったのも、よく理解できるのである。

唯一の神の長い統制に抗して、物語をつくりはじめた西洋の文化は、それ以後、徐々に人間中心の文化へと変化していき、ボッカチョの『デカメロン』のような物語は、結局は現代の小説のような形へと変貌してきたのである。

ところで、わが国の場合を考えると、そこには一神教による統制がないという特性がまず考えられる。すでに仏教の力は強くなっており、『源氏物語』においても仏教の影響は相当に感じられるが、仏教はキリスト教のように、スタンダードの物語を人々に与えるということはしない。しかも、このときの日本においては、まだまだ日本古来のアニミズム的な世界観も強く残っている。

ここで「物語」について、もうひとつ考えねばならないのに、ある時代の、あるいは、ある社会のもつ「一般的物語」というものがあることを忘れてはならないということである。これまでに述べてきたのは、人間存在の根源にかかわるようなものであるが、もっと日常的レベルにおいてもそれは存在している。

たとえば、現在の日本であれば、一流大学を出て一流企業に就職し、平社員から係長、課長、部長などと上がっていき、最後は重役になって、などという出世の「物語」が相当多くの人に共有されており、この物語に沿って生きている人は、自分で物語をつくることなど、とうていい考えないであろう。他人のつくった物語や小説を読むことさえしないだろう。

このようなことを考えると、日本の平安時代には、「物語」がつくりだされるような環境が非常にうまく準備されていたことがわかる。つまり、他によってつくられた物語によらず、自分の物語をつくろうとする人間が現れる状況が準備されていた。そして、それは「女性」と関連が深かったと思われる。

「自分の物語」を書く

平安時代の貴族たちの一般的な「物語」はどんなものであったろうか。当時はなんと言っても、身分が決定的要因であった。貴族と言っても、どの位の家に生まれるかによって話が異なる。その中で、アッパークラスの貴族にとっては、だんだんと位が上がり、右大臣、左大臣、太政大臣《だじょう》となっていく、このように位が上がることも大切だが、一番望ましいのは、自分の娘を内裏《だいり》に入れ、彼女の生んだ子ども(多くの場合、息子)が天皇になる、ということであった。

当時、実質的な意味において権力をもっているのは、天皇の外戚の祖父であった。天皇の母は国母《こくも》であり、その国母の父親というので、一番の権力者になる。

貴族の男性は自分の地位がだんだんと上がっていくという「物語」とともに、いかにして、素晴らしい娘をもち、それを天皇のところに入内《じゅだい》させ、男の子をもうけて天皇の外祖父《がいそふ》となるか、という一連の長い「物語」を生きようと一生懸命になった。

女性のほうは、これと同じく、いかにして内裏に入って、天皇の寵愛を受け、男の子を生んで、それが東宮《とうぐう》となり、天皇となるのを待つという物語を生きることになる。と言っても、女性の場合は受け身なので、親のアレンジに従って結婚するのだが、内裏に入ることになったときは、親たちと協力して前記のような筋道を生きようとするだろう。

ところで、紫式部のような女性は、身分上はじめからこのような「物語」を生きることは許されていなかった。そして、すでに述べたように「物語」についての神の統制を受けることがなく、比較的自由であった。しかも、経済的にも比較的安定しており、中宮《ちゅうぐう》に仕える女性として、その才能を十分に発揮できる、あるいはそれを期待される立場にあった。

宮廷においては、一人の天皇をめぐって、后《きさき》や女御《にょうご》たちがいかにして魅力ある世界をつくりあげるかを競っていたので、それを取り巻く女性、つまり、紫式部や清少納言などは、その才能を最大限に伸ばすことが期待されたのである。

「個人」としての立場を相当にしっかりともち、その上、生きるべき「物語」が与えられていないとなると、勢い、その個人が「自分の物語」を書くことになる。と言っても、その人個人の物語が一般の人に読まれるものにするための文学的才能を必要とするが。

その上、このような状況を格段に高める事実として、日本における「仮名《かな》」の発明があった。これは「物語」創作に重要な役割を占めている。ヨーロッパにおいても『聖書』や公的な文書は長らくラテン語で書かれていたように、ある社会の秩序を保つのに必要な言語は日常語と区別され、それは「高い」位をもつとされる。

これと同様に、日本でも、公的な文書は漢文で書かれていたし、文学作品にしても漢詩をつくるのは「男」のたしなみとされた。物語はそれと別個のものである。これは秩序づけられた公的な社会の裏側に存在する。したがって、物語の力が強くなれば、公的秩序はおびやかされる可能性がある。

キリスト教文化圏における状況についてはすでに述べたが、かつてソ連がその統制を厳しくしいていたとき、いまはロシアから独立していった国々においては、伝説や小話などの類に対して、実に強い統制があったと聞いている。

ところで、公的な文書の漢文に対して、日常語がそのまま書きとめられる「仮名」の発達は、まさに「物語」を書くのにぴったりではないか。役所においては漢文によって事実が記録される。それに対して、物語は仮名でこそ表現される。もちろん、漢文によっても物語は書けるはずである。

それは中国を見るとすぐわかる。しかし、当時の日本人にとっては、仮名の発明が物語の創作を促進したと考えられるのである。真名《まな》(漢字)に対して仮名とはいみじくも名づけたものだ。仮名は文字どおりフィクションの表現に適している。

以上述べたような要因が見事に重なって、平安時代に物語が次々と生みだされた。男たちが、そこに築かれた体制の中で、自分の地位が上がる「物語」を、あまり意識せずに生きているときに、そのような体制の外にあって、個人としての物語をつくりあげる。これを行うには、紫式部のような立場にいる女性が一番適していたのではなかろうか。したがって、『源氏物語』以外の作者未詳の多くの物語も、多くは女性によって書かれたのではないか、と筆者は思っていた。

しかし、それは必ずしも断定できず、体制外にあって、「女性の目」をもって世界を見る才能のある男性であれば同様のことができるはずである。それにしても、『源氏物語』の作者が――異論もあるにしろ――紫式部という女性であることが明らかなのはありがたいことである。

3 「いかに生きるか」という視点から

『源氏物語』は偉大な作品として、いろいろな角度から読んだり、研究したりすることができる。筆者の場合は、すでに述べたように、現代においていかに生きるか、という視点から読んでいると言えるだろう。その点においては、これまでのところに少しずつ触れてきたが、ここでは少しまとまった形で述べることにしよう。

なぜ人が生きるために「物語」が必要か

まず、現代における物語の重要性について述べたい。すべての民族が神話をもっていること、そして、それによって、人々はその世界に根づかされたと感じることを明らかにした。しかし、それはすべてのことを「説明する」とは限らなかった。日常生活において不可解なことはよく起こった。人間はそれらを「了解」したり、できる限り統一的な世界観をもとうとしたりする傾向をもっている。そんな点で、神話はいつも有効とは限らなかった。

近代ヨーロッパに生まれてきた「近代科学」は、そのような点で実に優れており、有効であることがわかってきた。それがテクノロジーと結びつくとき、どれほど便利で有効な人間の道具となるかは、先進国の人間がすべて体験的に知っている。ただ、近代科学は対象となる現象を人間とまったく切断され、一義的に定義できるものとして構築されるので、対象と自分との関係を考慮に入れたり、対象が多義的な様相をもつときは適用することができない。

　このことについては、他にしばしば詳細に論じているので[4]、ここに繰り返すことはしないが、わかりやすい例としていつもあげていることをひとつ紹介しておく。

　自分の最愛の恋人が自分の目の前で交通事故にあって死んだとき、「なぜ、あの人が……」とその人は問いを発するだろう。この際の自然科学の答えは明確で「出血多量」などと説明する。しかし、その人の訊きたいのは、そのような普遍的な答えではなく、その人との関係において、そのことを納得する答えがほしいのである。そこに物語の必要性がある。

　その物語も、すでに述べたように、その人の属する集団の信仰をその人が共有しており、「これも前世の因縁《いんねん》である」として、その人の前世の物語を聞き納得することもある。

　往時は多くの人が何らかの意味で、そのような物語を共有して生きてきたし、現在も、ある程度の数の人々がそのような物語の共有に支えられて生きている。しかし、そのような物語を共有できずにいる人も多いのではなかろうか。

人間の死というような根源的なことにかかわらないとしても、日常のレベルにおいても課題が生じてくる。すでに述べたように、一流大学→一流企業→重役・社長という一般的な物語を生きている人は、あまり迷いや苦しみを感じないだろう。しかし、これをはずれた人はどうなるのか。あるいは重役になって、物語が「完成」されたような気分になっていても、定年がきて、年老いて何もすることができない気持ちのまま、あと二十年近くも生きるとすると、その人はどんな「物語」をもって生きることになるのか。

科学・技術の力によって、人間の可能性は無限に拡大していくように思われる。しかし、自分が年老いてすべての能力が衰え、死ぬことのみ明らかというときに、科学・技術は何を提供してくれるのか。

「処置なし」という冷たい言葉だけではないか。そんなときに、自分と世界をどう関係づけるのかという物語をもつ人と、もたない人とでは、ずいぶんとその人生は異なってくるだろう。

物語を知的に武装せしめた形でのイデオロギーというものが、すべてを説明してくれると信じる(それらの人は信じているのではなく、正しい判断と思っていたが)単純な人もあった。これらの人は、ある意味では幸福であったが、自分の幸福を支えるために多くの他人を不幸にしていることに気づかないか、気づかないふりをしている人が多かった。

現在は、お仕着せの物語やイデオロギーの通用しない時代である。個人の自由ということを求めて人間が努力してきた結果このようになってきたのである。人間ひとりひとりが自由に「自分の物語」を創造できる。これは実にありがたく、興味深いことではないか。

筆者のように、五十数年以前、日本の国民全体に画一的な物語を押しつけようとされたときの経験をもつ者にとっては、自分の物語を創造できるありがたさがよくわかるし、これほどのおもしろい時代はまずないだろうと思ったりする。しかし、これは単純に依存できる物語がないという不安と引きかえのことである。

自分個人の物語などつくりたくないという人は、頼れる物語を探そうとするだろうが、簡単には見つからない。あるいは、日常的には一般に承認される物語に乗って生きているとしても、奥深くに存在する不安に悩まされることになる。

日本人の苦悩

現代日本人の意識を論じることはきわめて困難である。日常の臨床場面でお会いする人々のことを考えると、そのむずかしさが実感される。一般的に言って、日本人は相当に欧米化されているという点には同意されるだろうし、自分の意識は欧米人と何ら変わらないと思っている人も多いだろう。しかし、心理療法の場面においては、苦境にあっての各人のホンネを聴くことになるので、単純な結論が出しにくくなる。

第一線の科学者が驚くほどの「迷信」を信じていたり、宗教家がまったく世俗的であったりしても驚くことはないのである。それはそれとして、ある程度の一般論を述べるなら、日本人の意識は表層的には欧米化しているとは言えるのだが、少し深くなると、まだまだ日本の古来からの伝統的なものを保持していることになる。

ここに「表層的」と述べたことは、本人が通常生活において意識していることである。しかし、人間はあんがい自分で意識せずにいろいろな行動をしているし、非日常的な場面においては、通常の意識とまったく異なる意識がはたらくものである。それらの意識を深い層の意識と考える。

あるいは、意識的には自分は民主的に生きていて、そんな点でアメリカ人と変わらないと思っているが、アメリカ人から見ると、それは彼らの考えとは異質の「日本的民主主義」だったりする。つまり、日本人はアメリカ人と同じと思っていても、それの動因となる深層の意識のはたらきが異なるので、まったく異なる様相になってくる。

日本人は明治維新を機会に、西洋の考え方を大いに取り入れようとしたが、一時的に思いあがり、第二次世界大戦を起こし敗戦の憂き目にあった。このため、欧米、とくにアメリカに倣《なら》えというので、意識改革を行ってきた。アメリカの民主主義、合理主義などを見習ってきたつもりであるが、事はそれほど簡単ではない。

日本人も欧米の影響を受けて、だんだんと個人主義的になってきた。個人ということを大切に考えるのだが、個人主義においては他人とどのようにつながるのかが重要な課題となる。これを不問にすると単なる利己主義になってしまう。個人主義はもともとキリスト教文化圏から生まれてきたものだが、個人主義が利己主義に陥らないように、キリスト教による厳しい倫理観がはたらいている。

日本の伝統的な考えは、「イエ」や「世間」というものが大切で、個人は二の次であった。戦後は無理矢理に「イエ」を破壊しようとしたが、日本人はその代替物として「会社」を見つけてきた。あるいは、国全体を「イエ」と感じるような生き方をしてきた。これがうまく機能している間に、日本は急激な経済成長を遂げたが、現在は長期の不況の中で「第二の敗戦」を体験し、自信を喪失している。そこへ、グローバリゼーションという名のアメリカナイゼーションの波を強く受けて、それにどう対処するかに苦悩しているところである。

日本人が欧米流の個人主義に従うとしても、キリスト教抜きで安易に行うときは、単なる利己主義になってしまう。この弊害はすでにあちこちに見られている。しかし、本家の欧米でもこのような傾向が認められているようだ。

近代科学の力によって、キリスト教の信仰は弱められ、たとえば、アメリカにおいては、このような信仰をもたない個人主義の病理は極端な形で出てきている。青少年の犯罪やドラッグなどの問題は、日本とは比べものにならない。このような現象を見ていると、日本人がいまさら欧米の真似をしようとしたり、あちらをモデルにして努力するのも意味がないと思われる。

個人主義の「個人」をどう考えるか、は世界の問題であると思う。個人の能力や欲望を伸ばすことを第一に大切なことと考える。それはいいとして、そのためには少なくとも二つの点に対する考慮が必要である。それは、他人との関係をどう考えるか、という点と、自分の死をどのように受けとめるか、という点である。

キリスト教はこれに対して、隣人愛と、復活の信仰ということによって解決してきた。それはいいとして、キリスト教抜きで個人主義を考えるとどうなるのか。

キリスト教などは信じられない、近代科学こそ信じられるという人があったとしても、すでに述べてきたことで明らかなように、「他人との関係」と「自分の死」ということに関しては、近代科学は答えをもっていないのだ。これらに答えるためには「物語」が必要である。

個人主義をとるのなら、各個人は自分の物語を創造する責任をもっている。と言っても、各人はすべて人間であるとか、何らかの文化や社会に属するということで、それなりに共通項をもっているだろう。それに、芸術的、宗教的天才と呼ばれた人たちが優れた物語を残している。各人が自分の物語を生きるにしろ、それは過去につくられた何らかの物語と親近性があったり、ほとんど同じということもあるだろう。

そんな点で、現代に生きる者が、過去の物語を以上述べたような観点から研究することは意義あることだろう。近代を超える知恵を古代がもっていたりするのだ。『源氏物語』はその意味でも、実に豊富で卓越した話素に満ちていると思われる。

注

（1）高津春繁『ギリシア・ローマ神話辞典』岩波書店　一九七二年
（2）大林太良・吉田敦彦『世界の神話をどう読むか』（青土社　一九九八年）の中で、吉田敦彦がその師デュメジルの言葉として語っている。
（3）カール・ケレニイ／カール・グスタフ・ユング（杉浦忠夫訳）『神話学入門』晶文社　一九七五年
（4）拙著『物語と人間の科学』岩波書店　一九九三年（『こころの最終講義』新潮文庫　二〇一三年）

第二章　「女性の物語」の深層

前章において、「女性の目」の重要性を指摘した。近代というのは、とくに「女性の目」を低く評価し、排除しようとさえした時代であると言える。そこで、「女性の目」を復活し、複眼の物語を構築することが、現代の課題とも言えるのだが、そんな目で『源氏物語』を見ていくのに際し、まず、女性が歴史的にどのような物語を生きてきたのかを検討する必要がある。

王朝物語には、男女の関係について語られることが多い。しかし、だからと言って、すぐ「ロマン」とか「男女の愛」とかのキャッチフレーズを用いると、相当な誤解が生じるのではなかろうか。何も知らぬ女性のところに男性が侵入し、顔も見えない、どんな人物かもわからないときに、まず性的関係ができてしまう。そんなことを、ロマンチックとか愛とか呼んでいいのだろうか。

たとえば、『とはずがたり』の後深草院二条《ごふかくさいんにじょう》のように、そこにあるのは怒りと悲しみだけではないのだろうか。これを「女の目」で見たとき、何と呼び、どう考えるのか。これらのことに対してどのような共感をもって、われわれ現代人は読みすすんでいけるのだろうか。『源氏物語』の本文を読む以前に、「女性の物語」について、われわれは相当な予備知識を必要とすると思われる。

1　母権社会の男と女

わが国の原始時代の家族形態がどのようであったかは、確実に言うことはできないが、おそらく母権制であったろうと推察されている。これは世界中の農耕民族と同じく、地《ち》母《ぼ》神《しん》信仰に支えられているところが大きいと思われる。大地が植物(食物となるもの)を生み育てることと、母親が子どもを生み育てる現象とが結びついて、大地を偉大なる母として祀る。縄文の土偶には地母神と思われる土偶が多く出土している。このような地母神に支えられ、母権制は長らく続いたことと思われる。

この問題を考える上で、筆者は、①母権制、②母系制、③母性心理を一応区別して考えておくと便利であると思う。これらは微妙にからみあってくるのだが、まず、母権制は母親が権力をもつこと、母系制は母—娘の系列によって家族を継承していくことである。三番目はとくに説明を要するが、人間のものの考え方として、父性原理と母性原理とに分け、母性原理の優位な心のあり方を、母性心理と呼んでいる。

この考えはこれまでしばしば他に論じているので、それを参照されたいが、本書を読んでいる間にも明らかになっていくであろう。キリスト教文化圏と比較するとき、わが国は母権から父権、父系の制度へと変わってきながら、現在に至るまで母性心理を保持しているところに特徴をもっている、と筆者は考えている。

母娘一体感がもたらすもの

完全な母権の時代は、母権、母系、母性心理は一体となって機能していた。ここでは、今日で言う、個人とか人格などという概念はなかった。と言ってもみんなが同じというわけではない。しかし、なんと言っても全体としての種族保存ということが第一義であった。

まず大切なのは偉大な母であり、それがすべてでもあった。それの顕現が原始時代に見られる地母神の土偶であり、神話時代となると、シュメールにおける女神イナンナ(セム語によるイシュタール)がそうであろう。わが国のイザナミも国土のすべてのものを生みだす点でこれに近いが、彼女の死亡後に夫のイザナキから三貴子が生まれるという点で、少し父権への移行が認められる。

偉大なる大地と同様に、偉大なる母さえあればすべてが完結しているという考えは、人間の実際に生きている姿を見ているうちに、母、娘への分離へと向かう。生命ある人間として見る限り、母は必ず死ぬ。しかし、その後は娘が成長して受けつぐ。

偉大なる母は不変ながら、人間としては母↓娘という継承がなければならない。彼女たちは別々であるが、一体でもある。ここで母娘一体感が強調されると、そこには変化というものがない。世代は次々交代するが、母さえいれば大丈夫であり安泰である。人間は不思議な生物である。あまり安泰を好まない。どこかで変化（近代は「進歩」という概念によってこれに高い評価を与えた）を望んでいる。母娘一体感を破らないと、変化は生じない。そこでだんだんと家族制度が変わり、「文明」というものが生まれてくる。男という存在が徐々に前面に出てくるのである。そのためにいろいろと制度を定め、それなりの「秩序」をつくるということによって母娘一体感を壊していく。

この点、古来より「文明」から離れて安泰な生活を続けてきた部族に、現代まで母権、あるいは母系の家族を続けてきているところがあるのは興味深い。最近、筆者は中国の雲南省に行き、母系家族の家などを見て印象深かった。

わが国ももちろん父権制へと移行し、第二次世界大戦前は強い父権制のもとにあった。これはアメリカによって壊されたが、そうなると昔から続いていた母性心理がにわかに強くなり、母娘結合の様相が顕在化してきた。

強い母娘結合の中で居場所を失ってうろうろしている父親。往時は父権的家族制度によって防止していたが、自由になったために、結婚後も実家に入りびたる女性などが生じてきた。実はキリスト教文化圏においては父性心理が確立されているので、あまりこのようなことは生じないのだが、欧米でも少し病理的な状況になると、母娘一体感の世界への希求がいかに強いかを痛感させられることも、あんがい多く起こっている。人間存在の根源にあるこの傾向を、現代人もよく認識しておく必要があると思う。

母娘は互いに「個」を意識すると、強烈な反発を起こすこともある。基礎にある一体感があまりにも強いので、個を主張するためにはそれに相応する反発力を必要とするからである。いわゆる自立的な女性で母親に対して否定的感情をもつ人が多いのも、このようなことが関連している。

基礎にある一体感によりかかりながら、母と娘が些細なことで争いを繰り返し、仲が悪いのかと思っていると、事と次第によっては(多くの場合、対男性のこと)にわかに鉄壁の一体性を示したりすることもある。

平安時代においては、日本は中国の影響をある程度受けて、それなりの父権的な家族制度をつくりあげてきているので、王朝物語には、母娘結合の話はあまり語られないのが特徴的である。もっとも、母娘結合の世界は文学以前の状態と言うこともできるので、あまり語られることもないと言っていいだろう。

「聖娼」という女性

母娘は分離しなくてはならない。そこで、母娘結合を破る者として、男性が登場してくる。この典型的な話がギリシャ神話におけるデーメーテールとコレーの物語である。

これは実に興味のつきない物語であるが、ここにごく簡単に要約を示す。

地母神デーメーテールの娘コレー(娘を意味する語)が野原で花を摘《つ》んでいるとき、冥界の王ハーデース(プルートンとも呼ばれる)が突如として地下から現れ、彼女を強奪して帰る。デーメーテールは娘の突然の失踪を嘆き悲しんだので、大地は枯れ果てて実らず人々は困る。これを見て、ゼウスはハーデースにコレー(ペルセポネーと呼ばれる)を母のもとに返すように命じる。しかし、ペルセポネーはハーデースのたくらみによって柘榴《ざくろ》の実を四粒食べる。

冥界で食事をした者は地上に帰れないという掟《おきて》があり、ペルセポネーは困るが、ゼウスの調停によって、一年のうち四ヵ月はハーデースと暮らし、あとの八ヵ月は母のもとで暮らすことになる。このため、彼女が地下に留まる四ヵ月は冬になり、彼女が帰ってくるときに春が来て、八ヵ月は植物はいきいきと育つことになる。これは春の祭典と結びつく神話である。

ここでは、母娘結合を破る男性ハーデース、調停に乗りだすゼウスなどの名が見えて、すでに母権から父権への移行を示しているのだが、もっとそれ以前、母権の強い時代においては、娘が母になるための儀式としての聖娼《せいしょう》という制度があった(図1)。ここでは、男性は個人としてではなく、無名の「男」としての役割をもって登場する。

「聖娼」について語るにはまず「聖婚」のことを述べねばならない。母権社会のシュ

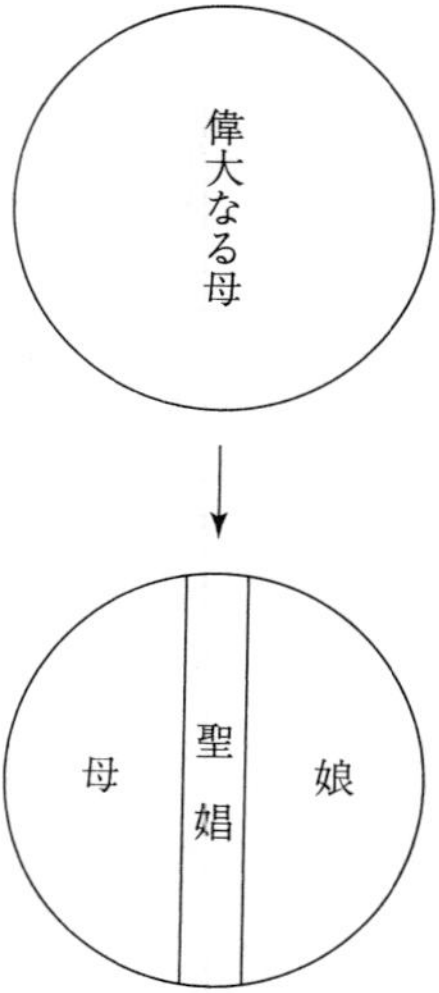

図1　母権時代の女性

メールにおいては、大女神イナンナと彼女の夫、ドゥムジの結婚、すなわち聖婚を讃えることから発して、人間にとって、大女神イナンナとの一体化ということがきわめて重要な儀式となってくる。

この間の詳細は略すとして、その中核的なところを述べると、女性はイナンナと同一化し、女神から流れでてくる女性的な霊の力を受容するために、女神の神殿における巫女《みこ》であり、聖娼であるという役割を果たす。そこに訪ねてくるまったく未知の男性に対して、女神の化身として身をまかせるのである。

ここで非常に大切なことは、この文化において霊性《スピリチュアリティ》と性《セクシュアリティ》がまったく分離しておらず、聖娼としての女性は、自分という身体の中の美と情熱に気づき、霊と性との共存する歓喜を味わうのである。ここで、男性はまったく未知の旅人であることが必要であり、男女の関係は個人的な愛を超えた結合の神秘として体験される。

聖娼のイメージが現代人にとっていかに重要であるかを論じた、クォールズ－コルベットは、聖娼の非個人性について次のように述べている。(2)

「彼女は自分のところへ来た男から称賛や献身を得るために、愛の行為をしたわけではない。なぜなら、聖娼はしばしばヴェールを被ったままで、名前も知れなかったからである。彼女は自分自身のアイデンティティの感覚を与えてもらうために男を必要としたのではない。むしろ、この行為は彼女自身が女性であることそのものに根ざしていた」

このようなわけで、聖娼は神殿の聖域外の売春とは明確に区別されていた。聖娼は酒屋を開くことも禁じられ、禁を犯したときは死刑になった。おそらく、そのことによって、聖娼と通常の売春が混同されることを厳しく排除しようとしたのであろう。

ここで聖娼の体験を、娘が母になるためのイニシエーションとして考えるとよく了解できる。このような神秘体験を通じ、霊性と性の一致を体験知としてもって、はじめて女性は大人になる。そのとき、男性は非個人な無名の存在としてのみ意味をもつので、その後に、夫とか父とかの名によって女性の生活に関与してこない。女性はそれ自身で女神の法則を体現して生きている。

このような社会は「自然」のままに生きている、と言っていいだろう。そこには人間のつくる「法律」とか「秩序」などというものは必要としない。母―娘の循環の繰り返しによって時は経過していくので、男は無名の人として、聖娼の儀式に参加する以外は、特定の役割をもっていない。それはいわば原始林のようなものである。その中では、枯れたり、種子から育ったり、いろいろと死と再生が生じ、森の様相は時とともに変わるにしろ、ともかく森そのものは常に存在しつづけるのである。

「母の兄」の重要な役割

前述したように、中国の雲南省の母系社会の家を見てきたが、その部屋の中は、中央に祭壇があり、向かって左に祖母と母、その右に祖母の兄、母の兄の席、その右側に客人の席があり、手前の空間は子どもたちのものとなっていた。母系社会においても男の役割分担が生じてくることを、これは示している。しかし、それは母の兄によって担われるのだ。

完全な母権社会においては、男性は周辺に追いやられると述べた。しかし、それはその家族や社会が何事もなく過ごしているときである。天変地異が起こって力仕事が必要になるとき、あるいは家族と家族、部族と部族の間に争いが生じたときは、どうしても男性の力が必要になる。「自然」のままでは暮らすことができない。

人間と人間の争い、取り決めなどに関して、男が前面に出てくるが、これは母の兄の役割である。母権、母系の社会において、母親の兄が家族の中で重要な役割を占めるようになるし、部族の中で強い家族の中の、その男性が部族全体に対しても、重い役割をもつようになる。

母権から父権への移行状態の間には、以上のような考えから、兄と妹、姉と弟の結婚関係も相当にあったのではと推察される。神話の世界においては、イザナキ、イザナミのような例はきわめて多い。

血のつながりを非常に大切にすると、血のつながらない者との結婚はある程度の危険性が入る。つまり異分子が混入してくることになる。したがって、きょうだい婚の考えが出てくるが、遺伝的に問題であることを体験的に知ったためか、これは時代とともにタブーになる。もっともエジプト王朝においては、王はきょうだい婚であった。

実際にはタブーとなったが、心理的には現在もはたらいていて、きょうだい相婚の夢を見るのは珍しくはない。あるいは結婚しても、夫よりも兄や弟のほうを頼りにしている女性は現在でもいる。

『源氏物語』には、きょうだい婚の話は出てこない。ただ「総角《あげまき》」の巻で、匂宮《におうのみや》が姉の女一《おんないち》の宮《みや》の美しさに触れて、姉弟なので枕を交わそうとは思わないが、悩ましい心地がするという歌を贈るところがある。

これより以前の『宇津保物語』においては、絶世の美人、貴宮《あてみや》に兄の仲澄《なかすみ》が恋心を抱き苦しむところが語られている。結局は貴宮は東宮《とうぐう》に嫁ぎ、仲澄は苦しみに耐えきれず死んでしまう。これは「道ならぬ恋」として描かれているので、すでにきょうだい婚はタブーであったことがわかるが、このような物語が語られるだけの現実が当時にはあったろうと思われる。

母系から父系への移行を示すものと考えられる話が『常陸国風土記《ひたちのくにふどき》』に記載されている。要約を示す。努賀毗古《ぬかびこ》、努賀毗咩《ぬかびめ》という兄妹がいた。妹のところに求婚《よば》いしてくる男があり、妹は妊娠し、子どもを生んだが、それは小さい蛇だった。

その蛇が急激に大きくなるので、神の子だと思い、母親は「父のところへ行くように」と子ども(蛇)に言う。子どもは一人では行けぬので、誰かを供につけてほしいと言う。母親が自分と子どもの伯父《おじ》(努賀毗古)しかいないので誰もついていけないと答えると、子どもは怒って伯父を殺して天に昇ろうとする(父親は雷神らしい)。母親がお盆を子どもに投げ当てると、子どもは天に昇ることができず、峰に留まった。

なかなかおもしろい話であるが、他の点には触れないことにして、ここで注目したいのは、母の兄と息子との葛藤という点である。息子は伯父を殺して父親のところに行こうとした。この際は、母親の力でそれを止めたのだが、要するに母の兄よりも父親のほうが大切であることを、息子が示そうとしたと考えると、これは母系から父系への移行である。

母権社会の中で、男がだんだんと力をもってくる。しかし、それは母の兄(時には弟)という形で、その力を示していたのだが、『常陸国風土記』の話に見られるように、父親のほうに力が移ってくる。こうなると、明らかに大変革である。

これは単に家族関係の変化というよりは、世界観、人生観の変革に結びつく。すでに述べてきた表現を用いるなら、「女の目」で見ていた世界を「男の目」をもって見ようとすることになる。とは言っても、もちろん、そんなに急激な変化が短期間に起こるものではなく、両者の混同した形が続くと考えられる。

2　母権から父権に変わるとき

母権から父権への移行は、それほど簡単なことではない。現代においても、母権社会のままである部族が存在することはすでに述べた。

この変革をきわめてドラスティックに行ったのが、ユダヤ・キリスト教文化圏であろう。

そこから生まれてきた文明が、現在の世界において支配的な力をもっているので、われわれもそのことを不問にはできない。

しかし、一時言われたように、このような変化の過程を、単純な「進歩」あるいは「進化」として受けとめることはしたくない。現在はむしろ父権的意識の強烈さによってもたらされている害も大きいと思われる。

そのような点も念頭に置きつつ論をすすめたい。

女を人間扱いしない社会の女

長い母権社会の後に父権社会が出現してくる。あらゆる点における女性(母性)優位の状態の中で、男性が徐々に力を現してくるのだが、なんと言っても「自然」に基づく限り母性の優位は動かぬので、何らかの意味での反自然的な動きを重視することと、父権とが結びついてくる。前述した『聖娼』の中に、次のようなウィリアム・トンプソンの引用文がある。

「父権は法を作り、母権は慣習を作る。父権は軍事力を生み、母権は宗教的権威を生む。そして父権は個々の戦士の士気を高め、母権は集団の因習に縛られた凝集力を高める」

父権社会が出現してくるきっかけとして、戦いということは大きい要因である。武力ということには男性のほうが優位である。それを効果的に行うには、武器の製作とか集団の規律とか、ともかく反自然のことが多くなる。

ここで、母権には軍事に対する宗教を結びつけているが、宗教も父権的となるとどうなるであろう。それは極端に強力なものになってくる。そして旧約聖書に語られているように、女性は男性の骨からつくられることになる。女性が男性を生みだしたのではなく、最初の女性は男性の一部なのである!

こうなると、大女神がすべてを包みこむように、母がすべての根源という考えや、母娘結合の周辺に男性が存在するなどという図式ではなく、男が中心となり、女性は男との関係において、自分のあり方を規定されるようになる。つまり、女性は、男性に対して、その母、娘、妻、娼のいずれであるかによってその位置が定まるのである。

興味深いことに、ユダヤ教は聖娼の制度を徹底的に破壊した。父権社会はその存在を許さない。父権社会においては、性がまったく霊性から切り離されてしまった。精神と肉体も分離させせられることになる。性はまったく価値の低いものとしておとしめられることになった。聖娼の制度は破壊されたが、売春は社会の影の存在として継続されることになる。

母権社会においては、そのメンバーが母なる神に包まれているという一体感をもち、慣習によって互いの関係をつくりあげて生きてきたが、父権社会は、それよりももっと拡大され、なんと言っても「力」の価値が前面に出されて、力の強い者による全体的な統制ということが大切となってきた。このためには法律をつくる必要があるし、政治的、軍事的な職業を必要とするし、いろいろな職業の分化が行われた。

このとき、ほとんどの職業を男性が担当し、それによって、その男性のアイデンティティが形成されることになった。そして、女性はそのような男との関係のあり方によって、図2に示したように、母、娘、妻、娼であることによって、自分のアイデンティテ

図2　父権社会の男女

ィを形成するようにされた。

このような傾向はごく最近まで続いていることでもあった。たとえば、一九七〇年代でも、小学校で子どもに父親、母親についての作文や絵画の制作をさせると、母親の場合はどの子どもにとっても、いわゆる「お母さん」像というのが似通って存在し、変化に乏しくなる。それに比して、父親のほうは職業もいろいろであるし、家庭における行動も個性的に記述されることが多かったという。

最新の情報については知らないので何とも言えないが、おそらくこれは相当に変わっていることだろう。このことは、「個性的」に生きようとする女性が、「母性」ということに強い反発を感じることにも関連してくる。

母権社会において、中心に母娘の連合があり、男は没個性的に周辺に存在したのと同様に、父権社会においては、男が中心に存在して、社会や家族の主要な部分を担い、女性はその周辺部に没個性的存在として追いやられる。父系の系図の場合、女性の名前が記載されないなどはその例である。

しかし、そのようにして、女性を端的に言えば「人間扱いをしない」ために、かえって女性が神のような存在として感じられるようなこともある。女性が崇拝の対象になる。

その典型的な例としては、『竹取物語』におけるかぐや姫をあげることができる。多くの貴族、そして最後には天皇まで求婚したのだが、彼女はそれを拒んで月の世界に帰っていった。つまり、彼女はこの世ならぬ存在であった。いかなる男性も彼女と人間としては会うことができない。このような貴種に属する女性のイメージは王朝物語のあちこちに出現してくる。

女性を対等の人間として見られない傾向は反転すると、女性をきわめて低い存在、ときには魔女などとして見ることになる。あるいは、男性は自分の強い性欲をもてあまして、その力を女性像に投影し、男を強く誘惑し陥れる女性像を思い描く。それを「娼」の世界へと押しこめ、低い存在として見ようとする。ただ、その魅力に抗しがたいのが困ったことではあるが。

キリスト教においては、天なる父の神をもったため、極端に「性」をおとしめた。『聖書』の中には、聖パウロの言葉として、「男は女に触れないほうがよい。しかし、淫らな行いを避けるために、男はめいめい自分の妻をもちなさい」と書かれている。彼は独身で通すのが理想だと述べている。

すべての男性が理想を達成すると人類がどうなるかについては論じていないが、肉欲に勝てないほど弱い場合は、「自分を抑制できなければ結婚しなさい。情欲に身を焦がすよりは、結婚したほうがましだからだ」とも言っている。聖パウロに従うと、キリスト教文化圏においては、二千年来、意志の弱い男の遺伝子のみ保存されてきたことになる。

「母と息子」、「父と娘」の結びつき

母権から父権への移行は、制度としてはどこかの時点で確定的に行われることになったにしろ、心情的なほうに注目すると、それほど単純ではない。男と女の関係、その地位などについて考えるとき、心理的な面にも注目すると、相当に複雑になる。ユダヤ・キリスト教文化圏の場合は、天なる父を唯一の神として戴くので、後述するように、この移行が相当に明確であるが、他の文化圏の場合はそれほどではない。

たとえば日本の戦前の状態を考えてみよう。当時は日本も父権社会だったとは言えるが、心理的な面に注目すると、母のもつ力の強さをどうしても否定できない。つまり、心理的には母性優位を保持してきているので、母息子の一体感が強く、その息子が成人して制度上は一家の長となったとしても、心理的には、彼は母の意志に従属するようになる。表向きはともかくとして、実際的な権力者は家長である男の母である、ということが生じる。これは純然たる父権ではない。心理的なほうに着目すると母権に近いかもしれない。

母娘結合はもっとも根源的な強力なものなので、「文化」をつくりあげる上において、

これを壊そうとする力も強くはたらき、戦前の日本においては、「他家にやった娘は、もはやうちの子どもではない」という考えを強く打ちだし、結婚式も実は葬式と相通じるものが多い(たとえば花嫁の着物の白無垢)のは、娘はそこで死んで、他家の嫁になるということを示すためであった。

そのようにして、母娘結合は制度的に破っても、母息子のほうはそのまま温存され、しかも「孝」という道徳によっても裏打ちされるために、制度的に父系、父権になっても母の強さはなかなか打ち破れない。

このような傾向は、現代の日本の家族においても、まったくそのまま保存されていると言ってもいいほどであろう。母と息子の場合は「異性」としての魅力も潜在的にはたらくので、この結合は複雑な様相を示すこともある。

『源氏物語』においては、源氏の藤壺《ふじつぼ》に対する思慕の情に、このような傾向が見られるので、この関係は実に根深いものになっている。源氏の失われた母に対する感情が重ねあわされてくるので、簡単には思いきれぬ強い気持ちになって現れてくるのである。

父と娘の間の関係も、父権と母権の間にあって揺れ動く。完全に父権の社会であれば、娘は父のもとを離れて、他の男性のところに行かねばならない。しかし、父と娘は、母と息子の場合と同様に、血のつながりとともに異性としての魅力を潜在させているので、この関係も強固なものである。とくに、父親がその横の関係である夫婦関係に満足を見いだしていないときは、父娘の関係が強くなり、父親は娘が他に男性関係をもつのを、意識的、無意識的に妨害するようになる。

父権的価値観の強いところでは、父娘結合の強さは、父の娘が息子になる願望に示され、娘も息子として生きようとする。娘はこのために父権社会において「成功」するが、それは情緒の未発達という犠牲を払わされることにもなる。あるいは、ギリシャ神話のアテネやアルテミスのように、男たちを自分の「従者」にしてしまう場合もある。

父娘の問題は現代のアメリカにおいて、大きい社会問題として現れている。その第一は、父娘姦の多発である。とくにアメリカにおいては、離婚が多いため、父娘と言っても血のつながりのないことが多い。そこで、しばしば父が娘を犯すことになる。

これは強い父権社会において、強い男性として生きることのつらさに耐えかね、感情的一体感による憩いを求めるものの、妻も父権社会の一員として生きているため、それを簡単には求められず、そのための安易な行動——と言っても、それは娘にとってはきわめて恐ろしいこと——に走ってしまうと思われる。

次に、アメリカのような父権社会において、女性が活躍していこうとすると、無意識のうちに、それは「父の物語」を生きていることになる。『神話にみる女性のイニシエーション』の著者、シルヴィア・ペレラはその本の冒頭に「社会的に成功を収めた女性である私たちは、通例『父の娘 daughters of the father』——つまり、男性本位の社会にうまく適応している女性——であり、私たちのものであった豊かな女性性の本能やエネルギー・パターンを拒絶してきました」と述べている。(3)

それでは女性性の根源をいかにして回復するかについて同書は論じているのだが、本論においても大いに参考になるところが多く、後に触れることになろう。

特異な平安という時代の中で

平安時代はいったい母権社会だったのか、父権社会だったのか。おそらく割りきった答えはできないであろう。この時代には女帝はいないし、王権とそれをめぐる政治、官僚の世界は男性が独占しているという点では父権的であるが、招婿婚《しょうせいこん》が行われているのは母系制の名残をもっている。かと言って、すべてが招婿婚の形に従っているわけでもない。

光源氏にしても、最初の妻、葵《あおい》の上《うえ》の場合は招婿婚で、その子どもの夕霧《ゆうぎり》も母方で育てられている。しかし、紫の上をはじめ、女三《おんなさん》の宮《みや》にしても、源氏の住居にいると言っていいだろう。つまり、形式は一定していない。

とくに心理的な面に目を向けると、母性的な強さが明らかに認められる。これはすでに述べたような父権制の特性としてあげたものの中で、「軍事」ということが、当時の王権の場合、ほとんど重視されていない、ということに大きくかかわってくる。これは、この時代の世界中を見渡してもきわめて特異なことではなかろうか。

『源氏物語』の中にも、政治が大いに語られる。光源氏も一時失脚して須磨《すま》に住んだり、後に中央へと返り咲いたりする。しかし、それらの話と武力――腕力でさえ――はまったく関係しない。『宇津保物語』には、王権争いの物語が詳細に語られていて興味深いのだが、そこには武力の行使などは毛頭考えられない。軍事力のない父権社会というのは、ほとんど考えられないことである。ここに、平安時代の特異性がある。

王朝物語の主なものには一応目を通したと思うが、その際、殺人というのが一件も語られていないということに深い感銘を受けた。物語を組み立てる上で、殺人というのは構成を容易に、あるいは劇的にする要因ではなかろうか。

シェイクスピアの多くの劇作から、殺人を取り去ったらどんな物語になるかを想像してみるとよい。平安時代の日本人はこれほど多くの素晴らしい物語を、殺人のプロットなしで組み立てたのだ。切り捨てるよりも包みこむ母性心理の優位性が認められるのではなかろうか。

殺人はないにしても、「もののけ」はどうなのだろう。六条御息所《ろくじょうのみやすどころ》のもののけは、殺人をしてはいないのか。確かにそれは恐ろしい破壊性、攻撃性をもっている。しかし、それは六条御息所の直接的、意図的なものではない。これは明確に殺人の物語と異なるところである。もののけについては、次章に考察するであろう。

この時代の男女関係はどうであろうか。家族制度史の研究者、福尾猛市郎が言うように、(4)「女性の実際的地位については史料が乏しいけれども、法制の示す程には女性を軽んじておらず、江戸時代のような徹底した男尊女卑ではなかったことは明らかである」というのが妥当なところであろう。彼の言う日本の古来からの「素朴的男女平等」の考えが、相当に生きつづけていると見ていいであろう。

男女の結婚も、自由恋愛風のもの、親のアレンジに従うものなども、それほど明確に確定していなかったのではないか。ここで注目すべきことは、国文学者の藤井貞和が、当時の物語に語られる、女性の少女期における結婚に注目し、これを「聖婚」に結びつけていることである。(5)

少女との結婚は、「聖なる少女の期間にはいるかはいらないかの、一種タブーを犯すようなふんいきのある結婚であるということになろう。とは、ただちに聖婚ということばを想起する。聖婚とは、神と人との通婚である。神＝王権把持者にゆるされた聖域とのたわむれが、ここにあるのかもしれない。少女を犯すことが罪であるとすれば、それは神＝王権把持者によってのみ犯されるべきタブーであった」と藤井は述べている。

確かに聖婚のはじまりは、王と女神との交わりであった。それがすでに述べたように「聖娼」としての制度となるとき、女神の守りの中で、処女と旅人《ストレンジャー》が交わることによって、それは王以外の一般人にも行われ、そこにおいて、娘はその社会に参入するためのイニシエーションを体験する。

この図式によると、平安時代に、男性が女性の世界に侵入する話が多く語られるが、それは聖娼制度と大いに重なるものとも思われる。つまり男たちは、母権時代と同じく、ストレンジャーとして、娘が母になる儀式に、無名の存在として一役を買っているのである。

父権と母権の入りまじった平安時代においては、この現象は実に微妙な様相を呈してくる。もし、母権的要素が強く、それを平安時代のゆるい父権的構造とバランスをとっている場合は、娘のところにストレンジャー（実は親も許し、娘も承知している婿）が侵入し、顔も見ないままで結ばれる。こうして聖婚によるイニシエーションを経過して、娘が大人となった三日後に「ところあらわし」という式が行われると考えられる。

ところが、父権意識のほうに少し偏りが生じてくると、男性は無人格のストレンジャーではなく、女性を「わがもの」にしようとしてそこに侵入していく。そしてその後は結婚の式にまで至ることなく、捨て去ってしまうということが生じる。また、女性のほうも父権の意識をもつようになれば、親たちのアレンジによって行われる男性の侵入を、怒りと悲しみによって受けとめることになって、それはシュメールの聖娼の儀式に語られる、歓びの感情とは逆のものになってしまう。

おそらく、これらの諸形態の入りまじった様相をもって、平安時代の男女の関係が生じていたのであろう。したがって、これは次節に述べるような西洋のロマンチック・ラブとはまったく異なると言っていいだろう。そこに生じる男女関係の種々相を、自らも体験し、また他人のそれを多く見つめている中から、『源氏物語』のような物語が生まれてきた、と考えられる。

性はキリスト教文化圏のように、おとしめられたものではなかったであろう。霊性と性との分裂はない。男女の関係を高める工夫として、日本の場合は美的感覚が重視されるのが特徴である。倫理的《エシカル》な評価よりも、美的《エステティック》な評価のほうが優先すると言っていいだろう。したがって、男女の間に交わされる和歌、その筆蹟、用いる紙、それを運ぶ者、それらすべてについて美的な洗練を必要とした。この道に、美的感覚の鈍い者は、それだけで評価が低くなってしまう。

それにしても、極端な場合は、男性の侵入による性関係――しかも暗闇の中で――が男女の関係のはじまりであることもあるのだから、男女関係そのものに対する受けとめ方も現在とは相当に異なっていたものと思われる。筆者の考えでは、それはある種の「死」の体験として受けとめられたのではないかと推察される。

男女の合一は本来的には偉大なる女神との一体化である。それは「土にかえる」体験にもつながったであろうし、エクスタシーの言葉が「外に立つ」ことを意味するように、この世の外に立つことだったのではなかろうか。実際、女性のイニシエーションの聖娼の体験は、娘が死んで成人の女性として再生する、死と再生の体験だったのである。このような意味で、それに参加するものとしての「色好み」ということも高い評価を受けていたのであろう。

ともかく今日の常識で平安時代の男女関係を見ると誤ることが多く、われわれは相当なイマジネーションを必要とすると思われる。

3　自我クライシス

ここで話を一足とびに近代に移し、西洋近代における「自我確立」について考えてみたい。なぜそんなことを、と言われそうだが、母権から父権へ移行した後、ここにおいて父権的意識の頂点を迎えたと言えるし、このような強烈な意識が、ともかく地球全体を一応制覇したのであり、われわれ日本人もこの問題を避けて通ることができないと思うので、取りあげることにした。

男の英雄物語の裏で

ヨーロッパ近代に確立された父権意識はきわめて強烈であり、科学技術という武装によって、全世界を席捲した。そのような意識の頂点に立つアメリカは、グローバリゼーションの名のもとに、地球全体に対して自分の考えが正しく、普遍的であることを認めさせようとしている。

父権意識の確立は、「自我の確立」という標語によっても示される。他から自立し、主体性と統合性をそなえた自我が、他との競争によってますます鍛えられ強くなっていく。そして、世界を自分のコントロールによって動かしていくと考える。

西洋近代の自我を、「物語」に結びつけて考えるならば、どうしても、ユング派の分析家エーリッヒ・ノイマンの英雄物語の説を紹介しなくてはならない。これは他の著書にもしばしば述べていることだが、(6)重要なことなので、繰り返しになるが、ごく簡単に要約を示す。

ノイマンは西洋における近代自我の発生は、世界の精神史においてもきわめて特異なことだと指摘している。西洋における自我確立の過程をもっとも適切に物語るものとして、彼は「英雄神話」をあげる。英雄神話の根本的な骨組みは、英雄の誕生、怪物(竜)退治、女性(宝物)の獲得ということになるが、ノイマンはこれらを自我確立の過程を物語るものとして理解する。

英雄の誕生は、自我の誕生である。これがいかに特異なことであるかは、英雄誕生の特異性として語られる。たとえば、ギリシャ神話の英雄たちは、ギリシャの主神ゼウスと人間の女性の間にできた子として語られる。

わが国で言えば、桃太郎のように非人間的なものから生まれるということもある。あるいは、子どもが生まれるや否や、特異な言動によってその能力を示すという話もある。釈迦《しゃか》の誕生などもその類であろう。

その英雄が怪物退治を行うが、西洋においてはその怪物はしばしば竜で表される。これをフロイト派の分析家は、息子による父親の殺害と考え、周知のようにエディプス・コンプレックスへと還元して解釈する。

ユングは神話をこのような個人的な肉親関係に還元することに反対し、怪物を、母なるもの、父なるものとも呼ぶべき超個人的な存在の象徴として理解しようとした。ノイマンもこの線に沿って考え、怪物退治は個人的な父や母ではなく、自分の内界に存在する元型的な、母なるもの、父なるものの殺害であると解釈した。

ここに行われる「母親殺し」は、自我を呑みこもうとする母なるものとの戦いであり、自我が無意識の力に抗して自立性を獲得するための行為であると考える。このような象徴的な母親殺しが行われてはじめて、自我は相当な自立性を確立できる。さらに、「父親殺し」とは、文化的社会的規範との戦いである。自我が真に自立するためには、無意識からだけではなく、その文化的な一般概念や規範からも自由になるべきである、と考える。

このような危険な戦いに勝ち抜いてこそ、自我が確立されるが、それはまったく孤独な姿である。しかし、その英雄が怪物退治の結果として、怪物にとらえられていた女性を救い結婚するということによって、世界との「関係」を回復する。これによって英雄神話による自我確立の物語が完結する。

この過程において、まず母親殺し、父親殺しの結果、自らを世界から切り離すことによって自立性を獲得した自我が、一人の女性を媒介として世界とふたたび関係を結ぶところが特徴的である。

これはまさに、近代自我確立の過程にぴったりの物語である。したがって、これと同《どう》工異曲《こういきょく》の物語や小説、映画や演劇が近代において、どれほどもてはやされたかわからない。次に述べるロマンチック・ラブは、この物語と深く関係するものだ。しかし、これは「男性の物語」である。

このような物語に登場する女性は限りなく美しく、魅力に溢《あふ》れる女性ということになるが、見方によっては「人形」に等しくなる。それはほんとうに生きた女性と言えるだろうか。

ノイマンは、自我の確立は「男女にかかわらず」大切であって、その自我の像は、男にとっても、女にとっても「男性の英雄像」で表される、と述べている。「近代自我」を考える限り確かにそうであろう。しかし、近代自我の確立がはたしてすべての人間にとっての理想であろうか。もっといろいろな自我があっていいのではなかろうか。

かつて、この物語に示されるような自我を確立することに努力した女性が、「私が一番ほしいのは、奥さんだ」と言ったことがある。もちろん、このような人が幸いにも男性の奥さんと結婚できることもあるし、それも悪くはない。しかし、それがすべての人にとっての理想というわけにはいかない。

おそらく、すべての人に通じる物語などあるはずもないだろうが、この物語にほとんどの人が縛られるのもどうかと思う。それに、女性がこの物語に従うとすると、どこかに無理が生じてくるとも考えられる。あるいは、近代を超えるためには、もう少し他の物語を見いだしてもいいと思われる。

ロマンチック・ラブのむずかしさ

聖パウロの「男は女に触れないほうがよい」という考えと比べると、ノイマンの男女の関係に対する評価はまるで異なるものになっている。キリスト教の初期の時代においては、個々の人間と神との関係が大切だったので、男と女の関係は低く評価された。とくに、性《セックス》に対しては拒否感に強いものがあったので、男女関係はなおさら低いものと考えられた。

ところが、神に対して人間がだんだんと強くなってくると、人間は神との結びつきよりも、生身の人間との関係、とくに異性との関係のほうに重点を置きはじめる。と言っても、そこにはキリスト教的な名残も認められるわけで、十二世紀ごろ、ロマンチック・ラブのはじまったころは、①恋愛している騎士と貴婦人は性関係をもってはならない、②もちろん二人の結婚は禁じられる、③恋人たちは常に情熱の焔《ほのお》に焼かれお互い同士を求めあう欲望に苦しまねばならない、とされていた。つまり、性から分離された精神的な愛、それを高めることが、ロマンチック・ラブとされたのである。

時代が変わるとともにロマンチック・ラブも変化する。それはもっと現実化、あるいは俗化してきて、ロマンチック・ラブが結婚に結びついてくる。これは、キリスト教が俗化してくるのと軌を一《いつ》にしているし、キリスト教のあまりにも父権的なあり方を補償するものとして、女性の価値が見直されてきたとも言うことができる。つまり、あくまで女性は男性に対して隷属すると考えられていた父権社会において、女性の愛によってこそ男性の精神が高められると考えられるようになった。

あるいは、ノイマンが示したように男性の英雄の孤独は、女性の力によって世界とのつながりを回復し癒されると考えられる。ここに、神が登場しないところが大切である。つまり、ロマンチック・ラブは宗教性と関連しているのだが、そこには神の姿を直接的に見るのではなく、人間と人間の関係として見ているのである。

このような状態になり、キリスト教文化圏における人と神との関係が弱くなってくるにしたがって、ロマンチック・ラブは重要な役割をもって、社会の中に位置づけられてくる。ユング派の分析家、ロバート・ジョンソンは、「私たち西洋の文化においては、ロマンチック・ラブは今や宗教に代わるものとして、男性も女性もそのなかに意味を求め、超越を求め、完全と歓喜とを求めています」と述べている。(7) コマンチック・ラブは「宗教に代わるもの」、あるいはイデオロギーとして絶大な力をもつようになった。

わが国に対しても、この影響は実に強力であった。すべての若者が、男も女も恋愛に憧れ、恋愛は結婚と直結し、もちろん、それには性の関係が生じ、子どもが生まれ、幸福な家庭を築く、という路線に従おうとした。それは立派であるだけでなく、甘美でもあった。ロマンチック・ラブの大切な要因である苦しみということがだんだんと忘れられていき、それは甘いものになっていった。

ところが、実際に行ってみると、それがいかにむずかしいかがわかってきた。ロマンチック・ラブの図式に単純に従おうとすると、女性はまるで人形のようでなければならなかった。女性は救われ、助けられることによって救う役割を担わされているので、いつも受け身でなくてはならなかった。

いつも美しく、いつも受け身でいることなど耐えられない。女性が自分の意志をもって行動しようとすると、それだけで関係が破れそうであった。あるいは、男性は常に強く、常に戦いに勝ち抜き、女性を守り抜かねばならないのだが、それも長く続いてくると疲れが生じる。

ロマンチック・ラブのみを夫婦の支えと考える限り、夫婦はそのうちに離婚するより仕方なくなってくる。あるいは、あきらめることによって、外面的な関係を維持する。極端な場合は、家庭内離婚ということになってくる。

アメリカでは前者が多いし、日本では後者が多いと言えるだろう。もちろん、どちらがいいとか悪いとか言えるものではない。しかし、ロマンチック・ラブの物語のみによるのではなく、その他の物語をもつことの必要性は認められるだろう。夫婦の愛はもっと広く深いものになるだろう。

ロマンチック・ラブがイデオロギー化し、それをあまり疑うこともなく乗せられているうちは、若者は恋愛をし、結婚をしたが、実際、前述したように多くの困難があることがわかると、どうしても結婚に抵抗を感じたり、それが理想どおりにいかないので、途中で嫌気がさしてきたりして、未婚の人間が増えてくる。

このことはとくに女性のほうに言えそうに思う。適切な物語が見つからないのである。現在日本における少子化の要因のひとつになっているのではなかろうか。

孤独という病がはびこる

近代自我の最大の病は孤独ということであろう。自立したと思っているうちに、それが孤独であることに気づくのである。自立と孤独とはどう異なるのか。前者は自主性や主体性を保持しつつ、他の人々とのつながりももっている。もちろん、それは単純なことではなく、主体性と他とのつながりは、時に矛盾したり、対立したりするだろう。しかし、それをしっかりと引き受けて、自らの責任において遂行することによってこそ、人生の味が出てくるものだ。

しかし、すでに述べたように、ノイマンの図式に従って言うなら、父親殺し、母親殺しを達成した後に、「つながり」ということを女性の役割であるように考えるとするならば、女性の自主性はどこにあると言えるのか、あるいは、ロマンチック・ラブを放棄するとすれば、どんな物語があるというのであろうか。これはなかなか深刻なことである。

孤立化した自我がなんとか「関係」を回復しようとするとき、性《セックス》ということが浮かびあがってくる。性は身体と身体との「関係」である。それは文字どおり「裸の関係」であるという意味で、根源的なものであるが、キリスト教の影響を脱しきれない近代自我は、それを精神と反するものとして低い評価しか与えることができない。したがって、関係の回復の仕事が自己卑下や、後味の悪さをともないながらなされることになって、かえって逆効果を生みだしてくる。

あるいは、近代自我は男性にも女性にも、「男性の英雄」のイメージを押しつけてくるので、男性と女性の関係にも戦いの要素が入りこみすぎてくる。したがって、男性の役割、女性の役割をはっきりと意識してなされる同性愛のほうが、かえって関係を密に感じられることにもなる。関係をつくりあげる上で大切と思われるやさしさということが、同性愛のほうに感じられやすいという傾向が生じる。もっとも同性愛の場合は、それが安定した関係であれば、別に問題にする必要はないわけであるが、これがあまりにも多くなると、種族保存という点では問題になる。

孤独から逃れる方法として、ドラッグも用いられる。いつもは他から切り離して自立している自我がドラッグの力によって他とともに溶解し、不思議なつながり、一体感を体験する。それは癒しのようにも思えるが、自分のものにはならず一時的に終わってしまう。このためにどうしても繰り返さねばならなくなるし、量も多くなる。それがあまりにも増えてくると、自我のほうまで溶解してきて、「自立」などと言っておられなくなる。アメリカはこの害に悩まされている。

近代自我は唯一の神を背後にもっているだけに、「一」ということが好きである。「私」という人間が有史以来、唯一の存在であることを信じて疑わない（輪廻転生を考えない）。そして一夫一妻を固く守る。これは立派なことは事実であるが、窮屈であることも確かである。

このような極端な「一」に耐えられないときに、多重人格の症状が起こるとも考えられる。「私」という存在が単一でなくなるのである。多重人格というのは、一人の人間がいろいろな人間に変化し、名前まで異なるのだが、一般に言う二重人格、多重人格というのと違って、それぞれがはっきりと一人の「人格」として主張し、他の人格とは独立であるところが特徴的である。

アメリカにおいて最近、急速に増加し、十六重人格などセンセーショナルなケースが発表され、邦訳も出版されている。これは幼少時代にたいへんな外傷体験をもち、それをそのまま受けいれると命もあやうくなるので、他の人格をつくりだして、その痛みや苦しみを回避する、というメカニズムによって生じる場合が多い。一人の人間の中に強い葛藤や対立を存在させることができないので、人格を分離させることによって生き延びるのである。

これが、もし「一」ということにあまりきつくこだわらないとしたら、一の中に多を共存させるようにして、ルーズなまとまりをもって、かえって一人の人間として存続できるのではないかと思う。厳しい「一」にこだわって、多くの「一」に分散してしまうのが多重人格である。

多重人格は、アメリカにおいて圧倒的に多く報告され、文化差によるものと思われたが、最近は日本においても生じてきた。もちろん、数はアメリカに比してまだまだ少ない。文化差を論じるには、もう少し状況の推移を見届けていきたいと思っている。ただ、このような現象が近代自我のもたらすものであるとは、言えそうである。

4　いまを生きるために不可欠なもの

現代に生きる女性は、どのような物語を生きようとするのか。これはなかなか簡単に答えられない問いである。近代になって、自我が確立され、それが科学技術を武器として世界に対していくとき、実に多くのことが可能となった。

生活はきわめて便利になり豊かになった。人間は神抜きで、この世の楽しさを十分に謳歌《おうか》できると思われた。ところが現実は、そのとおりにいかない。便利で豊かな生活を維持するために人々は極端に忙しくなり、なんとなく常にいらいらとして生きている。何か誰かに対して怒りを爆発させたい——事実、それをやってしまう者もいる——という状況になってきた。

女性の場合、とくに欧米においては、長く続いた父権制の中で、現代に生きようとする女性たちが、女性も「父権の意識」を獲得し、男性と同等に仕事を遂行できることを主張し、また実行してきた。しかし、むしろそのような点で「成功」を収めた女性たちは、もう一歩深く踏みこんで考えるようになった。

ユング派の分析家、シルヴィア・ペレラは、「社会的に成功を収めた女性である私たちは、通例『父の娘 daughters of the father』——つまり、男性本位の社会にうまく適応している女性——であり、私たちのものであった豊かな女性性の本能やエネルギー・パターンを拒絶してきました。ちょうど同じように、文化もこれをことごとくもぎ取り、傷つけてきました」と述べている。(8)

とすると、現代の女性は、「女性の物語」を見いださねばならない。それを見いだすことによって、現代のなんだかギスギスしている生活に潤いをもたらすことができるのではなかろうか。そう考えると、ノイマンの提示した男性の英雄の神話が、近代の男にとっても女にとっても意味をもったように、女性の物語は、近代を超えようとする女性にとっても男性にとっても意味をもつものと思われる。

「父の娘」を生きる人

シルヴィア・ペレラは現代女性が「父の娘」となる危険性を指摘していた。ところで、この「父の娘」というのは何を意味するのだろう。父の影響を強く受けている、父親に特別にかわいがられる娘という意味だとすると、紫式部などその典型かもしれない。『紫式部日記』によれば、彼女が幼いとき、父が彼女の兄に漢籍を教えているのを傍らで聴いて、兄よりもよい理解を示し、父親に「口惜《くちお》しう、男子《をのこご》にて持たらぬこそ、幸《さいはひ》なかりけれ」と嘆かせたのは、よく知られていることである。このような例は、現代の日本においてもあると思われる。

しかし、ペレラの言う「父の娘」は、個人的な親子関係を超えて、「父権制の娘」とでも言うべき意味をもっている。つまり、アメリカのように、父権的である社会において、その中で成功していく女性、という意味で述べている。彼女の言う「父の娘」は社会的成功者であるが、それはマリリン・モンローのように、そのような社会の男たちに愛される女として成功するのではなく、男たちと互角に戦って成功する女性のことなのである。

「父権制の娘は、母との関係が薄い」とペレラは言う。彼女たちは、母とか母性というものに対して、嫌悪や拒否の感情をもつ。母性にうっかり近づくと、男たちに奉仕する役割にはめこまれそうになったり、自分の「個性」が壊されたりしそうに思うからである。したがって、あくまで母からは自立した人間として生きているつもりであるが、ふと気がつくと、父や夫のもつ価値観にまったく縛られていて、「父権」を生きさせられていて、「本来の私」というのは何なのかがわからない、という強烈な不安に襲われることになる。

これは別にすべての「父の娘」のたどる道というのではない。人間には実にいろいろな道があって、どれがよいとか悪いとかはあまり言えない気もする。現代でも母娘結合の物語の中に生きている人もあるし、一生、「父の娘」として幸福に暮らす人がいてもおかしくはない。しかし、できれば自分はどんな物語を生きているのか、それは他とどれほど異なるのかを自覚しているほうが、おもしろくもあるし、近所迷惑も少ないのではないだろうか。

たくさんある物語の中のどれを自分は生きようとしているのかを自覚していない人は、しばしば、自分の生きている物語だけが「正しい」と確信しているようである。そうなると、その人の幸福度が高まるにつれ、まわりの者は苦労させられると思う。

話を元に戻すと、ペレラたちの主張は、女性が現代においてきわめて自立的に行動し、成功したと思っていても、ふと気がつくと、自分たちは「父」に隷属し、女性としての根源的な存在と切れていることの不安やいらだちに苦しめられているのではないか、ということである。

ギリシャ神話のアテネのように、それは輝かしい存在であっても、要はゼウスという父親の考えによって動かされているのではないかと考える。アテネは文字どおり「父の娘」である。と言うのも、彼女は父親から生まれているのである。ゼウスの頭から鎧《よろい》兜《かぶと》に身を固めて雄叫びをあげて、彼女は生まれてきたと言われている。

「父の娘」と言うときに、「父」を社会的規範の体現者としてみれば、父の娘は、社会の規範や期待に応えて生きる女性というようにも考えられる。フロイトの言う超自我《スーパー・エゴ》のきわめて強い人である。

このような女性にとっていい加減な生き方をしている男性は、立腹のもとになる。そして、時には彼女の父親自身もそのような男の一人として攻撃の対象となったりする。「父の娘」というときの「父」は彼女にとって、生物的な父ではなく、精神的な父なのである。

現代の日本においては、社会的規範や期待そのものが変化したり、タテマエとホンネの使い分けがあったりするので、「父の娘」も「父」の姿をとらえかねて苦労することもある。たとえば、ある女性は勉強がよくできたので、父親の期待に応えて一流大学に合格。喜んでいたが、大学院に進んで研究者になろうとした途端に父親の強い反対にあって当惑する。

彼女はこれまでの経過から見て、当然、父親も喜んで後押ししてくれると思っていたからである。ところが、彼女の予想に反して、父親は「大学院などに行ったら、お嫁に行くところがない」と猛反対をする。彼女はどうしていいかわからなくなる。「お嫁さん」になるのを、最も大切な規範と考えるのなら、どうして、自分が学問をするのを喜び、一流大学の合格を人生の目標であるかのように言ったのか。もし、父親の規範が「お嫁に行く」ことを第一としているのなら、自分はこんな馬鹿げた「勉強」などまったくしなかっただろうに、というのが彼女の言い分である。

演劇をたとえに使うなら、彼女は怪物退治の英雄として登場すべく準備を十分にしてきたのに、本番になって急に「あなたの役割は怪物にとらえられて英雄に救われるのを待つ美女の役割です」と言われたようなものである。「話が違う」と彼女はどなりたいであろう。「父の娘」と言っても、父の方針がぐらつくとたまったものではない。

父権と母権を両立できるか

これまでに示してきたように、世界の傾向は、母権から父権へという方向が見られ、それを強力に推し進めた欧米の文化が世界を主導しているのが現状である。しかし、現在の父権の意識は行きつくところまで行った感じがあり、そのマイナスの面が露呈されてきた。それについては、すでに「近代自我の病」として論じてきた。このあたりで、そろそろ方向転換をはかり、父権と母権の両立という困難なことを考えねばならないのではないか、と筆者は考えている。

とは言っても、世界の現状を見ると「強力」な地位を占めているのは、父権の意識であるという事実は認めざるを得ない。しかし、これは当然と言えば当然で、父権の意識が武器としている、機械化、政治化、軍事化という力は、人間界においては圧倒的に強いものだ。その線に入りこんで成功したり出世したりしている人は、それをよしとしたり幸福に感じたりしている。ただ、それがどれほどの犠牲の上に立っているかに気がついていないだけである。

男性で成功している人は、何も気がつかないかもしれない。しかし、シルヴィア・ペレラが言うように、「成功した女性」は、どうもこれはおかしいということを自らの問題として気づきはじめたのである。彼女たちの存在そのものが、父権的意識の一面性に対して反応を起こしはじめた。そして、古代において消え去ったと思われていた母権的なものを、現代に生かすことの重要性を認めたわけである。

父権と母権の両立をどう考えるか。このためにすでに紹介したように、アメリカの女性の分析家が古代のバビロニア、シュメールなどの神話や聖娼のイメージなどに関心をもつようになったと考えられる。あるいは、アメリカにおいて現在急激に高まりつつある、仏教への関心も、その動きのひとつとして考えていいであろう。

これに対して、日本ではどのように考えるといいであろうか。日本の事情は単純ではないので、欧米のモデルに従って語ることができないことを、まず、われわれは知っておかねばならない。日本は欧米のように明確な父権の意識をもっておらず、父権と母権が複雑にからみあっている状況にある。

この点をよくわきまえていないと、誤った結論に導かれることになる。社会の重要なポストを占めているのがほとんど男だという意味では、「男社会」であるが、その男性たちは欧米のような厳しい父性原理ではなく、母性原理に従って生きているので、問題が複雑になるのである。

個人よりは「場」が優先するという意味で、日本はまだまだ母権的意識の強い社会である。たとえば、自然科学の研究をしている学者でも、その研究をするときは、もちろん父権的意識によって行っていても、学者たちの集団の人間関係のほうは、母権的意識によって行われていることが多い。このために、とくに能力の高い個人の才能が存分に発揮できないことになり、欧米から、日本の学者は創造性が低いと非難される要因になっている。個性の尊重ということが、最近にわかに強調されはじめたが、実態はなかなか変わらない。

このような男社会の母性的集団を支えるのが、女性の役割であったので、たいへんと言えば実にたいへんであった。しかし、このシステムは「母」の絶対的と言っていいほどの優位性ということによって、男女のバランスがとられていた。男は家庭においても「家長」として一応いばってはいたが、彼も母にはすべての点で譲らねばならなかった。実際的権限は母にあり、母は家庭の中の女性たちの立場を常に念頭に置いていた。このような実態がわからないと、アメリカ人が、日本は徹底した男性優位の国のように思ったりする誤解が生じてくる。

日本の伝統的システムがそれなりの男女バランスをもっているとは言っても、これを西洋の父権意識に基づく個人の確立という点から見れば、女性はまったく差別されていることになる。

日本の女性で「父の娘」である女性は、男性よりも強く「父権的意識」をもつので、それを社会の中で主張する。論理的には「正しい」ので、それを推し進めようとするが、母権的な男性集団の抵抗にあって潰されそうになる。「正しい」ことが曲げられると思うと、ますます熱心になる。そうすると、それに従って男性の抵抗も強く、正しいことの通らぬ日本社会を嫌になってしまう。あるいは、日本の社会で男性に伍して成功していくために、母権意識をある程度、身につけることになる。

父権の意識も母権の意識も一長一短で、実のところどちらが正しいということもない。問題は両立しがたい両者を、一人の人間の中にいかに両立させるかという点にある。

それぞれが「自分の物語」を見いだすとき

両立しがたいものをひとつに両立させるためには「物語」が必要である。論理的整合性のあることは、別に物語ることもなく、そのまま記述すればよいし、数学的記述がそのもっとも典型的な例であろう。あるいは、ひとつのイデオロギーによってすべてを説明しきる場合は、物語を必要としない。むしろ、敵対的とさえ感じられるだろう。

近代は近代科学とイデオロギーの栄えた時代であり、したがって、物語の価値が極端におとしめられた。「××神話」というのは、まことしやかな虚偽であることを意味し、神話を信じる人は端的に言えば、知能や知識の貧困な人である、と考えられた。

父権的意識が強くなると、自分の力によって世界を操作し利用することは上手になるが、「世界の中に」関係あるものとして生きることはむずかしくなる。世界を対象化してしまうのではなく、自分と世界との関係ということになると、どうしても物語が必要なのである。

物語は、いろいろな点において「つなぐ」役割を果たす。矛盾することも物語によって、ああそうなのか、と納得のいく形で収まる。そんなわけで、「関係」ということを意識した場合、科学も物語を必要とすると筆者は考えているが、それはここでは触れずにおく。

父権的意識の確立の過程を、すでに紹介したようにノイマンが物語として提示したのは、彼が強い父権は母権の助けなしには存続しないという相矛盾するものの両立を主張しようとしたためである。したがって、「科学的」心理学は、自我の確立を考えるにしろ、ノイマンの物語など問題にしない。その点は、ともかくとして、ノイマンの物語によるにしても、ここで、女性を中心として考えると不備が残ることは指摘したとおりである。

ここで、現代における「女性の物語」の必要性が浮かびあがってくる。女性による女性の物語として、現代に生きるわれわれにヒントを与えてくれるもの、そのような視座から『源氏物語』を読むことは可能なのではないか。それは前章において述べたように、相当に古い時代ではあるが、紫式部の置かれていた時代の特性が、そのようなことを可能にしていると思われる。

この時代の日本においては、父権と母権がいろいろな面において錯綜し、共存していた。そして、ある種の女性、紫式部のような女性は経済的にも自立していたし、時代の潮流に対しても距離を置くことができた。

このように考えると、『源氏物語』が現代に生きる者に対して、貴重なヒントを与えてくれるのもうなずけるのである。

もちろん、現代は各人が自分の物語を各自に見いだしていくことを要請するものであるが、ある既存の物語が、その上で役に立つことは十分に考えられる。『源氏物語』はそれだけの価値をもっているものと思う。

アメリカにおいて、女性の物語を見いだそうと試みた女性のユンギアンが、「個としての女性(one-in-herself)」の重要性を強調するのは、「関係」を断つことにならないかと思う人があるだろう。物語は「つなぐ」ためにあると言いながら、それでは矛盾することになってしまう。

しかし、西洋における物語が、多くは「男性の目」から見たものであり、その中に登場する女性は、男性との関係においてアイデンティティを決められるものとなりがちである。対等の男性と女性が互いに愛しあうことをめざしているように見えるロマンチック・ラブにおいても、そのような点は避けられないことが明らかになってきた。そこで、女性の物語として「個としての女性」というイメージが生じてくる。

この際、その女性像は、竜殺しを行った男性の英雄のように孤立したものではない。それは一人でありながら関係性を内包した存在なのである。それは別に男性との関係によって自分のアイデンティティを決定するのではなく、自分自身の存在自体によってアイデンティティをもっているが、必要なときに、必要な相手と、仲間として生きる関係性をもっている存在なのである。

注

(1) 拙著『母性社会日本の病理』中央公論社　一九七六年(講談社+α文庫　一九九七年)
(2) ナンシー・クォールズ - コルベット(菅野信夫・高石恭子訳)『聖娼』日本評論社　一九九八年
(3) シルヴィア・B・ペレラ(山中康裕監修、杉岡津岐子他訳)『神話にみる女性のイニシエーション』創元社　一九九八年
(4) 福尾猛市郎『日本家族制度史概説』吉川弘文館　一九七二年
(5) 藤井貞和『物語の結婚』創樹社　一九八五年
(6) この点については筆者が常に問題にしてきたことで、注1にあげた拙著に詳しく論じている。

（7）ロバート・A・ジョンソン（長田光展訳）『現代人と愛』新水社　一九八九年

（8）注3前掲書。

第三章　内なる分身

平安時代は第一章に論じたように、いろいろな条件がうまく重なって、「個」を確立し、その内面を表現し得る女性たちを輩出した時代であった。その中でも、紫式部は恵まれた才能と、その生涯にわたる多様な体験とが相まって、世界に誇れるような大作を生みだすことになった。

すでに述べたように、『源氏物語』を一人の女性の「世界」を物語るものとして読み解く前に、作者の紫式部その人について少し論じることが必要であろう。と言っても、紫式部について、これまでのところ、それほど詳しいことがわかっているのではない。生没年も定かではない。彼女自身による『紫式部日記』が残されているが、これは今日の常識で考える日記とはおよそ異なるものである上、期間も短い。

それにしても、千年前に生きていた身分もそれほど高くない一人の女性、と考えると、いろいろなことがよくわかっていると喜ぶべきかもしれない。

1　「内向の人」紫式部

『源氏物語』には、紫式部という女性が自分の世界を探究していくことによって、自己実現の過程を見いだしていくことが描かれていると考えられる。そこで、『源氏物語』の全体にわたる構図を明らかにしていくことになるが、その前に彼女の生涯について簡単に述べておくことにする。

彼女の外界の現実が『源氏物語』のどこに、どのように対応しているかなどと考えるのは、ナンセンスなことであるが、一応は彼女の実生活についても知っておく必要はあるだろう。国文学研究者による解説(1)などに頼りつつ、本書の意図と関連づけて、紫式部について少し触れておく。

想いは内に

紫式部の生涯について知ると、まず感じることとは、「父の娘」というのと「内向の人」ということである。「父の娘」についてはすでに少し触れた。彼女のことを理解するには、彼女の父親についてまず知らねばならない。父親の藤原為時《ふじわらのためとき》は越後守《えちごのかみ》正五位下に任ぜられていて、受領《ずりよう》であり、高位の貴族ではない。生真面目で「清貧の学者・文人」という類の人間であった。紫式部はこの父親から文人としての才能と知識を受けついでいる、という点で「父の娘」であるとともに、どうも母親との縁が薄かったらしいことも注目すべきことである。

紫式部の家集(『紫式部集』)にも、日記にも、母親のことはひとことも書かれていない。彼女の幼いころに死別したのではないかと推察されている。母親との縁の薄い女性は、自立への道を歩みやすい。それが少しはずれて孤立の方向になってしまうこともあるが、彼女はそうではなかったようだ。父の愛情によって相当にカバーされたのであろう。

彼女の兄に、父親が漢籍を教えているのを、彼女のほうが先に覚えてしまったことはすでに紹介した。彼女がここで漢字・漢文を学んだことは、彼女の自立心を育てる上でも役立ったことであろう。男性的な思考力、ものの見方などを彼女が身につけたと考えていいだろう。

彼女の結婚は実に特徴的である。彼女は推定年齢二十六歳のときに、父親と同年齢ほどの男性、藤原宣孝《ふじわらののぶたか》(推定、四十五歳前後)と結婚している。当時は、女性は十四、五歳で結婚するのが通例だから、晩婚にしても相当なものである。

もっとも、これが初婚かどうかはわからないが、「父の娘」がなかなか結婚せず、父親代理のような男性と結婚するようになるのは、よくあることである。彼女は宣孝との間に一人の娘をもうけて、この娘は後に大弐三位《だいにのさんみ》と呼ばれるようになる。

彼女の結婚は遅いが、それまでに男性との関係が皆無とは言えないようだ。それがどの程度のものかは不明であるが。ひとつ注目すべきこととして、家集の歌の中に次のような贈答の歌がある。

方違《かたたが》へに渡りたる人の、なまおぼおぼしきことありて帰りにけるつとめて、
　朝顔の花をやるとて、
おぼつかなそれかあらぬか明けぐれのそらおぼれする朝顔の花
　返し、手を見わかぬにやありけん、
いづれぞと色わくほどに朝顔のあるかなきかになるぞわびしき

この詞書の中の「なまおぼおぼしき」という言葉は、まさにとらえどころのないものだが、この方違えに来た人と紫式部との間にどんな関係があったのか。もっとも相手が女性ということもあろうが、こんなのを見ると、ともかく紫式部が、結婚するまではまったく男性を寄せつけぬ堅物ではなかったのだろうと思われる。

藤原宣孝との結婚生活は浮いたものではなかったにしろ、順当なものであった。娘も生まれたしと思っていたのに、宣孝が結婚後三年のときに死亡する。幼い子をかかえて寡居の身となって、紫式部はずいぶんとつらい生活をしたのではなかろうか。しかし、この不幸な体験は彼女が「物語」を書く上に大いに役立ったと思われる。事実、『源氏

物語』を書きだしたのは、このころと推定されている。

しばらくたって、彼女の生活は一変する。彼女は藤原道長《ふじわらのみちなが》の娘の中宮彰子《ちゅうぐうしょうし》のもとに宮仕えに出る。一挙に華やかな世界に入ったのだが、彼女がそれに浮かれたのではない。出仕したときの気持ちを次のように歌っている。


身のうさは心のうちにしたひ来ていま九重《ここのへ》に思ひみだるる

彼女にとって「身のうさ」は、そう簡単になくなるものではなかったろう。彼女はまさに「内向の人」なのであった。これは、結婚生活においても同様であったろう。外に華やいでいくのではなく、常に想いを内にこらしていたのだ。

宮仕えで体験したこと

紫式部の宮仕えは、藤原道長の意志によると言われている。彼の娘、中宮彰子の局《つぼね》を魅力あるものにするために、道長に認められて宮仕えをすることになったが、彼女は宮廷の生活を冷静に眺め、自分自身の考えと判断に従って、自分なりの「世界」の構築をすすめていたのである。

ところで『尊卑分脈《そんぴぶんみゃく》』によると、紫式部の項の注に「御堂関白《みどうかんぱく》道長妾云々」とある。

これはどの程度に信じていいことなのだろう。あるいは、『紫式部日記』の終わりのほうに、道長との間の贈答歌が記されている。道長が『源氏物語』にかこつけて、梅の枝に敷いた紙に、

すきものと名にし立てれば見る人の折らで過ぐるはあらじとぞ思ふ

と書いてからかったのに対して、

人にまだ折られぬものをたれかこのすきものぞとは口ならしけむ

と紫式部は答えている。

梅の酸《す》いのと好きとをかけて、二人でふざけあっているが、ここで紫式部は「人にまだ折られぬものを」と自分のことをきつく表現している。ところでこれには続きがあって、その夜、道長に彼女を訪ねてくる。

渡殿《わたどの》に寝たる夜、戸をたたく人ありと聞けど、おそろしさに、音《おと》もせで明かしたるつとめて、

夜もすがら水鶏《くひな》よりけになくなくぞまきの戸ぐちにたたきわびつる

かへし、

ただならじとばかりたたく水鶏ゆゑあけてはいかにくやしからまし

これらのエピソードから藤原道長と紫式部との関係が実際にどうだったかについては、諸説があるようだが、ともかく心理的には彼女にとって「娼」の体験があったと言えるだろう。妻としてではない男性との関係の中に生じる、甘さ、華やかさと同時に味わうあやうさなどの機微を彼女は体験したことであろう。繰り返しになるが、これはあくまで心理的体験としての娼であり、彼女が文字どおりの娼婦となったなどと言っているのではない。

第二章の図2（五〇ページ）に示したことを思い起こしてみると、紫式部はこの図に示した、娘、母、妻、娼の体験をすべてなしたと言うことができる。もっとも、彼女は娘をもったが息子をもたなかったので、息子に対する母としての体験はもたなかった点が少し欠けている。

娘の賢子は大弐三位と呼ばれ、三位となって母よりも出世したわけだから、このあたりのところで、紫式部は少しは息子の出世を願うような体験をしたかもしれない。それに、夫の死後は幼子をかかえて経済的にも苦労しただろうし、その後、中宮彰子のお気に入りとなって宮廷の華やかさを体験しただろうし、いろいろと多種多様な生き方をしたものと言える。

ところで、「内向の人」である紫式部は、自分の体験を外在する人たちとの関係として見るよりも、むしろ、自分自身の内界の多様性として受けとめたと思われる。そして、それは自分がいろいろな性格とか、側面をもっているというよりは、自分の内界にいろいろな人物がいるとして意識されたのではなかろうか。内向の深度が深くなると、誰しもそのように感じると言っていいだろう。

礼儀正しく品行方正に生きている女性が、自分にもあんがい淫らなところがあるようだと思うのと、自分の中に娼婦が住んでいると感じるのとでは、その現実感がまったく異なってくる。そのような内界のリアリティをいきいきと感じるには、男性との関係ということが生じてくるが、そのとき、内界に住む一人の男性を相手に、自分の内界の多くの分身たちが関係すると感じるのが一般的である。

ある女性が自分の内界のリアリティを確実にするために、一人の男性像が必要となる。あるいは、一人の男性像を核として、自分の内界が多様でありつつ、ひとつのものとして結晶してくると言ってもいい。

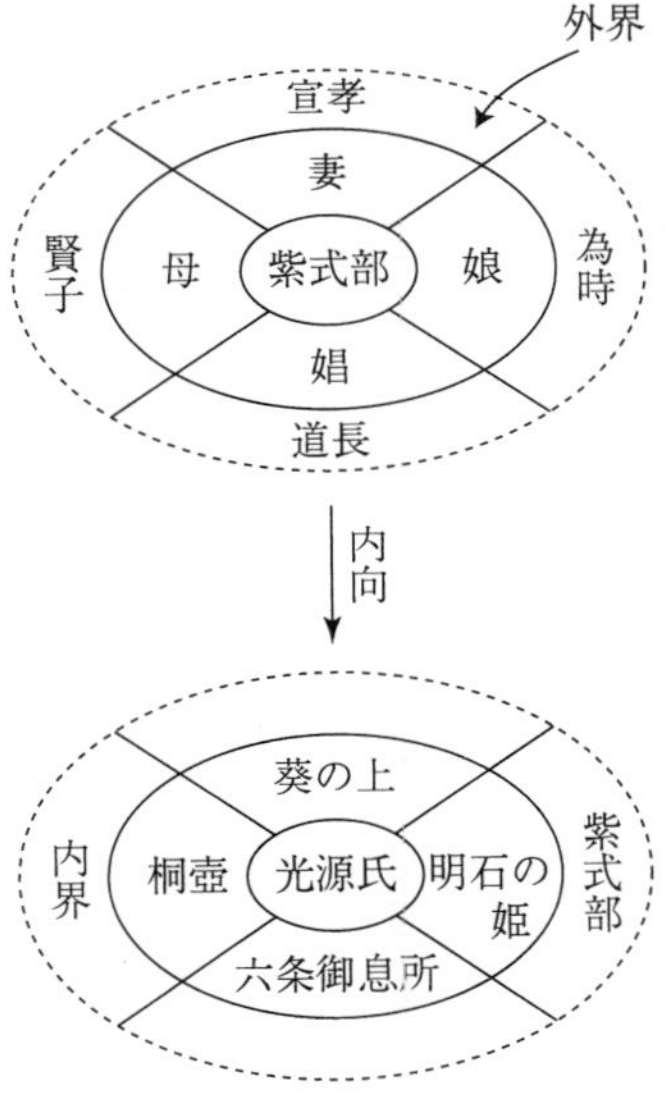

図3　紫式部の内向体験

紫式部の、父親藤原為時の娘としての体験、夫藤原宣孝の妻としての体験、賢子の母としての体験、藤原道長の娼としての体験は、彼女にとって外的なことであり、それらを、あくまで彼女自身のこととして内在させていき、内界の現実として体験する、それは「物語」として語る他はなく、その中核に、光源氏という男性が登場してくるのである。

藤原為時と紫式部という個人的な事実は、光源氏と明石《あかし》の姫という父娘関係として物語られるとき、それは個人的体験を超えて、普遍的な女性の体験へと接近していく。他の関係もすべて同様である。光源氏という内向の核となる男性像の出現によって、彼女の体験が、他の多くの人々——現代人まで——につながってくるのである。

女性が自分の内界に多くの女性群像の存在を実感しつつも、それが多くの男性ではなく、一人の男性との関係として体験しようとする傾向は、相当に一般的と言ってもいいように思う。したがって、『源氏物語』が紫式部の物語であるからと言って、それが彼女の個人史であることなどを意味していない。歴史のつまらなさを彼女は「蛍《ほたる》」の巻で光源氏の口を借りて述べさせている。「物語」というものは、個人の経験した事柄を、普遍性へと接近させる。

ここに述べたような観点に立って『源氏物語』を読むと、そこに現れてくる多くの女性が紫式部の内界に住む人々として見えてくる(図3)。彼女はそれらを、まずはじめに、光源氏という一人の男性との関係において述べるのだが、それに続いて、彼女自身の存在を語るのに、もはや男性との関係において述べる必要がない、というところまで徐々に変化していく過程を『源氏物語』の中に読み解くことができるだろう。以後、それを順次述べていくことにしよう。

2 「母なるもの」

女性の内界を語るのに、「母」を最初に取りあげるのは、まず妥当であろう。第二章に論じたように、母のイメージというのは人類共通にきわめて強烈なものだからである。しかし、紫式部は実母とは縁の浅い人であった。またそのことが、彼女が作家としてこれほどの偉業を成し遂げた要因のひとつだったとも言える。女性が徹底的に母と同一化

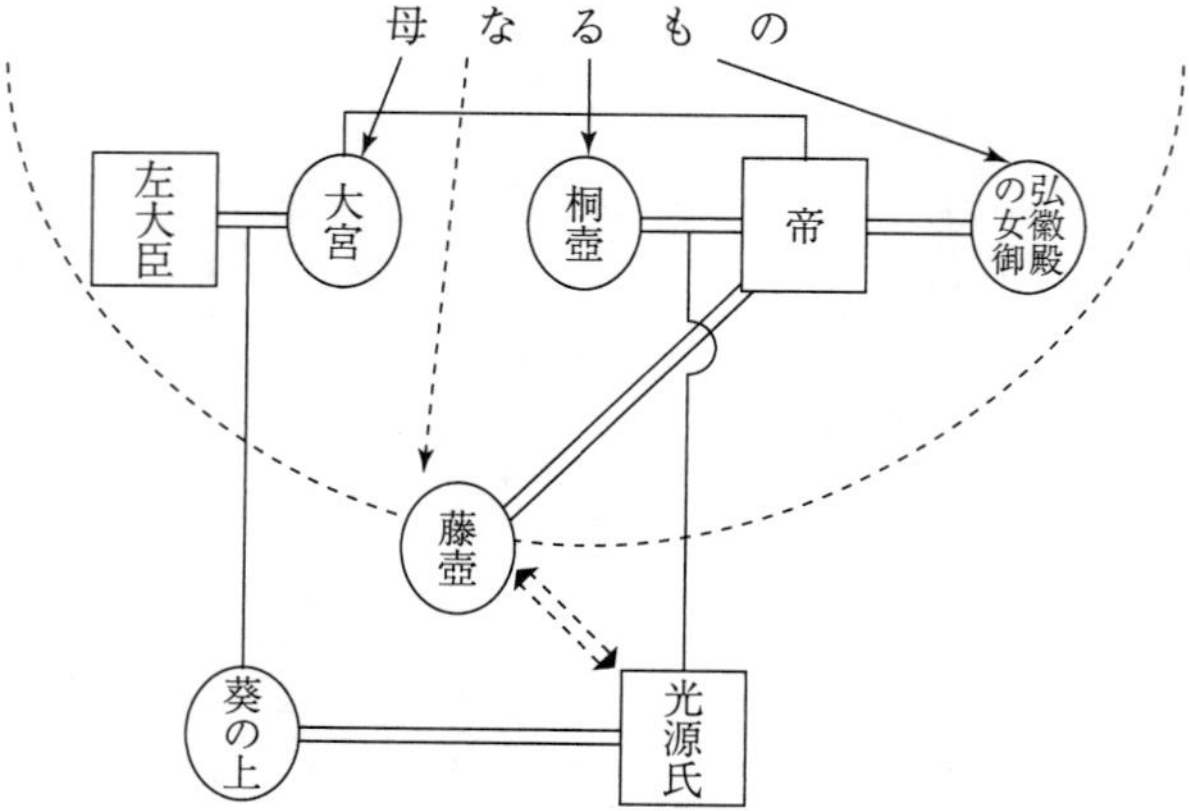

図 4　光源氏と母なるもの

してしまうと、どっしりと安定してしまって、このような仕事をする気など起こらないであろう。

実母との関係は薄いし、自分も母として息子を育てていないので、紫式部の母体験はそれほど多様ではなかったろう。しかし、内界の深部にまで目を通すとき、彼女はそこに母なるもののいろいろな姿を目にしたに違いない。それは必ずしも血のつながった実母とは限らない。母なるものはいろいろな姿をとって顕現してくるのだ。

光源氏にとって「母なるもの」はどのような姿で顕《あらわ》れてきたのか。それにふさわしいキャラクターをそなえた女性は物語の冒頭の「桐壺《きりつぼ》」の巻に、すべてが顔をそろえて登場している。このあたりの構成は実に見事という他はない。これを図示すると、

図4のようになるであろう。ここに示された人物はすべて「桐壺」の巻に名前があげられている。

桐壺は源氏の母親であるから、文句なしに母なるものの顕れと見ることができる。しかし、桐壺の死はすぐに第一巻において語られる。実母はすぐに死亡したが、『源氏物語』を通じて、やさしい母として源氏に接する女性は、彼の妻の母——つまり義母——である大宮《おおみや》である。これに対して、恐母とでも呼ぶべき存在は、弘徽殿《こきでん》の女御《にょうご》であろう。彼女は帝《みかど》——つまり源氏の父親——の妻であるが、源氏にとっては、あまり「母」という意識はなかったかもしれない。しかし、物語全体を通してみると、わが子を呑みこんで息の根を止めようとする恐母のはたらきを、常に源氏に対してなすのが弘徽殿の女御であることがわかる。いうなれば、実母をはさんで慈母《じぼ》と恐母が存在しているのである。

ここで微妙な役割を演じるのが藤壺《ふじつぼ》である。彼女は光源氏の父親である帝の女であるという意味では、母なるものの世界に属しているようだが、源氏にとっては忘れがたい恋人としてのイメージが強烈である。したがって彼女の位置は、半分、母なるものの世界からずれている。

以上述べてきたような考えによって、「母なるもの」のありようを、詳しく検討してみることにしよう。

桐壺から藤壺へ

桐壺は光源氏の母である。とは言っても、彼女はほとんど「母」としての人生を生きていないと言うべきであろう。物語の中で語られる彼女は、ひたすら帝の寵愛を受ける更衣《こうい》として、他から多くの嫉妬を受けて苦しむ女としての姿は描かれているが、母親としての彼女のことは何も語られていない。

光源氏が三歳のときに桐壺は亡くなるが、そのときも、わが子の将来について嘆いたとか、言葉を残したということもない。ただ、死亡した後に、彼女のことについて、心ある人たちは、その姿や顔立ちの美しさ、気だてのやさしさなどを思い起こしたことが語られていて、これによって桐壺の性格がわかる程度である。まさに「佳人薄命《かじんはくめい》」というとおりの人生である。

紫式部の内界の女性群像のトップバッターとして、桐壺という薄命の佳人が現れてきたのは、さもありなんと感じさせられる。多くの女性が自分の内界に住む、あるいは、住んでほしい女性像として、美しくやさしいが薄命の女というのをはじめにあげるのではないだろうか。

たくましい女性や淫らな女性などがいるとしても、その存在に気づくのは後のことになるだろう。それは薄命であるゆえにすぐに姿を消してしまう。しかし、その影響力は実に強い。物語の進展にともなって現れてくる重要な女性たちに、桐壺が何らかの影を落としていると感じられるのである。

桐壺の影をもろに受けているのが藤壺である。桐壺のことを忘れられぬ帝が、彼女に似た女性として見つけてきたのであるが、光源氏にしてみると、「母にして恋人」である典型的な女性が現れたことになる。多くの男性は、まず自分の母に愛人の姿を見いだすのだが、母親から分離していくときに、何らかの意味で母親と類似性を感じさせる女性を恋人として選ぶことが多い。

三歳で母と死別した源氏は、母の姿をほとんど覚えていなかっただろうが、恋しい想いはふくらんでいって、理想の女性のようなイメージとなったことだろう。そのときに、母親とよく似た美しい女性、しかもそれは自分の父親の女であるために、高嶺の花であるので、思慕の念はますます強められたことであろう。源氏にとっては、藤壺は、母であり、妻、娼であり、すべてであったとさえ言えるだろう。源氏にとってきわめて大切な女性となる紫の上も、実は藤壺の面影が濃く影を投げかけている。

藤壺にとっても源氏は何ものにも代えがたい存在であったろう。彼女にとって、源氏は愛人であるとともに、かわいがってやらねばならぬ息子であったり、頼りになる父親であったりしたのではないか。紫式部は薄命の佳人の延長上に、それよりは強い、しかし思いのままに生きるには運命によって縛られすぎている女性を置いたのだ。

源氏の藤壺への想いはつのるばかりで、とうとう命婦《みょうぶ》の手引きで、源氏は藤壺と結ばれる。その上、藤壺は身ごもってしまうのだ。両者ともこれには深く悩むが、帝は自分の子どもと確信している。子どもを生んだ後、藤壺は帝と源氏という二人の男性の間にあって、実に悩みの多い人生を歩まねばならない。

天皇の子どもを生み、その子が次の天皇になって、自分自身は「国母《こくも》」となる、というのが、当時の高貴な貴族の女性にとっての「最高の物語」であった。それを果たすかに見えつつ果たさずに去った桐壺の後を受けて、藤壺はそれを達成した。

しかし、彼女は幸福とは言えなかった。彼女の心は源氏と結ばれていた。しかし、その後の源氏の強引とも思える接近を彼女は拒みとおす。それは、子どもの幸福のために、そして源氏の――ひいては自分の――破滅から守るためにも必要であった。藤壺の一生は、幸福どころか苦悩の連続と言ってもよいのではなかろうか。

紫式部は、スタンダードの幸福物語を生きることが必ずしも幸福ではないことを知っていた。人生はそれほど単層にはできていない。表面的な幸福と秘められた苦悩のはざまの中で、藤壺は出家する。天皇と源氏という二人の男性のはざまの中で、出家したということもできるであろう。ここに示される藤壺の行為は、物語の最終段階において重要な役割を果たすことになる浮舟《うきふね》の先駆としての意味をもつものと思われる。

紫式部の藤壺に対する同一化は相当に強かったのではなかろうか。藤壺の死後に語られる彼女の性格も、「世のためにもあまねくあはれにおはしまして」(「薄雲《うすぐも》」)とあって、高い身分になっても権勢に溺《おぼ》れず、誰に対してもやさしかったことが語られる。仏事にしても華美にわたることはなく、心のこもった供養をした。紫式部の彼女に対する想いの厚さを知るひとつの指標として、アイリーン・ガッテンが指摘しているように、(2)『源氏物語』全編を通じて、臨終の場が語られる女性は三人しかいないのだが、藤壺がその一人であるという事実(他は、紫の上、大君《おおいぎみ》)をあげることができる。

臨終の場には光源氏がいて、藤壺が彼に向かい「故院の遺言どおりに、冷泉帝《れいぜいてい》の後見をしてくださって」とお礼を述べる。他人の耳があるので、源氏も礼儀正しく答えているものの、実のところ、二人はその愛の結晶とも言うべき、自分たちの子どものことについて話しあっている。源氏が公式的なもの言いの中に万感こめて語っている中で、彼女は「灯火《ともしび》などの消え入るやうにてはてたまひぬれば」(「薄雲」)ということになる。

藤壺は国母という地位にあがるし、彼女の性格には母性的な側面のあることがうかがわれるが、光源氏との関係で位置づけるなら、母にきわめて近い「娼」のところに置くことになろう。一般的な意味で「母」を感じさせる女性としては他の人物を探さねばならない。

慈母としての大宮

光源氏の実母、桐壺は彼に対して「母」としての役割をほとんど果たさなかった。桐壺の影をひいている藤壺も、むしろ母としてよりは、母のイメージより生みだされてくるアニマ像(3)としての意味のほうが強かった。結局のところ、源氏に対してある程度の「母」を感じさせたのは、彼の妻、葵《あおい》の上《うえ》の母である大宮であったと思われる。

大宮もあまり幸福な女性とは言えない。天皇(桐壺帝《きりつぼてい》)の妹として左大臣と結婚し、娘は光源氏と結婚、息子(一般に頭《とう》の中将《ちゅうじょう》と呼ばれる)はだんだんと出世して太政《だじょう》大臣にまでなると言えば幸福な生活だが、なにしろ、その娘が子どもを生んですぐ亡くなったのだから、その悲しみは常に彼女の心の中にあったと言っていいだろう。それにしても、彼女の娘(葵の上)と娘婿(源氏)に対する気持ちは常に細やかでやさしい。源氏との間にはたびたび和歌の贈答があり、互いに感情を分けあっている。情の通う母子関係を感じさせる。

源氏が失意のうちに須磨《すま》に下るとき、紫の上と別れを惜しむのは当然であるが、彼は大宮のところを訪ねて惜別の和歌を交換している。大宮のところには、源氏の息子の夕《ゆう》霧《ぎり》がいるので、息子に別れを告げようとして訪ねていったとも言えるが、大宮と源氏の歌のやりとりには、母子に近いほどの気持ちが通っている。

大宮の母性性が発揮されたのは、源氏に対してというより、彼女の孫である夕霧と雲《くも》居雁《いのかり》の恋愛より結婚に至るまでの過程においてであろう。この事件における大宮の位置をわかりやすく示してみよう(図5)。夕霧と雲居雁の恋愛については、第五章に詳しく述べるが、彼らは相思相愛でありながら、結婚できない。それを妨害している張本人は、雲居雁の父親の頭の中将(当時は内大臣になっている)である。この結婚話の経過の中では、源氏と頭の中将の意地の張りあいのようなことが関係して、それも話を円滑にする妨げとなっている。

ところが、大宮は直接的には手を下さないにしろ、二人の孫の結婚をバックアップし、息子の頭の中将と娘婿の源氏との間の緊張感をほぐすことにやんわりと役立っている。まさに「太母《たいぼ》」的な役割をもって現象全体の背後に存在している。紫式部は自分の中に、このような慈母的な人物の存在を感じるとともに、それとまったく対立する否定的な母親像の存在も感じとっていたようである。それが弘徽殿の女御である。

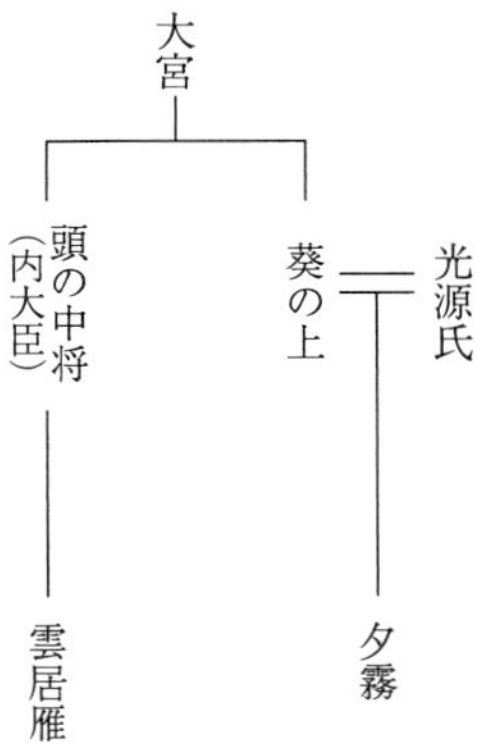

図5　大宮の母性

恐母としての弘徽殿の女御

弘徽殿の女御というのは弘徽殿に住んでいる女御のことを指すのだから、もちろん固有名詞ではない。そんなわけで、『源氏物語』

には、もう一人「弘徽殿の女御」が出てくるのだが、後のほうは頭の中将の娘で、冷泉帝の女御となった。この女性と区別するために、弘徽殿の大后《おおきさき》と呼ばれたりするが、彼女は桐壺帝の女御で、生んだ息子が桐壺帝の跡をついで朱雀帝《すざくてい》となった。彼女はまさに恐母と呼ぶのにふさわしい感じで、光源氏を死の世界に追いやろうとする。彼女と桐壺、大宮との関係は、図4(九六ページ参照)に示したが、紫式部が、見事に「母なるもの」の側面を代表する女性たちを配しているのに感心させられる。

先に述べた大宮を慈母とすると、弘徽殿の女御は、それと対立する恐母である。弘徽殿の女御の一番愛しているのは、もちろん自分の実子(東宮《とうぐう》、後に朱雀帝)であり、その地位を脅かしそうな光源氏は憎しみの対象となる。源氏がまだ若く中将の身分のとき、先帝の前で青海波《せいがいは》(雅楽の一)を舞うが、その試楽《しがく》を見て、この世のものとも思えぬ美しさで一同感嘆する。しかし、弘徽殿の女御のみは、「神など、空《そら》にめでつべき容貌《かたち》かな。うたてゆゆし」と言って、周囲の若い女房たちは、「心うし、と耳とどめけり」、情けないことだと聞きとがめたという(「紅葉賀《もみじのが》」)。

ここに彼女の言った「神など、空にめでつべき」という表現は興味深い。このことは、「うたてゆゆし」と否定的なことになるのだが、それでも光源氏のこの世ならぬ魅力は、やはり認めているのであろう。

弘徽殿の女御の源氏に対する憎しみは、彼女の妹、朧月夜《おぼろづきよ》が源氏と密会していることを知ったときに爆発する（「賢木《さかき》」）。これを罪として彼を陥れようと、いろいろ画策するが、源氏は先手を打って須磨に退居する。

彼女はやれやれと思ったことだろうが、源氏が須磨でけっこう風流な生活をしていることが聞こえてきて、かんかんに怒る。彼女の怒りの強さにみんなが遠慮して、多くの人が源氏に便りをするのも控えた、というのだから、恐母の怒りのすごさがよくわかる（「須磨」）。

紫式部は「母」という存在の気持ちのありようを、ほんとうによく知っていたと思われる。そのプラスとマイナスの様相を、源氏の実母、桐壺の両側に配した、大宮と弘徽殿の女御という人物像によって示している。

なお弘徽殿の女御は自分の実子、朱雀帝に対しても何やかやと差し出がましくふるまい、息子としてはどうも抗しがたいというところも、なかなかうまく描写している。老いるにつれて、口やかましくなり、息子を困らせる姿も描かれている（「少女《おとめ》」）。

ところで、このような恐母はどのような終わりを迎えるのであろうか。世界の昔話に登場する多くの恐母の運命を思いだしてみると、たとえば、白雪姫の母、赤頭巾のおばあさんに扮した狼などは、無惨な最期を迎えている。

しかし、『源氏物語』においては、恐母に対する反抗や対立は、まったく語られない。ましてや罰を受けるなどということもない。彼女の死はむしろ間接に、さりげなく語られるのである(「若菜上《わかな》」)。これも恐母の最期を語るひとつの方法であろう。紫式部の知恵——あるいは、当時の日本人女性一般の知恵——に触れる思いがする。

3　妻を生きる

妻と言っても現在のように一夫一妻制でないと、その地位はなかなか微妙である。一夫多妻が認められていて、その上、夫が妻の家に通うことが多いのだから、「結婚」したと思っていても、夫が通ってこなくなると、まったく名目のみになってしまうし、そのうち夫が他の人を見つけてそちらの関係のみ、ということになると、もはや「妻」とは言っておれなくなる。

本書では一応、妻と娼などという区別を立てているが、これは当時に、そのような明確な区別があったのでもない。むしろ光源氏の心理的なことに重点を置きながら、一応の区別をしたのである。

たとえば、葵の上を「妻」に、夕顔《ゆうがお》を「娼」のほうに位置づけても、それほど異論はないだろうが、他の女性の場合は人によって分類も異なることだろう。また、簡単には区別しがたいところに、その女性の特徴があると言えるのもある。たとえば、末摘花《すえつむはな》などは、本人は妻であると思いこんでいるのだが、源氏の心の中ではそれほどの重みをもっていなかったと言える。また、そのすれ違いのおもしろみを紫式部は描こうとしたように思われる。

そこで、勝手な分類ではあるが、多くの女性を妻と娼に分類して、光源氏の周囲に位置づけていくことにする。妻の第一として葵の上を置くことには、誰もあまり反対しないことだろう。それでは、紫の上についてどう考えるか、という疑問が生じるが、彼女についてはあえて、この二分法に従わせることなく、次章の最後に論じることにしよう。

悲しい誇り

葵の上は誇り高い妻である。そして、彼女ほど妻であることの悲しみを味わった女性はないことであろう。彼女の父は左大臣、母は当時の天皇の妹(大宮)である。東宮に入内《じゅだい》をと望まれていたし、美貌であった。光源氏の妻として何から言っても不足がない。恥《は》づかしと言いたいところだが、彼女は自分のほうが源氏より年上であることを「似げなく恥づかし」と思う。彼女は強い自意識に縛られる女性である。

源氏と葵の上との心のすれ違いの様相は、実に巧みに記述されている。「若紫《わかむらさき》」には、――源氏がしばらく病気がちで――と言っても、この間に、紫の上に初対面しているのだが――、やつれた姿で参内《さんだい》し、それを見て、葵の上の父親の左大臣が源氏をわが家へと連れて帰る。そこで、夫婦は久しぶりの対面をするのだが、どうもしっくりといかない。

せっかく源氏が来ているのに、すぐに会いたがるわけでもない、父親にせかされて会うが、「ただ絵に描《か》きたるものの姫君のやうに、しすゑられて、うちみじろぎたまふこともかたく」というありさまなので、源氏もすぐに寄りつけない。「美しい」とは思うが心が打ちとけない。「普通の夫婦のように」してほしいと願うが、会話はどんどんすれ違い、源氏が寝所に入っても、葵の上がすぐについてくるのでもないので、源氏はため息をついている。

　こんな調子だから、葵の上というと気位ばかり高くて親しみのない女性、というイメージをもたれがちだが、はたしてそうであろうか。ある意味で言うと、葵の上は源氏を一番強く愛した――愛したいと願った――人と言えるのではなかろうか。

　彼女は源氏をはじめて見たときに、その美しさにまったく心を奪われてしまう。当時の常識で言えば、皇女を母にもち、父は高位高官、宮中に入内するのこそふさわしいのに、あえて臣下の源氏と結婚しなくてもという考えもあろうが、彼女にとってはそんなことはどうでもよかった。むしろ、自分が年上であることを恥ずかしいと思った。彼女は全身全霊で、一対一のみの関係で源氏を愛そうとしたのではなかったろうか。

　そのように彼女がはじめて源氏と接したとき、彼の魂はすでに他所《よそ》にあること――藤壺への強い想い――を直感するのは、むしろ当然ではなかろうか。「若紫」に語られる場面にしても、源氏はその直前に、紫の上の幼姿《おさなすがた》をはじめて見て、藤壺の姿に似ている彼女に心をとらえられている。

　久しぶりに現れた夫の心は、すでに他所に置き忘れられている。こんなとき、葵の上に「普通の夫婦」のようにうれしそうにせよ、などというのは無理ではなかろうか。もちろん、彼女はそれらの事実をまったく知らない。しかし、彼女の勘はすべてを感じとっていたはずだ。

　実際、源氏は寝所に入り、葵の上が続いて入ってこないと、ため息をついていたが、想いはすぐに紫の上に移るのだ。どんなふうに育っていくのだろう、年齢的には自分にはまだ不似合いだが、あっさりと自分の邸《やしき》に引きとってしまえば……などと想いは続く。源氏と葵の上のやりとり、そして、一人寝の源氏のため息の描写にすぐ続けて、彼の想いを書く。紫式部というのはすごい女性だと思う。

　葵の上は源氏が好きでたまらない。しかし、こんな源氏を愛することができるだろうか。顔を見て自分の想いを伝えようとする以前に、身体のほうがこわばってしまう。当時の男女関係のあり方の中では、葵の上の求める愛は、この世で成就することはない、と言っていいのではなかろうか。

　瀬戸内寂聴『女人源氏物語』は、登場する女性たちの立場に立って、この物語を見ようとするもので、本書の論と重なりあうところが多く、自分の考えの支えを得たように感じた。その中で、「葵の上のかたる　葵」は葵の上の独白の形で、彼女の源氏に対する想いが語られているのだが、そこに述べられている彼女の気持ちは、筆者が感じとっているところときわめて類似している。死に際になって、葵の上の独白は次の言葉で終わる。

「ではさようなら、あなた。この世で誰よりも愛しているあなた、さようなら」

葵の上と六条御息所

中学生のころ、幾何の問題を解くときに、補助線というのがあった。与えられた問題を図形で示した後、うまく補助線を引くと、それによって問題解決の手がかりが得られる。わずか線一本によって、図形がまったく異なって見え、解決策が見いだされるのだから、実に素晴らしい。補助線を見いだしたときの快感を忘れられない、という人は多いことだろう。

物語を読み解くときも、補助線によって助けられる。何かと何かを結びつける線を引いてみることによって、物語の構図が異なって見えてくる。すでに「紫マンダラ」などという表現で、『源氏物語』の全体的構図が示されると述べたが、そのマンダラの構成要素間には、いろいろな関係やダイナミズムがはたらいているわけで、それらを明らかにしていくために補助線を引いてみるのである。

紫式部は、筆者の推察するような全体的な見とおしによって物語を展開していったのだろうから、そこに登場する人物たちには、微妙な関係をあちこちに仕組んでいる。したがって、補助線を引いてみようと思うと、さまざまに引くことができるので、物語を読んでいても大いに興味をそそられるわけである。

妻として第一に葵の上をあげたが、これに対応する娼として誰をあげるか。多くの人が六条御息所《ろくじょうのみやすどころ》をあげるのではないだろうか。彼女と葵の上の従者たちが、新斎院御禊《しんさいいんごけい》の際に、車の立所《たちどころ》を争ったのは周知のことである。それに、六条御息所の生霊が葵の上に取りつき、そのために後者は結局は命を失ってしまった。

両者の対立は明らかで、別に補助線などと大げさなことを言わずとも、二人の関係は明白に見えている。しかし、両者の関係をもう少し詳しく見てみるとどうなるだろう。まず、生霊である。生霊とはいったい何なのだろう。当時の人はその存在を信じただろうが、現代人のわれわれはそれほど簡単には信じられない。生霊の存在を信じるかどうかは別として、物語に語られる事実を事実として受けとめてみよう。

「もののけ」に苦しめられている葵の上を源氏が見舞い、几帳《きちょう》の帷子《かたびら》を引きあげて彼女の姿を見る。源氏はいまさらのように彼女の美しさに心打たれ慰めの言葉をかけるが、彼女の声や感じがにわかに変わり、

なげきわび空に乱るるわが魂《たま》を結びとどめよしたがひのつま

と言う姿は六条御息所そのままなので、源氏も驚きあきれる。空に迷っている私の魂を、着物の下前の褄《つま》を結んで、もとの身体に返してほしいと、六条御息所の生霊が訴えている。

ここでもし生霊の存在を信じないとすると、「空に迷っている魂」は、葵の上のものではないかと考えられる。つまり、六条御息所の生霊が取りついたのではなく、葵の上の魂が、六条御息所の生霊という形をとって訴えていると考えてはどうであろう。

深層心理学の表現を用いると、葵の上の無意識内の心的内容は、六条御息所の生霊という表現形態によって、もっとも適切に表現されている、ということになる。つまり、葵の上は無意識においては、六条御息所が源氏に対して感じたような恨みや怒りを強く感じていたのだが、彼女の誇り高さによって、それらを表面的に表すことはなかった。それがいま、六条御息所の生霊という形で顕在化してきていると考えるのである。

ここで興味深いのは、葵の上の死後、六条御息所が源氏の正妻になるという噂が立つ事実がある(「賢木」)。つまり、六条御息所は、その身分から言っても源氏の妻となり得る人だった。ただ彼女は源氏より七歳も年上である。葵の上が源氏より四歳年長であることにこだわったのと比較すると、六条御息所は、そんなことにこだわらずに妻になる可能性を考えたのかもしれない。

このように考えてきて両者の関係を見ると、六条御息所の源氏の妻でありたいという願望は葵の上の現実に具現されている(図6)。これはわかりやすい。葵の上の願望は、彼女も知らぬ深いところで、源氏に対する恨みの感情に満ち、殺してやりたいほどのものとなっている。しかし、彼女は嫉妬の感情などは意識したかもしれないが、そこまで強い気持ちはおさえつけていたに違いない。しかし、そのような強い感情を六条御息所が生きているように、彼女には思えたことだろう。したがって、それは六条御息所の生霊という形をとって彼女に迫ってくるのだ。

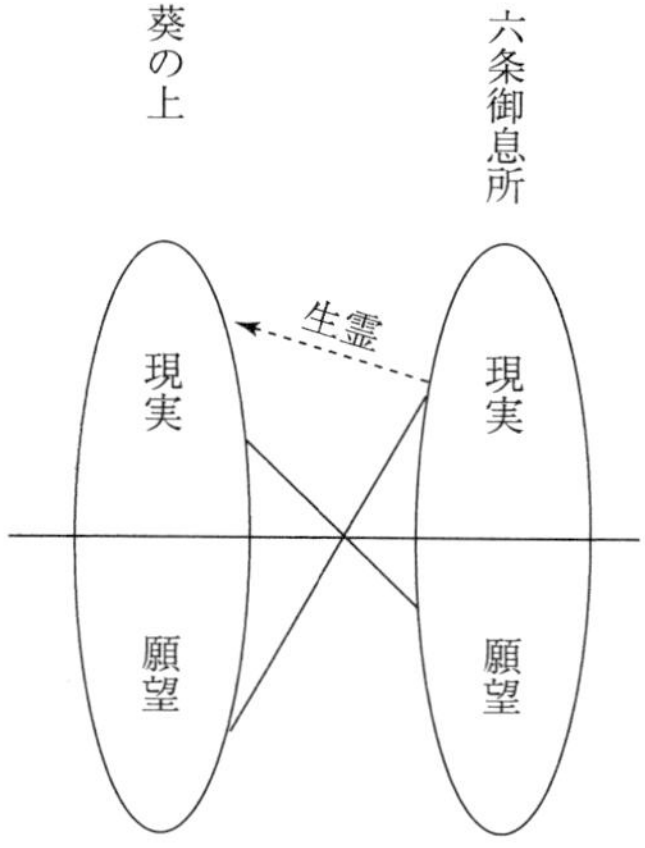

図6　葵の上と六条御息所

　葵の上と六条御息所を一本の線で結ぶよりは、二本の補助線で結ぶほうが全体像が見えてくるように思う。二つの補助線が非対称的なところに味がある。

　葵の上と六条御息所を結ぶ線で考えてみたが、葵の上と彼女の侍女《じじょ》である中納言の君との間に補助線を引いてみると、葵の上の苦悩がより深く共感できる。後者の場合を考えてみよう。

　よく知られている「雨夜の品定め」の翌日、源氏は左大臣邸を訪れる。つまり、そこで葵の上に会う。前日の話しあいに刺激されて妻を訪ねた源氏は、葵の上が「おほかたの気色《けしき》、人のけはひも、けざやかに気高く、乱れたるところまじらず」と、いささかの崩れも見せず気品の高い姿に接するが、あまりの端正さに打ちとけがたく、傍らにいる中納言の君などの女房たちとふざけたやりとりをする(「帚木《ははきぎ》」)。

結局、源氏はこの中納言の君とも性関係をもつ。葵の上の侍女で、中将の君と呼ばれる女性も同様であった。つまり、近づきがたい女性の影に存在する近づきやすい女性としての役割を、彼女たちは担っているのだ。

葵の上と中納言の君とを合わせて一人の女性にすると、源氏にとって望ましい女性ができあがってくるのだが、それは不可能である。誇り高い妻として葵の上は、妻としての誇りと悲しみの中で、一人の息子を生むと同時にこの世を去っていく。

末摘花の自己分裂

娼と言えば、先にあげた中納言の君や中将の君たちこそ、そうであると言うべきだろう。彼女たちは当時の厳しい身分観のため、決して源氏の妻にはなり得ないのだ。このような女性は他にもいたことだろうが、無名に近く、やはり紫式部が関心をもつのは、妻なのか娼なのか判明しない、ともかく事と次第によっては妻になり得たかもしれぬ女性に対する源氏の関係なのである。そんなわけで、妻か娼か分類に困る女性がいるのだが、その典型は末摘花であろう。

「末摘花」の冒頭には、源氏がまだ夕顔のことを忘れずにいることが語られる。それにうまく逃げられた空蟬《うつせみ》のこともある。無聊《ぶりょう》をかこっているところへ、大輔命婦《たゆうのみょうぶ》という「いといたう色好める若人《わかうど》」である女性が、故常陸親王《ひたちのみこ》が大切に育てた姫君が、さびしく住んでいて、琴《きん》を話し相手としている、という。色好みの女性らしい話に源氏はすぐに乗って、彼女の手引きで、この姫君の琴の音を聴《き》く。

「ほのかに搔《か》き鳴らしたまふ。をかしう聞こゆ。なにばかり深き手ならねど、物の音《ね》がらの筋《すぢ》ことなるものなれば、聞きにくくも思《おぼ》されず」という描写もなかなかゆきとどいている。かすかに聞こえてくる琴の音が美しい。と言っても、それほど上手というわけでもない。聞けないものでもない、というのは源氏のこの女性に対する気持ちをよく示している。捨てがたい気もするが、何が何でもというのでもない。

源氏がこの家からそっと立ち去ろうとすると、そこに頭の中将がいたので驚いてしまう。頭の中将が尾行してきていたのだ。この点については、もう少し後になって考察するとして、源氏は末摘花を二人で競いあっているような気になってくる。このために、源氏は気持ち以上に行動は熱心になり、何度も手紙を出すが彼女からは返事がない。とうとういらだちのあまり、強引に家に入りこんでゆき、末摘花と結ばれてしまう。

末摘花はまったく予期しないことだし、恥ずかしくて身のちぢむ思いのするばかり。

源氏は強引に接近しながらも、気持ちが冷えたのか、後朝《きぬぎぬ》の文を出すのも遅れるし、続けて訪れるのも怠ってしまう。

これは相手が「姫君」であることを考えると、ずいぶんと身勝手で失礼なことなのだが、源氏はその後もともかく会いにいく。そして、夜に姿の見えないままに接するのではなく、いつか姿を見たいものと思っていた念願を果たすが、そのときに強いショックを受ける。彼女があまりにも醜いと言っても、その鼻が「普賢菩薩《ふげんぼさつ》の乗物《のりもの》」つまり象の鼻のように長く、先が赤いのだ。それに気の毒なことに、貧しいために着ているものも、由緒あるものだが古めかしくて仰々しい。源氏はすっかり興ざめする。

ところで、ここからが大切なところなのだが、年の暮れに末摘花から源氏へと衣装箱に入れた源氏の元旦の晴れ着が贈られてくる。このことは、末摘花は——そしてその侍女たちも——彼女が源氏のれっきとした妻の中の一人として考えていることを示している。実のところ、源氏は贈り物につけられてきた歌の下手なことや、装束の古めかしいのに辟易《へきえき》する。それでも、彼女に歌や装束などを礼儀正しく贈り返すのが源氏の特徴である。

源氏の贈り物も歌も末摘花のそれと比較すると、すべて段違いと言えるものなのだが、末摘花に仕える古女房たちは、自分たちのほうから贈ったものも見劣りはしないし、歌にしても姫のつくったもののほうが上手だなどと評判する。落ちぶれたものの、古い格式の中に生きる人たちの誇りがそこに示される。

ここで、妻と娼の間の補助線を引くとするならば、末摘花自身の姿がこの二つの間に分裂していることがわかる(図7)。源氏の彼女に対するイメージは「娼」であるのに、彼女の自分自身にもつイメージは明らかに「妻」である。宮家の姫としての矜持《きょうじ》がそこにある。とは言っても、彼女の家の貧しさ、それに容貌もある。このイメージのすれ違いがもたらす滑稽さを描く、紫式部の筆は残酷な感じを与えるほどである。

このようなすれ違いは、当時も実際にもちょいちょいあって、口さがない女房たちの噂話の種となったのではなかろうか。「普賢菩薩の乗物」などと、そっと囁《ささや》いて笑うようなことをやっていたのではなかろうか。紫式部もおそらく、そのような中に入って、思わず辛辣《しんらつ》な皮肉など言って、みんなを笑わせているうちに、ふと、末摘花のような存在が自分の中に生きていると気づき、愕然《がくぜん》としたのではなかろうか。他人を笑ってばかりいていいのだろうか。

図7　末摘花の姿

そのような自覚の上に立って、紫式部は末摘花の像を描いていく際に、どこかで自虐的とも言えるような快感を感じ、ややあって、これは少しあくどすぎると思ったのであろう。その反省に従って、

「蓬生《よもぎう》」では、源氏が忘れ去られていた彼女との関係を戻すことが語られる。

さりとて、源氏も、彼女を娼から妻へと一挙に変更するほどのことはなかったのであろう。源氏は他の女性たちと住んだ六条院ではなく、二条東院のほうに彼女を迎え入れている。妻と娼との間の折りあいをつけたような形とも見ることができる。

「家刀自」的な花散里

『源氏物語』より少し以前に書かれたと言われる『平中物語《へいちゅうものがたり》』の「十八　たよれぬ文使い」には、最後のところで「家刀自《いえとじ》」という表現が見られる。これはある男が上達部《かんだちめ》クラスと思われる人の娘に仲介人を介して、せっせと求婚の歌を贈る話である。ところが、この人間が「たよれぬ文使い」である上に、娘のほうも上手に歌も詠《よ》めぬ状態で、この話は立ち消えになってしまう。

その終わりの文が、「のちに聞きければ、いたつきもなく、人の家刀自にぞなりにける」というのである。「いたつき(苦労)もなく」というのは、恋の綾《あや》など経験することもなく、という意味らしいが、「家刀自」になったという表現が、いかにも一家の主婦に収まったという感じを与える。これはまさに「色好み」の生き方の逆を言うのであろう。

『源氏物語』においても、光源氏に対して「家刀自」的な役割をとる女性が出現してくる。その役割を一番重く担ったのは、紫の上であろうが、彼女は後に述べるように、「家刀自」という表現のみで理解するには多彩すぎる感じがする。「家刀自」のイメージが固定して感じられるのは、やはり花散里《はなちるさと》ではないだろうか。それと少し華やいだ感じはあるが、明石《あかし》の君《きみ》も、考えられる。

花散里は桐壺帝の女御(麗景殿《れいけいでん》の女御)の妹である。源氏は例のごとくそれほど熱心ということもないが、なんとなく関係を保っていたが、彼女との関係にはどこか気の安まるところがあったのだろう、須磨に退居する前に訪れている。

須磨より帰京後は、桐壺院の遺産の二条東院を改築し、そこに花散里――その他の女性も――を住まわせる。そこで源氏も暇なときは彼女のところに立ち寄ったりするが、「夜《よる》たちとまりなどやうにわざとは見えたまはず」、つまり、男女の関係は絶えているのである。

しかし、花散里はそれを思い悩むのではなく、鷹揚に暮らしており、「かばかりの宿世《すくせ》なりける身にこそあらめと思ひなしつつ」、つまり自分の運命を見極めて、のどかな日を送っている。これはこれで、なかなか大したものと源氏も思うのだろう、紫の上に劣らぬ待遇をするので、誰も彼女を軽んじるようなことをしない(「薄雲」)。

源氏の花散里に対する信頼はますます厚くなり、息子の夕霧の養育を託すようになる。源氏が六条院を完成したときは、紫の上もともにそこに移り(末摘花は二条東院に留まる)、夏の町に住むことになる。そして、興味深いのは、紫の上と花散里は何かにつけて、一緒に仕事をしていることである。

両者間にはあまり嫉妬は湧かないようである。これは、花散里が「宿世なりける身」を悟り、家刀自としての役割に徹して、「女」として紫の上と張りあおうとしたりしないからであろう。賢い女性ということもできる。彼女は夕霧の養母役を引き受けるが、心理的に見ると、源氏に対しても母親の役割を果たしているとも言うことができる。

「父の娘」明石の君

次に、明石の君はどうであろうか。源氏が須磨に退居したとき、かねてから一人娘である彼女に自家の繁栄の夢を託していた父親(明石の入道《にゅうどう》)の意志で、源氏と結婚する。しかし、これは一直線に事が運んだのではなく、父親の強い希望にもかかわらず、明石の君は、自分の身の程を考えて思い悩む。

結局のところ、源氏が明石の君を訪れ、二人は結ばれるが、彼女の「身分不相応」という悩みは、あとあとまで尾を引くことになる。

源氏は京都に残してきた紫の上とたびたび手紙を交わし、気持ちを分けあっているものの、一方で、明石の君との関係が生じてもいるので、このことが風の便りにでも紫の上に達しては、と気に病んでいる。

これまでも源氏の女性関係のことで紫の上を苦しませたことなど思い返し、明石の君のことをほのめかす手紙を紫の上に出す。これは源氏の心苦しい弁解の感じがよく出ているので、引用しておこう。

まことや、我ながら心より外《ほか》なるなほざりごとにて、疎《うと》まれたてまつりしふしぶしを、思ひ出づるさへ胸いたきに、またあやしうものはかなき夢をこそ見はべりしか。かう聞こゆる問はず語りに、隔《へだ》てなき心のほどは思しあはせよ。誓《ちか》ひしことも(「明石」)

かつて紫の上に疎まれたこと――女性関係――を思いだすのさえ胸が痛いのに、「あやしうものはかなき夢」を見たようだ、と告白し、こうして隠さずに言う自分の心の深さをわかってくださいというのだから、虫のよい話である。最後の「誓ひしことも」は、古歌を引きあいに出して、紫の上への気持ちの変わらぬことを強く表そうとしている。しかし、この手紙を京都にいて読んだ、紫の上の気持ちはどうだっただろう。

花散里の場合と異なり、紫の上は明石の君に対して嫉妬を感じているし、源氏に対しても恨みを感じている。しかし、急転直下、源氏に対して赦免の宣旨《せんじ》が下り、源氏は帰京することになる。次は明石の君の苦悩がはじまる。もちろん、源氏も心をこめて別れの悲しみを分かちあおうとするが、それが何の慰めになるだろうか。明石の、父と娘の悲しみはどれほど大きかったろう。

明石の父娘にとってまことに幸いだったのは、明石の君が源氏の子を宿し、それが女の子であったということである。当時の高位の貴族にとっての一番の願いは立派な娘をもつことであり、その娘が天皇と結ばれて皇太子を生むということであった(実は、このことが後に実現される)。

この間に、明石の父娘にとっては源氏との身分の差を感じさせることも多々あったが、とうとう思いきって、明石の君の母娘は京都に出てきて、大堰《おおい》に邸を構えて住む。すべては明石の入道(明石の君の父)の意志の実現にかかわることであるが、明石の君は恐れと不安を感じつつも、その線に乗っていく。

妻としての役割はいろいろとある。源氏の妻として中心に存在しているのは、やはり紫の上と言えるだろうが、源氏の「妻」は一人だけではない。その「家刀自」的役割を担う人として花散里があった。

次に、子どもを生むということを明石の君が分担している。ここで、明石の君は、子どもを生み源氏とともにそれを育てたのではなかった。彼は、その娘を紫の上の養女として育てることを提案し、明石の君は母親として手放しがたいので苦しむが、娘の将来の幸福を願って同意する。

明石の君の選択はある意味では正しかった。というのも、彼女の娘、明石の姫は後に中宮になるからである。しかし、これは考えてみると、すべて彼女の父、明石の入道の思い描いた筋道どおりのことではなかったろうか。

彼女は、源氏の妻ではあるが、「妻」としてよりは、「父の娘」としての役割を生きた女性と言うべきであろう。紫式部がいかに、ひとりひとりの女性の特性を分けて描いているかがよくわかる。源氏の妻と言っても、それぞれの特性がはっきりと異なるのである。

ここに「父の娘」として表現したことは、第二章において論じたように(七二―七六ページ参照)、いろいろなニュアンスをもっているが、明石の君の場合は、父の願いを体現している娘という意味で述べている。これは平安時代の「父の娘」であり、その行為の内容は現代アメリカのそれとまったく異なっている。

明石の君の場合、実際に父の願いはどんどん具現化し、彼女の娘は望みどおり、男の子を出産する。まだこのときは、東宮との間に明石の女御として若宮を生んだのだが、将来の明石一族の繁栄は絶対確実と言っていいだろう。このときに当たって、明石の入道は心を定めて家を離れ入山する。俗世界とのかかわりを一切断つことにしたのである。

これが老人の知恵というものである。すべてが順調に運ぶとき、明石の入道が俗世界に留まり、たとえば、京都へでも出てくれればどんなことになったろう。彼はこのことをよく知っていた。すべて、彼の意志で事が運んだとも言えるが、見方を変えると、娘(明石の君)の幸福のために、父親が犠牲になったとも言うことができる。

明石の女御が若宮を伴って東宮へと戻り、明石の君は源氏といろいろ語りあい、紫の上の配慮などもありがたく思い、身分の低い自分がここまで幸福を得たとは、と感慨にふける。その後に、「ただ、かの絶え籠《こも》りにたる山住《やまず》みを思ひやるのみぞあはれにおぼつかなき」(「若菜上」)とつけ加えられているところに、味わいがある。

何もかも幸福ということはあり得ない、と紫式部は言いたかったのであろう。

源氏の「妻」として、きわめて大切な、紫の上と女三の宮については、後に詳しく論じることになるであろう。その前に、「娼」について述べることにする。

4　「娼」の位置

『源氏物語』の時代にも、もちろん遊女たちはいた。「澪標《みおつくし》」には、源氏が住吉に詣でた帰路、逍遥《しょうよう》遊びなどして、「遊女《あそび》どもの集《つど》ひ参れる」ことが述べられている。もっとも、源氏はその軽薄さを疎ましく感じたとのこと。ここに取りあげるのは、そのような遊女ではなく、源氏と関係はあったが、「妻」として遇することのなかった女性たちのことである。

ここで少し触れておくべき女性たちは、葵の上や紫の上の侍女で、源氏が格別に親しく感じていた者たちである。たとえば、中将の君と呼ばれる、葵の上の侍女と源氏とは性的な関係があり、物語の端々に顔を出す。

彼女は源氏の須磨退居の際に、紫の上の侍女となっているし、源氏が帰京したときに、それなりの関係が復活している。中納言の君と呼ばれる葵の上の侍女も、前者と同様の役割を演じている。これらの女性は身分の差のために、決して源氏とは対等の男女関係にならないことを前提として、源氏との関係を受けいれている。

物語の中で困るのは、中将の君、中納言の君と呼ばれる女性は他にもあって、はたして同一人物なのか判断しにくいことがあることである。紫の上が亡くなった後で、源氏が格別の気持ちをもっていた侍女たちと、紫の上のことを偲んでしんみりと語りあうところがある(「幻《まぼろし》」)。

ここに中将の君、中納言の君などが登場するが、中将の君は前述の中将の君と同一らしいが、中納言の君は同一かどうか判然としないようである。

これらの女性は「娼」の分類に入れられると思うが、後に論じるような「個人」であることの判然としている女性たちとは分けて考えるべきだろう。それにしても、源氏の周囲にこのような類の女性たちがいたという事実は大切である。

これらの女性と区別すると、後に述べる女性たちは、一応「妻」になる資格をもっていたのだと考えてもいいだろう。末摘花の場合、彼女自身の意識では、れっきとした「妻」であると確信していたことは、すでに述べた。六条御息所も「妻」になれると思っていたのではなかろうか。

藤壺に関してはすでに論じた。身分から言えば「妻」になり得たかもしれぬが、源氏の父、桐壺帝の女御として、彼女は源氏の妻になることは不可能である。それを前提としつつ、源氏は彼女に心惹《ひ》かれているし、性関係をもつに至る。

しかし、彼女の場合は、他の女性たちに比して、ずいぶんと異なる「娼」ということになる。彼女の姿は、後に「娘」のところで論じることになる女三の宮と対比すると、その意味が明らかになるであろう。この二人の女性は、源氏との関係を示すマンダラで対極的なところに位置することになる。

これらの女性に対して、空蟬、夕顔、朧月夜などを並べてみると、同じ「娼」と言っても、それぞれの特性や源氏との関係において、ひとりひとりが異なっていることがわかる。紫式部が、自分の内界の女性群像をそれぞれうまく描いていることに感心させられる。これらの女性については、順次もう少し詳しく論じることになろう。

個々の女性について述べる前に、すでに触れた侍女たちのことについて、もう少しつけ加えておきたい。先にあげた二人の侍女以外に、中務《なかつかさ》という侍女もいる。これも葵の上の侍女で、源氏の戯《ざ》れ相手として登場するが、源氏の侍女で後に紫の上の侍女となる「中務」と別人か同一人か定かではない。

ともかく、これらの侍女は、源氏から対等の扱いを受けていないが、対等でないための気安さがあって、かえって源氏の感情が自然に表現されやすい関係にある、と言える。当時の貴族の男性は妻に対しては、どこかで格式ばるところがあり、これらの侍女たちに対して、アットホームな感情を抱いたのではなかろうか。とすると、これらの女性は、現在における母や妻の役割を兼ねたような存在でもあった、と考えられる。

空蟬のかかわり方

源氏が関係をもつ多くの女性たち、ここでは「娼」として分類している女性の中で「空蟬」が最初に登場するのは、きわめて象徴的に感じられる。空蟬とは蟬の抜けがらである。皮だけがあって中が空洞だ。しかし、空蟬と名づけられる女性の生きざまを見ると、彼女は決して「空洞」などではなく、むしろ、一個の女性としての存在感をしっかりともった人間であると感じられる。

とすると、誰が空洞だったのか、ということになるが、それは彼女の相手となった源氏その人のことだったのではなかろうか。これ以後、源氏は多くの女性と関係をもつが、彼の本質は空洞性であることはすでに指摘しておいた。そのことを最初にまず明らかにするために、彼女が登場したと思えるのである。

源氏は有名な「雨夜の品定め」を聞いているうちに、自分もひとつ冒険がしたいと思ったのに違いない。左馬頭《さまのかみ》の言った「さて世にありと人に知られず、さびしくあばれたらむ葎《むぐら》の門《かど》に、思ひの外《ほか》にらうたげならん人の閉ぢられたらんこそ限《かぎ》りなくめづらしくはおぼえめ」(「帚木」)という言葉は、すべての男性の心にある、ある種の期待感を表している。源氏もなんとなく、そのような期待感を抱いていたことだろう。

源氏は方違《かたたが》えのために紀伊守《きのかみ》の別邸を訪れたが、そこには紀伊守の父親、伊予介《いよのすけ》が後妻に迎えた若い女性(空蟬)が来あわせていた。彼女は衛門督《えもんのかみ》の娘で、宮仕えの話もあったほどなのだが、父親が死んだのでそれを果たせず、伊予介の後妻になったのである。侍女たちの噂話が源氏の耳に達するほど近くに女性がいることを知り、彼はこころみに襖《ふすま》の掛け金を引き開けてみると、あちらからは掛け金をしていなかった。これに乗じて源氏は忍びこみ、空蟬と契ることになる。

このときに、掛け金をはずしていたのか、掛け忘れたのか、誰がそのようなことをしたのだろう。源氏にしてみると、なんとなく空蟬という女性のガードの甘さを示しているようで、気安く彼女に接近していくが、思いのほかに彼女はつつましく思慮深い感じを受けた。

心惹かれた源氏は再度会いたいと思うが、連絡のつけようもなくむずかしい。紀伊守に、空蟬の弟の小君《こぎみ》を世話したいと申し入れ、小君を媒介にして空蟬に会おうとする。しかし、空蟬は自分の身の程を考えて会おうとしない。

拒絶されると男の気持ちはますます強くなる。源氏は小君を使って強引に乗りこんでいくが、空蟬はそれを察して薄衣を脱ぎ捨てて逃げ去る。それと知らぬ源氏は空蟬と寝所をともにしていた継娘《ままむすめ》——と言っても同年輩ほどだが——の軒端荻《のきばのおぎ》と契りを交わす。源氏は人違いと気がつき空蟬の脱ぎ捨てた薄衣を持って帰る。

ここで大切なことは空蟬は源氏の魅力に一方では惹かれながらも、それに溺れこむことの危険を感じとって源氏から逃れるところである。単に逃げだしたのではなく、葛藤の中のことである。彼女が残していった薄衣はそれを象徴している。だからこそ源氏はそれを持ち帰ったのだ。

あるいは、源氏と契った後に彼の再訪を期待する軒端荻は、空蟬の隠された半面を表しているとも考えられる。それにしても、心惹かれつつ源氏を拒否した空蟬は、実にしっかりとした芯のとおった人物である。「空蟬」という名とは逆の存在である。

このような空蟬に対して、源氏は「つれなくねたきものの、忘れがたきに思す」(「夕顔」)、にくいと思いながらも忘れがたい気持ちでいる。このことは源氏が六条御息所を久しぶりに訪ねたり、ふと関係が生まれてくる夕顔のことを意識しはじめたりした間に述べられるので、源氏の空蟬に対する忘れがたい気持ちがよく伝わってくる。そして、次に述べる夕顔の事件の後、源氏が病気になったことを知ると、空蟬は見舞いの歌を贈り源氏もそれに応える。

続いて、夫、伊予介が任国に下るのに同行する空蟬に対し、手厚い餞別《せんべつ》を贈るとともに、例の薄衣も返す。これはなかなか象徴的な行為で、源氏は空蟬に対する自分の気持ちがなんとかふっきれたことを示すとともに、今後も何らかの関係を保っていきたいことを表明している。

「あやしう人に似ぬ心強《づよ》さにてもふり離れぬるかな」(「夕顔」)という空蟬に対する源氏の言葉は、たわむれに目下の女性に手を出す心が、むしろ尊敬心へと変わっていくのを自覚したから生じたのではなかろうか。こんなわけだから、二人の関係はここで途絶えるのではない。

「関屋《せきや》」は短いものであるが、わざわざ一巻を割いて空蟬のことを語っている。ここでも、もっぱら自分の分別による空蟬らしい行為が語られる。すなわち、夫の任が果てて上京する途中、空蟬は逢坂山《おうさかやま》で源氏と遭遇するが、歌の贈答あるのみである。次に夫が死に、継子から言い寄られるが、それを避けて出家する。いつも、はっきりと自分の身を処している。源氏はこれに感ずるところがあったのだろう、尼となった空蟬を二条東院に引きとるのである。

空蟬は物語としては重要ではないが、すでに述べたように人物としては重要であり、彼女との間に補助線を引いて考えられる女性は多い。まず、対比すべきは末摘花であろう。すでに示したように(一一七ページ図7)、末摘花自身は自分を「妻」の位置に置いているのに、源氏の心の中では、彼女は「娼」に位置づけられ、そのギャップから生ずるおかしさがあった。

これに対して、空蝉ははっきりと自分の分を知り、妻になれぬことを前提として常に行動した。もちろん受領《ずりょう》の妻という身分があり、源氏は彼女を妻にできないことは知っているが、だんだんと心の中では、尊敬すべき対等の存在として評価しようとしたのではなかろうか(図8)。この二人がともに二条東院に住んでいるのも非常に興味深い。「分を知る」生き方という点で、空蝉と同じなのは明石の君である。ただ、明石の君は父明石の入道の財政的援助および娘を生んだということなどが重なり、マンダラ図上では、妻として娼との対称点に位置することにもなる。

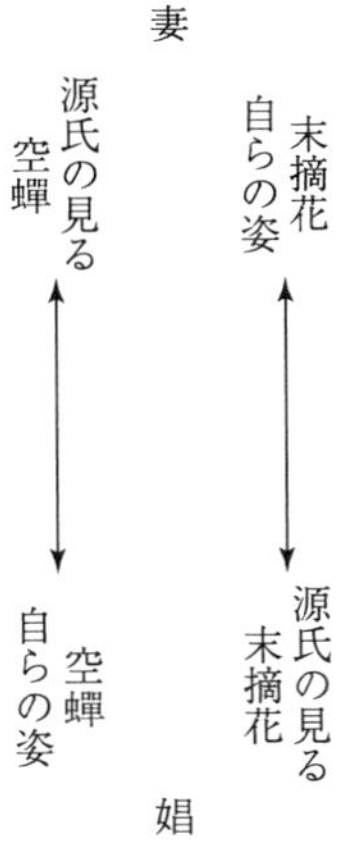

図8　末摘花と空蝉

両者の類似性を示す工夫として、住吉参詣中の源氏を見る彼女、および、逢坂山で源氏と歌を交わす空蝉の話が語られている。おそらく「分別を弁《わきま》えた」女性であったろう紫式部が、このような二人の分身を描きだしたと思うと非常に興味深い。

異界に留まる夕顔

空蟬との間に補助線が引けるという点では、身分が低く、源氏との関係は束の間ながら彼に与えたインパクトは強い、という点で同じではあるが、性格的には大いに異なる存在として、夕顔がある。前記の点は共通だが、空蟬は名に反してしっかりと芯の強い女性なのに対して、夕顔はその名のように弱々しく、はかない。

源氏は自分の乳母《めのと》の病気見舞いに行き、隣家との垣根に咲く夕顔の花に心惹かれ、随身《ずいしん》に花を取りにいかせる。すると隣家の童《わらべ》が扇に花をのせて献じてくれた。源氏が乳母を見舞った後に、扇を見ると、

心あてにそれかとぞ見る白露の光そへたる夕顔の花

と歌が書かれていた。古歌を踏まえて、しかも光源氏であると察してのおもしろい歌で、源氏も興味をそそられる。家来の惟光《これみつ》の話によると宮仕えをしている女性らしい。「したり顔にもの馴《な》れて言へるかなと、めざましかるべき際《きは》にやあらんと、思《おぼ》せど」(「夕顔」)、分も弁えずなれなれしく言ってきたものだという源氏の気持ちは、おそらく空蟬

のことを意識してのことだろう。しかし、結局は源氏は身分を隠して夕顔を訪れ、その関係に溺れこんでいく。

夕顔のほうも空蝉とはまったく逆に、この関係を受けいれていく、と言っても積極的にというのではなく、あくまで受動的で、どこか弱々しい美しさがあり、いじらしい感じがする。源氏はこの女性にますます心を奪われ、朝別れてきても、夜会いに行くまでの昼の間も気になって仕方がないという状態になる。いっそのこと自分の邸に引きとってしまおうかとさえ思う。

源氏は夕顔との濃密な時を楽しもうと、とある廃院に彼女を伴う。ここで、はじめて源氏は自分の姿を露わにするが、女性のほうは身分を明かさない。そのうちに「もののけ」が出現し、はかなく夕顔は死んでしまう。嘆きの中にも源氏は惟光に助けられながら現実処理をして、自分に迷惑のかかるのを防ぐことができる。実にはかない逢瀬ではあったが、夕顔のイメージは源氏の中に強く残されることになる。

夕顔の性格が内気で弱いのに、最初に彼女のほうから積極的に歌を贈ったのはどうしてだろうか。これは「内向の思いきり」とでも名づけるべき行動で、内向的な人は、平素は控えめで優柔不断であるが、自分の内なる動きを察して行動に出るときは、周囲の人を驚かせるような思いきったことをするものである。

これは空蝉と比較するとよくわかる。空蝉は自分の「分別」に従って強く行動するが、夕顔は「分別」を取り払ったところで強く行動するのだ。このときだけを見ると、きわめて積極的に見えるが、その後ではまったく受け身の姿勢になってしまう。空蟬ははじめはやむなく受け身になるが、後に積極的な拒否に変化する。

源氏が自分の姿を露呈した後に悲劇が起こる。これは日本の昔話の「鶴《つる》女房(夕鶴)」などで、女性がその本性を見露《みあらわ》された後に悲劇が起こるのと類似のパターンである。夕顔のような女性は、彼女の積極的な呼びかけに示されているように、運命的なものが背後に動いており、日常的世界とは相容れない世界に住んでいる。そこは、身分などという日常的常識はまったく通用しない場所である。

ところが、男のほうは彼女とのつきあいが濃くなるにつれて、彼女をこちらの世界に連れてきたくなる。もし、それを実行すれば、もっと大きい悲劇、源氏自身の破滅が生じたのではなかろうか。しかし、源氏はそれに気づかず、彼の意識は夕顔を日常の世界に入れこむほうに傾いていく。

紫式部の筆の冴えは「夕顔」の巻に見事に発揮されている。この巻は「夕顔」と題しながら、その中に源氏と空蟬、六条御息所との関係が、夕顔との話の進行中にエピソード式に語られ、源氏が夕顔を二条院に引きとることを思ったり、六条御息所と彼女を心の中で比較したりするところを描く。つまり、源氏は心の中で夕顔をこちらの世界とだんだん接触させていく。そして、最後に、彼は彼の日常の姿を見せてしまう。このプロセスは実にうまく描かれている。

次に起こる大きい悲劇から逃れるには、夕顔の死しかない。彼女はあくまで異界に留まらねばならない人だ。彼女の死をもたらしたもののけは、源氏と夕顔の意識を超え、彼らの世界を日常世界に対して守ろうとして出現したXということになるだろう。紫式部は巧妙に、このXに現実の女性を当てはめることがないように、謎は謎のままに残して話を終わっている。

あくまで「この世」に留まることを生き抜いた空蟬——と言っても、彼女は最後には出家するが——、あくまで「異界」に留まる生き方を貫いた夕顔——彼女はこのために命を失うが——、この二人を六条御息所を中心にして左右に並べると、「娼」のもつ多様性がよく示される。

これは「母」の際に、桐壺を中心にして大宮と弘徽殿の女御を配したのと同様の手法である。ただ、これら三人の娼の女性たちには、ある種の暗さを感じさせられるが、「娼」の中には明るい女性たちもいることを、紫式部は見落としていない。それについて次に述べることにしよう。

源典侍と朧月夜

源氏との関係を楽しみつつ、源氏の妻となる気をもっていない女性たちがいる。それいるが、両者は両者で対照的である。年齢は、源典侍は老で、朧月夜は若、身分は後者は高く、前者はそれに比して低い。朧月夜はその気になれば、源氏の妻となり得た人である。この二人のことを書くときは、紫式部の筆も軽くなっているような気がする。

まず、源典侍について述べる。彼女は年はとっている(五十七、八歳か)が、「人もやむごとなく心ばせあり、あてにおぼえ高く」(「紅葉賀」)と記述されているから、才気があって上品で、人々の信望も高い人物なのだが、色好みで軽々しい。

源氏は宮中の女性たちにはあまりちょっかいを出さないのだが、彼女が年寄りにしては色好みなので、つい好奇心をそそられて、言い寄ってみる。彼女は大喜びで、早速に歌を贈る。わずらわしいと思いつつ相手をしているのを、あいにく朱雀帝に覗き見される。こんなことから風評が立つと捨てておけないのが頭の中将で、彼はすぐさま源典侍に近づいていく。

末摘花のときもそうであったが、この場合も頭の中将が入りこんできて、一人の女性を二人が奪いあうのではなく、共存するような形になるのは興味深いことである。この点については次章に論じるとして、この際の頭の中将のふるまいはなかなか思いきったものである。

源氏が源典侍といるところへ、頭の中将が侵入してきて、ご丁寧に刀まで抜きはなつ。

源氏は驚き、源典侍は頭の中将に向かって手を合わせて、お助けをと願う。吹きだしそうになるのをこらえて頭の中将はおどすが、源氏はすぐに誰か気づいて、手をつねったので、後は二人の悪ふざけの乱闘。袖を千切るほどのあばれ方である。

『源氏物語』全巻を通じて、刀を抜くシーンと言えば、ここのところと、源氏が夕顔のところに現れたもののけに対するときと、二ヵ所だけではないだろうか。それにしてもなんと「争い」の少ない物語かと感心するが、またそれだけに、ここの頭の中将のふざけ方は並大抵ではないと言えるだろう。紫式部もこのあたりは大いに楽しんでいる感じがする。

年老いた女性の色好みに対して、当代を代表する二人の若い貴公子が相争っている。もちろん、ふざけではあるが、紫式部の分身の中の、老いてなお若い娼のイメージが、大いにふくらんだのではなかろうか。

源典侍はこの後もちょいちょい登場し、源氏はむしろ疎ましいと思ったりするが、そのあたりのことは省略しておこう。

次に、朧月夜である。彼女もなかなか自由に生きている女性である。彼女は右大臣の第六女で、例の弘徽殿の大后の妹である。将来は中宮になって、ついには国母《こくも》になるという、当時の一般的物語の路線に乗ろうと思えば乗れる境遇にあったが、それに従うには彼女の性格が許さなかった。彼女は自由に自分の物語を生きたかったと思われる。

朧月夜の登場の仕方も颯爽《さっそう》としたものである。宮中の花の宴《えん》の後に、夜が更けて多くの人が退散していくが、源氏はひょっとして意中の人、藤壺と接触ができるかも、とうろうろしている。そのうち、弘徽殿の細殿《ほそどの》が開いていたので、なんとなく入りこんでいくと、「いと若うをかしげなる声」（「花宴《はなのえん》」）が聞こえてきて、「朧月夜に似るものぞなき」と口ずさみながら来る女性がある。

浮いた気持ちの源氏は彼女をとらえ、彼女は驚き恐れるが、相手が源氏とわかって少しは安心する。酔い心地の源氏はこのまま別れるのは残念と思うし、「女も若うたをやぎて、強き心も知らぬなるべし」というわけで、二人はここで結ばれる。源氏はこれからどうして連絡を取ろうかというが、女性は後の迷惑を恐れて名乗らない。

これは朧月夜にとってはたいへんなことである。なにしろ彼女の父の右大臣、姉の弘徽殿の大后は、彼女を東宮の女御に考えていたのだから、このことによって、彼女の「出世物語」は挫折してしまったことになるからである。しかし、彼女はそんなことに構ってはいなかった。彼女はその後もずっと、源氏に対する想いを貫き、折に触れて――たいへんな危険を冒してまで――源氏との逢瀬を重ねる。

それでは、彼女はいっそのこと源氏の妻になればよかったのではなかろうか。もちろん、そのことをちらっと考えた右大臣に対して、弘徽殿の大后が反対するが、おそらく、朧月夜自身がその考えには乗らなかったろうと思う。

彼女はこの世ならぬ恋をこの世で成就したい人である。そして、それをやり抜くだけの強さと能力とをもっていた。ここが夕顔とまったく異なる。夕顔はそんな強さをもっていない。これとまったくタイプは異なるが、葵の上も、この世ならぬ恋を源氏と共有したかった人であろう。しかし、それを行うには、彼女は「結婚」という社会のしがらみの中にはまりこみすぎていたし、それを乗り越える手段を知らなかった。葵の上はただ早く「この世」を去ること以外、何もできなかった。

こう考えると、朧月夜が源氏との結婚を望まなかったことがよくわかる。彼女は尚侍《ないしのかみ》となって、帝《みかど》の寵を受けながら、源氏との内密な関係を保つという離れ業をやってのける。

ここで非常に興味深いのは、朱雀帝が朧月夜と源氏の関係を気づきながら、「似げなかるまじき人のあはひなりかし」(「賢木」)、つまり、源氏も朧月夜もすぐれた者同士なので似合っているのだし、と無理をして自分の心に言いきかせて、その関係を容認していることである。

帝に遠慮させるのだから、二人とも大したものである。彼らの「この世ならぬ恋」は、この世の権威者、帝によって黙認されている。とは言うものの、このあたりで二人の間に驕《おご》りが生じたのではなかろうか。心の隙が生じてしまう。

源氏と朧月夜が密会しているところを、彼女の父、右大臣に見咎められ、激怒した大臣が弘徽殿の大后に言ったから、もうたまらない。源氏が嫌いでたまらない大后は源氏の追い落としを考え、それを察した源氏は自ら須磨へ身を退けることになる。源氏の生涯における最大の危機状況である。

朧月夜にとってもたいへんな状態で、気も沈むが、これによって敗れてしまわないのが彼女の特徴である。源氏が須磨に行く前も、滞在中も消息を交わしている。その上、尚侍としてカムバックし、相変わらず帝の寵を受ける身となるのだから、相当な人物である。

源氏が宮中に復帰してからの細かいエピソードは省略するとして、朱雀帝が退位後に出家し、朧月夜がまた出家するまでの間に、源氏がまたもや彼女を訪れているのは、注目に値する。二人の関係はどうしても切れぬものがあったのだ。

源氏がひそかに彼女を訪れていったときのありさまは、「若菜上」にきめ細かく書かれている。「もういまさら」と言いつつも、源氏に心惹かれていることを隠せない彼女の姿が実にいきいきと描かれている。そのときの源氏の歌、

沈みしも忘れぬものをこりずまに身もなげつべきやどのふぢ波

は彼の気持ちをよく表している。一度は須磨の逆境に沈んだことを忘れはしないのだ

が、またもや恋という淵に身を投げようとする。紫の上、朱雀院、脳裏に浮かぶ人の姿は重みがある。にもかかわらず、二人は淵にあえて身を投げる。しかし、今度は以前のような危険は生じない。二人の態度には驕りがないからである。

朧月夜はほどなく出家する。出家するときも二人の間に消息のやりとりがある。それにしても、見事な一生であったと言うべきであろう。危険と隣りあわせの人生でない限り、彼女にとっては、あまり生きがいがなかったのであろう。そのことが、彼女をしてあえて「娼」の位置を取らせたことになるだろう。したがって、彼女の人生は危険に満ちつつも、明るく楽しいのである。このようなことを可能にしたのは、彼女が常に適切な対人距離を、源氏や朱雀帝などとの間に保ち得た、現実感覚と強さであったろう。

紫式部は「娼」としてさまざまの分身を描きつつ、朧月夜のときは自ら楽しむところもあったであろう。

注

(1) 池田亀鑑・秋山虔「解説」『枕草子・紫式部日記』日本古典文学大系19　岩波書店　一九七四年

(2) 「はじめに」注1前掲書。

(3) アニマ像とは、カール・グスタフ・ユングの心理学の考えによるもので、男性の「魂のイメージ」であり、女性像によって表されることが多い。拙著『ユング心理学入門』培風館　一九六七年〔岩波現代文庫　二〇〇九年〕参照。

第四章　光の哀芒

前章においては、光源氏を取り巻く女性の群像を、結局は作者、紫式部の分身を示すものとして読み解いてきた。「母」、「妻」、「娼」と順番に述べてきて、後は「娘」を残すだけであり、それを描くことによって、紫式部の内界のマンダラが一応の完成を見るはずであった。

しかし、紫式部が物語を書きすすめているうちに、作者の思いがけないことが生じてきたように思われる。作中人物の源氏がある程度の自律性をもって、自ら動きはじめたのである。彼は、紫式部が思いのままに動かすことができなくなってきた。

源氏が勝手に動くとは言っても、紫式部はもちろん彼女なりの意図をもっているわけだから、物語の進展は単純にはいかなくなってしまった。このために、作品としての『源氏物語』そのものは、ますます興味深いものになったのである。したがって、物語を単層的な構造によって示すことなど、不可能になってきた。

そして不思議なことに源氏が自律的に行動する間に、その「光」は徐々に衰芒《すいぼう》へと向かっていくのである。以後はそのような点を考慮しつつ考えていくことにしたい。

1　外から内へ、光源氏の変貌

すでに述べたように、紫式部が『源氏物語』を書きはじめたとき、一番関心があったのは彼女の内界であり、光源氏はむしろ、一個の個人としての人格性をもっていなかったのではなかろうかと思う。

『源氏物語』は、紫式部がそれより以前に書かれた『伊勢《いせ》物語』や『平中《へいちゅう》物語』のように、一人の「男」を登場せしめて、多くの短い物語をオムニバス式にまとめたかったのかもしれないとさえ推察される。

『伊勢物語』において、極端に言うと「男」は業平《なりひら》でもよかったし、業平でなくてもよかった。歴史的に実在する一人の個人の姿を描写するための物語ではなく、ある一人の「男」を中心として物語ることによって、それが何らかの一貫性やまとまりをもつにしろ、一人の「個人」を描こうとしたのではなく、そこに全体として感じられる「色好み」ということを書こうとした。

これと同様に、『源氏物語』は光源氏という個人のことを書こうとしたのではなく、本居宣長《もとおりのりなが》(江戸中期の国学者)によれば、「もののあはれ」を書こうとした、ということになる。つまり、ここでも彼は、主人公としての光源氏という考えを否定しているのである。

筆者もすでに述べたように、主人公としての光源氏を否定し、紫式部はむしろ彼女の内界を語るために、彼の存在を必要としたと考えた。つまり、『伊勢物語』などと同様に、「男ありけり」でもよかったのだが、それに一応、光源氏という名を与えたのである。

『源氏物語』のはじめのほうの巻、たとえば、「空蝉《うつせみ》」、「夕顔《ゆうがお》」、「若紫《わかむらさき》」、「末摘花《すえつむはな》」などを読んでくると、そのような気持ちがまさにぴったりではなかろうか。ここに登場する光源氏は一人の人間としての立体的な像をもっていない。しかし、それが進んでくると、とくに「須磨《すま》」あたりになると、その様相が変化してくるのである。

恐れを知らぬ男

この物語の「須磨」以前に出てくる光源氏は、それを一人の男性と見るならば、文字どおり恐れを知らぬ男、と言えるのではなかろうか。彼のやっていることは、あまりにも無茶苦茶である。一夫多妻が制度上許されているにしても、やっぱり、あまりのことと言いたくなる。もちろん、これに対しては、すでに述べてきたように、光源氏を一人の人格として描かないための手法だった、と考えることによって納得がいくのだが、ここで彼を一人の人物として見ていくと、恐れを知らぬ男という感じがしてくるのである。

空蟬に接近する強引さ、空蟬とは人違いと知りつつ軒端荻《のきばのおぎ》と関係し、空蟬に近づく手段として、その弟の小君《こぎみ》とも男色関係があったのではないか。夕顔と接する間にも、六条御息所《ろくじょうのみやすどころ》を訪ねたり、空蟬のことを想ったり。夕顔の死によって大いに悲しむが、すぐに紫《むらさき》の上《うえ》の幼い姿に惹かれ、藤壺《ふじつぼ》との密会も果たしてしまう。

これに続いて、末摘花が現れ、源典侍《げんのないしのすけ》との戯《たわむ》れも生じる。そして、朧月夜《おぼろづきよ》との接触が生じるが、このとき光源氏は印象的な言葉を発している。弘徽殿《こきでん》の細殿《ほそどの》で源氏にふいに袖をつかまえられた朧月夜は、「あなむくつけ。こは誰《た》そ」と言うのに対して、源氏は、恐ろしいことはないよ、と歌を贈り、細殿に抱き降ろして戸を閉めてしまう。怖さにふるえている朧月夜に対して、源氏の言う言葉が印象的である。

まろは、皆人《みなひと》にゆるされたれば、召《め》し寄せたりとも、なむでふことかあらん。ただ忍びてこそ(「花宴《はなのえん》」)

ここで、源氏は、自分は「誰からも許されている」と言い放っている。したがって、人を呼んでも何もならないというわけである。しかし、「誰からも許されている」というのは、あまりにも傲慢ではなかろうか。恐れを知らぬ男も傲慢の極に達したとき、最大の危険を迎えることになる。

「誰からも許されている」という彼の驕《おご》りは、彼を許さない人——つまり弘徽殿の大后《おおきさき》——の存在を忘れてしまっていることを意味している。実際、彼と朧月夜との密会は、右大臣に見られ、弘徽殿の大后に伝えられ、源氏の生涯における、最大の危機を迎えることになる。ここにきてはじめて、光源氏は恐れを知る人間になるのだ。

恐れを知らず、多数の女性との関係を結ぶ男となると、西洋人なら——あるいは、西洋人ならずとも——思い起こすのは、ドン・ファンであろう。彼は関係した女性の名をカタログにするほど多くの女性を知っているし、彼女たちを不幸に陥れても、まったく平気である。

ドン・ファンと源氏の共通点は、恐れを知らぬことと、罪の意識の欠如であり、傲慢の極が転落のきっかけとなることである。ドン・ファンはまさか石像が歩きだすことはあるまいと思い、彼を晩餐《ばんさん》に招待する。ところがなんと、石像が動いたのだ。源氏は誰もが自分を許すと思っていたのに、許さない人がいたのだ。

かくて、ドン・ファンは地獄へと堕《お》ち、源氏は須磨に退くことを余儀なくされる。しかし、源氏は地獄に堕ちたのではなかった。須磨は明石《あかし》に通じ、そこで明石の君に会ったばかりか、後には許され京都に帰ってくる。そして、まさに栄誉の極に達するのだ。

西洋人の中には、この点を強く不満に感じる人がいる。ドン・ファンをモデルにする限り、源氏の物語は完結していないのだ。あるいは、はじめに紹介したように、日本人でも光源氏嫌いな人もいる。しかし、ドン・ファンの物語と『源氏物語』とでは、その狙いがまったく異なっているし、作者の作品に対する姿勢も、次に述べるように微妙なところがあるので、両者を単純に比較することはできない。そして、光源氏を罪の意識のない男と非難したり、『源氏物語』を女性を馬鹿にしているなどと言ってみたりしても、あまり意味がないと思う。

心に葛藤や痛みを感じる生身の人間

ここに述べるのは筆者のまったくの推察である。

紫式部は物語を書きはじめたときは、『伊勢物語』や『平中物語』と同様のものを書きたかったのではなかろうか。そのときは、あるいは「桐壺《きりつぼ》」の巻はなかったかもしれない。「名のみことごとし」い光源氏という男が各巻に登場するが、それは「むかし、男ありけり」の「男」とそれほど異なる存在ではなかった。

全巻を通じて一人の男が出てくると考えてもよいが、必ずしも「同一人物」である必要もなかった。ひとつひとつの物語は大切であるが、全巻を通じて、一人の人物像を造形するなどという意志はなかった。

「むかし、男ありけり」という表現は、「むかし、むかし」という昔話の話形を思い起こさせる。「物語」というものの基礎に昔話があることは誰しも認めるであろうし、それが人間にとってどれほど必要なものであるかも認識されていると思う。昔話をもたない文化などというのはないであろう。

人間は「おはなし」なしでは生きていけない。毎日経験することを心の中に折りあいをつけて入れこんでいくためには「おはなし」が必要である。それらの「おはなし」の中で、人々の心に広くかかわるものは、「昔話」として生きながらえていくが、そこには作者はいない。民衆の心が作者の役割をしている。昔話の内容は、外的に言えば不可能なことや荒唐無稽なことに満ちているが、その内的普遍性のゆえに、長年月を生き残る価値をもっている。

昔話の特徴のひとつとして、登場人物の感情があまり語られないことがある。たとえば、「手無《てな》し娘」という西洋にも日本にもある昔話で、娘が手を切り落とされたとき、娘が痛がったとか悲しんだなどと語られることはない。近代小説のように登場してくる人物のひとりひとりを「個人」として見ているのではなく、心の深層から生じてくる話では、そこに登場する人間は人間の心の深層のある側面や傾向の記述として出現してきている。したがって、その人間の個人的感情などにお構いなく話は進行する。

これも近代小説をモデルに考えている人は、話が平板とか単調とか言うが、それは間違いである。昔話の話も全体として見ると、人間の深層をうまく語っていると思うことが多い。したがって、筆者もこれまで、もっぱら昔話についての論を発表しつづけてきた。

口承の昔話に対して、文字によって残された「物語」となると、やはりニュアンスは異なってくる。しかし、これは近代小説と同じではない。「物語」は昔話に比して文学的な配慮が認められるし、登場人物も昔話のように感情抜きではなく、肉づけを与えられる。それでも、登場する人物をひとりひとり造形していくような意図は認められない。したがって、文字によって書かれた物語は、昔話と近代小説の中間に存在するような感じになってくる。

登場人物は昔話ほど平板ではないが、ある程度の類型化は否めない。そして、登場する個々の人物の造形がどうの、などと言うのではなく、全体として見るときに、その物語の伝えんとすることがわかってくる。

近代小説においては、作者という「個人」がまず存在する。作者がフィクションの世界を構築する過程において、登場人物が何らかの自律性をもって行動しはじめる。このことも経験しなかったら、その作品は真に創造的な作品とは言えない。作者の意図どおりに話が展開して終わってしまったら、「つくり話」とでも言うべきで文学作品にはならない。自律的に動く作中人物と作者の意図とがからみあって、意味深い作品ができあがる。

紫式部はすでに述べたように、彼女の内界というか「女の世界」を物語ろうとし、そのために光源氏という「男」を設定してみた。それはずっとうまくすすんできたのだが、彼女の天才のゆえに、近代小説と似たようなことが起こり、「男」であるはずの光源氏が一人の人間として自律的に動きだしたのである。

こうなると他の登場人物も同様の動きをはじめるし、紫式部としては当初の思惑どおりに事が運びにくくなってきた。それでもなんとか物語を完結できたのだが、このようなダイナミズムのお蔭で、『源氏物語』は他の王朝物語に比して、群を抜く奥深さをもつことになった。文学として傑出したものになったのである。

それでは、光源氏はどのあたりから「人間」として行動しはじめたのだろうか。私はそれを「須磨」以後のことと思っている。須磨、明石における、後に述べるような危機の体験が契機になると言えるが、その前に、なんと言っても、紫の上の登場のもつ意味が大きい。

本章の最後に論じるが、数多くの女性が登場する中で、紫の上はその中でも特別な位置を占めている。物語のはじめに登場する女性たちと源氏との関係は、後になって復活することがあるにしろ、話の眼目は短期間の逢瀬にある。これに比して、紫の上との関係は長く続き、その間に源氏の彼女に対する気持ちもずっと持続している。

持続する人間関係を描こうとすると、どうしても、それぞれの人間が「人格」をもったものとして現れてくる。おもしろい表現をすると、便利屋として登場した光源氏をパーソンとして育てたのは、紫の上だ、ということになる。

「明石」で、源氏が明石の君を訪れるとき、それはこれまでどおりの「男ありき」という形で話がはじまったと言える。しかし、源氏は明石の君を訪れた後で、紫の上のことが気になってくる。

「二条の君の、風の伝《つ》てにも漏《も》り聞きたまはむことは、戯《たはぶ》れにても心の隔《へだ》てありけると思ひうとまれたてまつらんは、心苦しう恥《は》づかしう」（「明石」）思うので、なんとか前もって知らせておこうと、いつもよりもながながと手紙を書き、最後のところにさりげない弁明を入れる。この手紙はすでに引用した（一二一ページ）が、ここに源氏の人間らしい感情が示されている。

源氏は「恐れを知らぬ」男としての浮気の数々を思い起こし、紫の上に嫌われたときのことを思うと胸が痛む、と言っている。つまり、彼はもはや「恐れを知らぬ男」ではなくなっているのだ。と言っておきながら、すぐに「あやしうものはかなき夢」を見たと告白しているところが彼らしいが、このように隠しだてしない自分の心の深さを知ってほしい、などと弁解をしている。

つまり、源氏はここで、心に葛藤や痛みを感じる、生身の人間となっている。もはや、彼は作者の思いどおりに動く操り人形ではなくなったのである。もちろん、そこには作者の意図がはたらくのであるが、作者と作中人物との間のダイナミズムによって、以後の物語はより深いものになっていく。

「中年の危機」に直面

光源氏を一人の人物として見るとき、「須磨」の体験は、彼の人生の転機をなすものであった。うっかりすれば、彼の人生はここで破滅を迎えたかもしれない。しかし、いろいろと好運も作用して、彼は以前よりも一層、この世の栄華を極める生涯を送ることになる。もっとも、「物語」の焦点は、あまり彼の地位の上昇のほうには置かれないのだが。

人生における中年の重要性は、つとにスイスの分析心理学者、カール・グスタフ・ユングによって指摘されていた。彼が最初注目したのは、地位、財産、能力などにおいて申し分のない人間が、人生の頂点に立って、「人はどこから来て、どこへ行くのか」などという根源的な問題に直面することによって、深刻な危機を迎える、という状況であった。端的に言えば、それまでは「いかに生きるか」に焦点があったが、「いかに死ぬか」のほうに焦点を移さねばならぬのである。

中年の危機は、事故や病気などの外的契機によってもたらされるように見えても、それは先に述べた内的状況と呼応している場合が多い。中年の危機については、これまで他に多く論じている(1)ので省略して、このような観点で、源氏の須磨の体験を見てみよう。

源氏が須磨に退居したのが二十六歳。それじゃ青年ではないかと言われそうだが、十二歳で結婚し、大将の地位にあることを考え、当時のライフスパンで考えると、まさに中年と呼んでいいと思う。このままでいけば、彼が高位を極めること間違いなし、財産はもちろんある。理想の妻とも言える紫の上とも仲よくしている。その上、多くの女性も意のままになるし、すべて言うことなしであった。そんなときに、中年の危機は襲いかかってくるものである。

「まろは、皆人《みなひと》にゆるされたれば」という思いあがりが危機を招くことになったのはすでに述べた。しかし、ここで源氏のとった態度はきわめて適切であった。闘ったり、弁解したりするよりも、さっと身を退《ひ》くほうを選んだのである。

須磨退居に際し、源氏が別れを惜しんで会いにいった人、須磨退居後に消息を交わした人などを見てみると興味深い。源氏との心のつながりの深さがよくわかる。人は逆境に立ったとき、はじめて世の真実に接する想いのすることがある。これまで、世界が外へ外へと広がる生き方をしていた源氏が、自分の世界へ内向することの意義をここで味わうのだ、と考えると、彼の「須磨体験」の重要さがよく了解される。

源氏がこれまでと打って変わって、「御前にいと人少《ずく》なにて」という様子で、須磨の憂愁の日々を過ごしたことが、紫式部の筆で見事に語られている。誰もが寝静まっている中で、源氏はひとり目を覚まし、風や波の音を聞きつつ涙を流す。そして、ただ一人で琴《きん》をかきならしたり、歌をつくったりする。

中年にデプレッションを体験した人は、このあたりの状況を大いに共感して読むに違いない。ここで、注目すべきことは、源氏がたくさんの絵を描いていることである。おそらく、彼の心情は言語のみでは表すことができず、絵画によってこそ表現できる点も多かったであろう。また、「釈迦牟尼仏弟子《さかむにぶつのでし》」と名乗って、お経を唱えることもしている。

京都で華やかな生活を送っているときと異なり、ここでは仏の教えも相当に身にしみたことであろう。これらすべてのことは、中年の危機を克服していく上で、現代においても意味あることである。このような彼の態度が、次の思いがけない展開への準備となっているのである。

須磨退居の間の出来事で、特筆すべきことのひとつに、頭の中将(このときは宰相中将になっていた)の訪問がある。誰もが弘徽殿の大后や右大臣の咎めだてをおそれて、源氏と接しないようにしているときに、「事の聞こえありて罪に当るともいかがはせむ」と考えて、わざわざ須磨にやってくる。

これは、彼ら二人がライバルであるとともに、深い友人関係にあることを如実に示している。後にも述べるように、頭の中将は何かと源氏と張りあうのだが、その友情は根本的には信頼の深いものであることが、この危険を顧みない訪問によく描かれている。

源氏にとってたいへんな失意の時であったが、この間に、彼は明石の君に会い、結局は以後の彼の人生にとって重要な、娘を得ることになるし、短期間の間に、彼は許されて帰京することになり、とんとん拍子に運命は好転していく。この「明石」の巻に、夢やその類似の話が多いのが特徴的である。少しそれを抜きだしてみよう。

まず、源氏が父親の夢を見て、故桐壺帝《きりつぼてい》が夢に現れ、「住吉《すみよし》の神の導きに従って、この浦を立ち去れ」と言う。次に、明石の入道《にゅうどう》も夢を見て、何か異様な者が「十三日に、船の準備をととのえて、（源氏のいる）浦に漕《こ》ぎ寄せよ」と言った。一方、朱雀帝《すざくてい》は夢に桐壺帝を見、そのとき桐壺帝に睨まれて、目を合わせたので、眼病になる。この夢によって、朱雀帝は源氏を許す決意をする。つまり、源氏が明石の君と会うことと、彼が許されて帰京するという大切なことは、ともに夢によってアレンジされているのである。

現代の合理主義者は、こんな話を馬鹿げていると思ったり、紫式部が勝手に都合よく夢を利用して物語の転回を図った、と思うかもしれない。しかし、筆者のように「中年の危機」にある人に数多く会っている者としては、誰もがむずかしいと思っている危機が乗り越えられるとき、本人の努力によるよりは、このような偶然、あるいは奇縁と思われるようなことによる場合のほうが多いことをよく知っているので、紫式部の洞察には感嘆を覚える。もちろん、夢も重要な役割を演じる。

運命と闘うのではなく、運命をそのまま受けいれて、意識的努力を捨て、絵を描いたりしていると、「とき」の訪れとともに、意味のある偶然が生じ、世界が開けてくる。このような様相は昔もいまも変わらないと思う。ただ、現代人はこのような現象に気づかずにいることが多いだけである。

王朝物語では、夢が大きい役割を演じるときがある。『浜松中納言物語』など、夢によって話が展開すると言ってよいほどである。それに比して、『源氏物語』は、夢のもつ役割は少ないほうだと言える。その中で、この「明石」の巻に、予示的な夢が集中して出てくるのは注目すべきことである。

これから見ても、紫式部は、夢のはたらきについて、よく知っていたのではないかと思われる。

また、朱雀帝が父院の夢を見て恐れ、その夜、雷が鳴ったり雨風の烈《はげ》しかったことを思いあわせ、これを父院よりの意志の表れと考えたとき、弘徽殿の大后が「雨など降り、空乱れたる夜は、思ひなしなる事はさぞはべる。軽々《かろがろ》しきやうに、思し驚くまじきこと」と言って、気のせいだから、軽率なことをしないようにと戒めている、合理的判断に対しても、紫式部の心は開かれているのである。その上で、この「中年の危機」が克服されているところに意味深い夢の現象を集中させているのは、さすがだと思う。

中年の危機克服の過程において、将来の思いがけない展望の兆しが見られることが多い。源氏はここで明石の君と結ばれ、彼女は懐妊し、それが後に中宮となる娘を出産して、源氏の政治的立場は確固としたものとなるのだ。紫の上が源氏をパーソンとして育てたと言ったが、源氏が自分の娘をもったことも、それ以後、パーソンとして行動していくための原動力となったであろう。

明石の君のことは、「妻」のところである程度述べたので、ここでは省略する。源氏はこの中年の危機の間に、明石の君と紫の上の間での葛藤を経験し、明石の君とも悲しみを残しつつ別れ、帰京する。というわけで、彼の京都での生活がまたはじまるが、彼の人間としてのあり方が、これまでとは相当に異なってきていることに、われわれは注意しなくてはならない。

2　「娘」とのかかわり

紫式部が自分の分身としての女性像を描いてくる中で、「母」、「妻」、「娼」とすすみ、最後に、「娘」を描くことによって、彼女のマンダラが一応完成することになる。紫式部は、ここで、おそらく、六条御息所の娘の前斎宮《さきのさいぐう》(秋好中宮《あきこのむちゅうぐう》)、および、明石の姫君について語ることによって、話を終わらせるつもりだったのではなかろうか。

作者の意図はそんなものだったのではないか、と推測される。それにもし、玉鬘《たまかずら》が出現してくるとしても、秋好中宮と似たような話になっていくはずだったと思われる。しかし、すでに述べたように、源氏は作者の意図を超えて、自律的に行動しはじめている。このため、思いがけない、源氏と玉鬘の関係が生じてきて、物語はダイナミックな様相を帯びてきた。

源氏は作者のコントロールを超えようとするし、作者は自分の意図を通そうとする。このようなことは、女三の宮《おんなさんのみや》のときにも、ある程度生じたのではなかろうか。したがって、「玉鬘」から「若菜下《わかな》」に至る間は、物語というよりは、近代小説のようなおもしろさが感じられるように思う。ともあれ、ここでは、源氏の「娘」たちについて、順番に見ていくことにしよう。

父が握る「娘の幸福」

父親が自分の娘の幸福を願う。これは当然と言えば当然だが、その中に、自分自身の幸福ということも混じってくる。当時は、「孝」ということが重んじられたろうから、娘が父親の幸福のためにつくすのは当然という考え方が強かったかもしれない。

明石の姫君を東宮《とうぐう》に、という源氏の考えは、娘の幸福ということもあったろうが、何よりも自分自身の政治的な権力の確立ということが第一であったことだろう。それでは、六条御息所の娘、秋好中宮に対する源氏の気持ちはどうだったであろうか。一応、義理の娘と呼ぶ関係にあるのだが、彼女に対しては、源氏の心はあやしく揺らぐのである。

まず、秋好中宮の場合について見てみよう。

源氏が須磨から京都へ帰った翌年、朱雀帝は冷泉帝《れいぜいてい》に皇位を譲る。源氏が宮廷で力をふるう時期が近づいたことを誰もが実感したであろう。こんなときに、伊勢の斎宮が交代し、六条御息所とその娘の前斎宮(秋好中宮)が帰京してくる。

源氏はお見舞いを贈ったり、気持ちの切れていないことを示すが、六条御息所と以前のような関係になるのもどうかと思っている。ところが、六条御息所が病となり、突然に出家し、源氏は驚き、残念に思いつつ、彼女の六条の邸《やしき》を訪ねる。

源氏はともかく熱心に自分の気持ちの変わらぬことを伝え、六条御息所はそれに感謝しつつ、自分の娘の将来のことを源氏に依頼する。しかし、源氏に対して自分の娘を男女関係の対象として見ないように、と釘をさすのも忘れない。これに対して、源氏は「年ごろによろづ思うたまへ知りにたるものを、昔のすき心のなごりあり顔にのたまひなすも本意《ほい》なくなむ」(「澪標《みおつくし》」)と言う。どうも思いがけないことを言われてはたまらない、という感じである。

この年になって万事分別がついて、と言っているのは、やはり、須磨退居の経験のことなども暗示しているのだろうか。苦労してきて、いまは分別もある、昔のような浮気心はない、と言いきっているところに、これ以後語られる、秋好中宮や玉鬘との話の展開の伏線を感じさせる。人間が勢いこんで言いきるときは、だいたいそれと逆の心情が動いているときである。

これに続く文の中に、すでに源氏の心の揺れが語られる。六条御息所と話しあいながらでも、源氏は娘(秋好中宮)の姿を見たいと思い、それでも母親の六条御息所があれほどに言っていたのだからと思い返す。

数日後に六条御息所は死に、源氏は法事の指図などをちゃんとして誠意をつくす。そして、娘に対して消息を交わしたりしているうちに、「今は心にかけてともかくも聞こえ寄りぬべきぞかし」と思う。つまり、いまとなっては、何とでも言い寄ることができるのだと思ったりする。しかし、六条御息所の言葉を思い返して自制する。結局は、源氏は藤壺と話しあいをして、前斎宮は冷泉帝の中宮になる。

娘の側からこれらのことを見れば、どうなるであろうか。ここで、娘としては自分の意志によってほとんど行動できない。すべては、「父」の源氏の手中に握られているということが特徴的である。

たとえば、源氏の好色《すき》心が強くなり「ともかくも聞こえ寄りぬべきぞかし」とばかりに言い寄ってきた場合、彼女にどんな道が残されていただろうか。結局は、「父」の自制と判断、その政治力などに依存して、彼女は中宮という地位を得、娘としての幸福を獲得したのである。幸福になるもならぬも「父」次第という「娘」の姿を、紫式部は分身として描いたのだ。

娘を後見する父の努力は、「絵合《えあわせ》」の巻に至って頂点を迎える。これまでいろいろな場面でライバルとなった、源氏と頭の中将(このとき、権中納言《ごんちゅうなごん》)は、ここでも娘を後見する父として張りあうことになる。

冷泉帝の寵を二分する弘徽殿の女御《にょうご》(権中納言の娘)と秋好中宮は、冷泉帝が絵を好むこともあって、絵合わせの争いをする。甲乙つけがたいありさまだったが、源氏が須磨、明石退居中に描いた絵日記が決定的なものとなって、秋好中宮が勝利する。ここでも、「娘」は父に助けられたわけであるが、その助けとなった絵は、父の失意中に描かれたものである。ことの因果というものはどうからみあってくるのか、計り知れぬところがある。

「父」によって運命が握られていると言えば、源氏の実の娘である明石の姫君の場合のほうが、もっとはっきりとしている。彼女は父に対してまず反抗できない。源氏の意図のままに動く娘として彼女は行動し、幸福を手に入れる。

ある意味では典型的な上流貴族の「娘」として彼女は描かれている。そこには、迷いや不安などはほとんどない。父の路線に安心して乗っていけばいいのだ。このような「娘」像も、紫式部は分身の一人としてもっていたのだ。

彼女は「父」の意図のままに、東宮に入内《じゅだい》し、十三歳で若宮《わかみや》を生んでいる。その若宮は彼女の夫が帝位を継いだときに東宮に立っている。中宮となってからしばらくして、義母の紫の上の死ぬときは、それに立ち会っているし、源氏の死後には、亡き源氏と紫の上の追善のために法華八講《ほっけはっこう》を主催している(「蜻蛉《かげろう》」)。つまり、彼女は娘としての務めを十分に果たしたのだ。すべて父の意を体しつつ、自分も幸福になり、父の幸福にもつくしている。非の打ちどころがない。

彼女の生涯に苦しみがあるとすれば、三歳のときに紫の上の養女となったことだろう。「薄雲《うすぐも》」に語られるところでは、彼女はわけも知らずに母親から離されて車に乗せられるが、途中で寝てしまって泣きもしない。目が覚めてからは、母親を探してしくしく泣いたとのこと。その後も、ときどきは自分を育ててくれた人たちを求めて泣いたりしたが、結局は、紫の上になつき、その生活になじんでいく。下手をすれば不幸につながったかもしれぬ、養女の件も彼女の人柄と周囲の人の配慮によって幸福に転ずることになった。

何もかも幸福ずくめの明石の姫君であるが、幸福な人の影には、必ずその代価を払う人がいるもので、彼女の母、明石の君にとって、娘を手放すのはつらかったであろうし、他の女性が夫との間に生んだ娘を育てねばならなかった紫の上も苦悩が深かったに違いない。ただ、この点については、後に紫の上のことについて述べるときに触れるとして、ここは「幸福な娘」の像について語るだけにしておきたい。

気になる娘

朝顔《あさがお》を「娘」に分類するのには抵抗を感じる人も多いと思う。朝顔の年齢は定かではないが、そもそも「帚木《ははきぎ》」の中で、源氏が朝顔の花とともに歌を贈ったという噂話がちらっと語られるのだから、源氏とはそれほども年は違わないだろうと思われる。それをわざわざ「娘」のところにもってきたのは、彼女が源氏のたびたびの求愛に対して、「娘」であることを貫きとおしたためである。そして、彼女のあり方が、次に示すことになる玉鬘の生き方へとつながってくる、と思うからである。

先に「物語」の中の娘の典型とも言えるような、明石の姫君について述べ、それとは類似性をもちつつ異なる点をもつ、秋好中宮についても述べた。そして、源氏にとって――あるいは紫式部にとって――重要な役割をもつことになる玉鬘に至る前に、その中間点としての、朝顔が「娘」の像のひとつとして必要となるのである。おそらく、そのためだろうが、「朝顔」の巻は、秋好中宮と玉鬘のことが語られる間に位置づけられている。

朝顔という名は、もちろん夕顔を意識して名づけられていると思う。疾風迅雷《しっぷうじんらい》のような光源氏の愛を受け、雷に打たれたようにはかなく逝ってしまった夕顔に対して、源氏の烈しい求愛を拒みとおす強さをもった女性、朝顔が描かれる。

それにしても、紫式部は「帚木」に朝顔の名をちらりと出したときに、その後の展開として第二十巻に「朝顔」を書く構想をもっていたのだろうか。筆者はおそらくそんなことはないと思う。どこかで朝顔について語るにしても、「空蟬」「夕顔」「末摘花」と続く系列の中のひとつとして語るつもりだったかもしれない。しかし、すでに述べたように、須磨以来、源氏の性格が変わってきており、その変化に対応して「朝顔」の巻が出現してきた、と思うのである。

もちろん、このあたりのことは専門家の意見に耳を傾けるべきと思うが、筆者が心理的な観点から類推するところでは、本書に示すように『源氏物語』は全体として見事な「構図」をもっているのだが、これは紫式部が最初から現代人の考えるような「構想」をもって書いたのではなく、彼女の人生の過程と、「物語」のもつ一種の自律性とのからみの中で、おのずから生まれてきたものを書いたのではないかと思われる。それだからこそさらに、結果的に立派な構図ができあがったのではなかろうか。

「朝顔」の巻もそのような経過の中で生まれてきたと思うと興味深い。最初は紫式部のいろいろな分身の相手役として、無人格的に登場した源氏であったが、須磨を機縁として、人格をもちはじめた。その源氏の特徴としてすでに述べたとおり、悩みや葛藤をもつようになるのだが、他方、彼は秋好中宮や玉鬘などの、自分の「娘」たちに恋するようになる。

娘ほど年の異なる女三の宮との結婚も、その話の延長上にあり、朝顔は、おそらく初恋とまでいかぬにしても、自分の若い日と結びつく恋人である。それを、従一位《じゅいちい》の内大臣《ないだいじん》になってから、もう一度思い返して恋を仕掛けようとする。それに重要なことは、秋好中宮、朝顔、玉鬘と、すべて源氏の恋は成就しないのである。女三の宮は結婚したが、それは源氏にとって決定的な悲劇に通じていくのだ。

どうして、源氏はこのような女性にばかり心を惹かれるのだろう。源氏のこのときの地位と財力をもってすれば、須磨以前のような調子でいろいろな女性のところを訪れると、多くの女性は彼の意のままになったことだろう。

自由意志をもった源氏が、意にそわぬ女性ばかりを選ぶという点に、人生のパラドックスを見る感じがする。あるいは、物語の中で、源氏が一個の人間として作者の意に反してでも行動しはじめるにつれて、物語の中の女性たちも、しっかりとした意志をもつようになってきたと言うべきであろうか。

ここにあげた強い意志をもった女性たちの先駆者はいる。それは、空蟬や藤壺などである。強い意志をもって源氏の接近を拒みつづけるが、一度は関係を許容している。それに対して、玉鬘たちは常に関係を拒否するのである。

言うなれば、作中人物の源氏が自律的に行動するのに従って、作者の紫式部もそれに鍛えられて自律的になってきた、ということになろう。人間の自己実現の過程のおもしろさが、よく示されていると思う。自分の内界の人物との関係によって、事がすすむのである。

さて、ここで源氏と朝顔との間にどんなことがあったのかを少し見ることにしよう。朝顔のことが詳しく語られるのは、第二十巻「朝顔」であるが、彼女については、「帚木」(第二巻)、「葵《あおい》」(第九巻)、「賢木《さかき》」(第十巻)などに、ちらほらと語られ、源氏にとっては常に気になる存在であることが示されている。

ところが、彼女は六条御息所の様子を見ていて、その二の舞はすまい、と心に固く決心しているので、源氏の誘いに乗らないのである。しかし、源氏が歌を贈ると返歌をしたりはしている。源氏が大した人物であることは認めているのだが、色恋沙汰は御免と決めている。彼女は朱雀院の斎院になる(「賢木」)ので、男女関係は断たれるのだが、源氏は消息を交わしたりしている。

弘徽殿の大后とその父の右大臣が朧月夜の件を知って、源氏の失脚をはかるとき、斎院である朝顔と源氏の間に消息を交わした事実も知っていて、「斎院をもなほ聞こえ犯《おか》しつつ、忍びに御文通はしなどして」と憤慨する(「賢木」)。現在なら、文通だけぐらいなら、と言いそうなところだが、「聞こえ犯しつつ」というのは、きつい言葉と感じられる。

朝顔は斎院を退いた後に、叔母の女五《おんなご》の宮《みや》(桐壺帝や、葵《あおい》の上《うえ》の母の大宮《おおみや》などのきょうだい)と桃園《ももぞの》の宮の邸に住むことになる。ここから「朝顔」の巻の話がはじまる。源氏は女五の宮の見舞いにかこつけて朝顔を訪ねる。女五の宮は源氏びいきで、朝顔との結婚をほのめかすほどだが、源氏がいかに熱心に口説いても、朝顔は動かない。

ここで、例の源典侍が尼となって桃園の邸に住んでいて、ちらりと顔を出すのは、よく考えられたエピソードだと思う。幕間《まくあい》狂言的に出てくるのだが、これはやはり源氏が「もう若くはない」ことを悟るべきとの意味をもたせている。それでも、源氏は意地もあって頑張るのだが、朝顔ははっきりと拒み、源氏はそれを認めざるを得ない。

このころ、世間の噂を通じて源氏の浮気心を知った紫の上は、思い悩む。それを知って、源氏はそんなに心配はいらぬと嘘まじりの弁明をし、いろいろ話をしているうちに、このときすでに亡くなっていた藤壺のことを思いだして、その素晴らしさをほめ、「世にまたさばかりのたぐひありなむや」と、あれほどの人は他にいないとまで言う。源氏はもちろん、藤壺とのことは誰にもひた隠しにしているが、こんな言葉を聞いて紫の上はどう思ったことだろう。

その夜、源氏の夢に藤壺が現れ、自分たちのことは誰にも漏らさないと言っていたのに、となじる。源氏は驚きつつも、藤壺のことを思いだす。

「朝顔」の巻を、この話で終わるのは、さすがにと思わされる。中年を越えるとともに、妙に若返った源氏は、若やいだ恋を仕掛けることで、かえって自分の年齢を意識させられたのではないか。そんなときに、人は気持ちが弱くなり、心の拠《よ》りどころを探そうとして、思いがけない失敗もしたりする。

源氏はやはり頼りになるのは紫の上、心の支えは藤壺というような気持ちになり、気のゆるみから言うべきでない話——と言っても表面的には一般論だけを言っているともとれるが——を紫の上にしてしまう。源氏の光はこのようにして、少しずつ弱まっていくのである。ただ、地位のほうはますます上昇するのだが。

恋心と自制心

六条御息所の娘を、源氏は「娘」として遇し、中宮に立てることに成功する。しかし、この娘に対して、源氏は色好みの気持ちを捨てきれずにいたことはすでに述べた。ところが、源氏にとってもっと強い葛藤を感じさせる「娘」が、まったく思いがけなく出現してくる。それが玉鬘である。

「玉鬘」の巻の冒頭は次のようにはじまる。

年月隔《へだ》たりぬれど、飽《あ》かざりし夕顔《ゆふがほ》を、つゆ忘れたまはず、心々なる人のありさまどもを、見たまひ重《かさ》ぬるにつけても、あらましかばと、あはれに口惜しくのみ思し出づ。

いくら年月を経ても、夕顔は忘れることができない。源氏はさまざまの女性を見てきたのだが、やはり夕顔が生きていてくれたら、と残念に思うのだ。夕顔は束《つか》の間《ま》に去っていったが、彼女の魂は源氏の中に生きつづけている。その姿を体現するものとして、夕顔の娘、玉鬘が現れたのだから、源氏が平静でおれるはずはない。

頭の中将と夕顔の間に生まれた玉鬘は、夕顔の突然の死によって、幼いときに乳母《めのと》に従って筑紫《つくし》に住みつくことになる。成人して肥後《ひご》の土豪《どごう》に求婚されあやういところを、乳母たちの機転で逃れ京都に帰ってくる。

夕顔の乳母の娘で、夕顔の死後、源氏のはからいで紫の上に仕えていた右近《うこん》が、長谷《はせ》観音の導きで彼らと会う。夕顔の娘に会ったという右近の報告を聞き、源氏はただちに玉鬘を引きとる。右近にもかねてから、源氏は夕顔の娘が見いだされたら、自分は子どもが少なくてさびしいから、自分の実子を探しだしたように人に思わせて育てたいと言っていたので、事はすんなりと運んでしまった。本来なら、玉鬘は実父である頭の中将(このときは、内大臣)のところに引きとられるべきだったのだが、源氏が育てることになって、話が錯綜してくる。

ここからは筆者の推測というより空想に近くなるが、紫式部はひょっとして、ここに玉鬘を出現させることによって、源氏が多少の葛藤を経験するにせよ、これまで語ってきた、源氏を取り巻く、「妻」、「母」、「娼」、「娘」のマンダラを完成させるはずだったのではなかろうか。

ところが、作中人物の源氏が頑固に自分の意志を通しはじめ、玉鬘への想いを断ちきれないので、とうとう自分の加勢に、源氏とは対照的な性格をもつ夕霧を登場させて、やっと話を収めることになった。というわけで、いわゆる玉鬘十帖は、近代小説に近い様相を示し、なかなか興味深いものになった、と考えられる。

ここに加勢役として夕霧が登場したことも、話に厚みを与えることに大いに役立っている。玉鬘十帖の前に「少女《おとめ》」の巻があることは意義深い。

次章に論じることになるが、夕霧と雲居雁《くもいのかり》との恋愛は、源氏と玉鬘との間に生じる関係と対照的で、玉鬘の物語が進行する間、ずっと夕霧の恋が底流をなしている。このため、この物語においては、父・娘の軸のダイナミズムの上に、父・息子のダイナミズムが作用し、それに加えて、源氏と頭の中将、紫の上と玉鬘のライバル関係までが作用してきて、近代小説さながらの人間模様が描かれるのである。

ここで少し物語のほうを見てみよう。右近の報告を聞いて玉鬘を引きとることに決めた源氏は、彼女を六条院の花散里にあずけることにした。源氏に頼まれて花散里はこだわりなく引き受ける。なかなか上手な人選である。花散里は「家刀自《いえとじ》」役になりきっている。

源氏は玉鬘に会って、その美しさに心を打たれる。源氏は玉鬘の美しさを紫の上に告げ、彼女を住まわせていると好色者《すきもの》が集まってくるだろうし、その様子を見たいものだと言う。その上、紫の上に会ったころに、いまのような気持ちだったら紫の上もそのように扱っただろうに、自分の妻にしてしまって芸のないことをした、と言う。

彼女は、自分が美人であることを露骨《ろこつ》に言われ、恥ずかしさとうれしさで顔を赤らめるが、この源氏の言葉は語るに落ちるというか、「玉鬘も紫の上のようにしてみたい」という気持ちが知らず知らず示されているとも感じられる。そして、事実、源氏の気持ちはそちらのほうに傾いていくのである。

玉鬘に会っているうちに、源氏は彼女が夕顔の面影を残しつつ、性格的には異なるところがあるのに気づき、それを紫の上に語ったりする。夕顔に比べると玉鬘のほうが晴れやかで、危なげないように見えると。

これは当然のことである。玉鬘は父親の頭の中将の血を受けているのであり、彼は異界とは縁の薄い、現実感覚がしっかりしすぎるほどの人間なので、彼女は夕顔とはまるで逆のようなところももちあわせている。源氏に会うや否や身も心も吸いよせられていくような夕顔に対して、玉鬘はどこかで現実に根ざして踏みとどまる力をもっている。このため、彼女は源氏の思惑にやすやすとは乗っていかないのだ。玉鬘の父親として頭の中将を選んだところは、紫式部の才能の素晴らしさを示している。

源氏は玉鬘に自分の想いを告げるが、反応はない。というよりは拒否的と言っていいだろう。源氏はなんとか説得しようとして、深く思っている親子の情愛に別の思いまで加わるのだから、こんなのは世間にまたとあるまい、などと強引な論理をふりまわす。

ここで実に興味深いのは、このような源氏の口説きの言葉の後に、「いとさかしらなる御親心なりかし」(「胡蝶《こちょう》」)と作者のコメントが入れてあることである。源氏が作者の意図を離れて勝手に行動しようとするのを、作者がなんとか引きとめようとしていると も感じられるのである。

源氏は「もて離れ知らぬ人だに、世のことわりにて、みなゆるすわざなめるを」と、相手をまったく知らぬときでも、世間の道理というもので、女はみな身を許すらしいのに、とさえ言うのだが、最後は思いとどまって帰っていく。

源氏は玉鬘への想いを断ちきれないのに、兵部卿宮《ひょうぶきょうのみや》から玉鬘への手紙が来ると、それに返事を出したほうがいいと言ったりする。玉鬘にとっては、この源氏のあいまいさが耐えられないのである。物語のはじまりのころの源氏は、あいまいでもいい加減でも、ともかく彼の望みどおりに女性たちと関係を結ぶことができた。

ところが、源氏が一個の人間として自分の意志を通そうとしはじめたこのあたりになると、女性のほうも一人の人格としての源氏を期待するので、こんなあいまいなことでは、源氏の意図をやすやすとは引き受けない玉鬘のような女性が現れてくる。

有名な「蛍《ほたる》」のエピソードも、源氏のやるせない葛藤から生みだされてきた行為とも読みとれる。文字どおりに解すると、源氏は自分の美しい女性を見せびらかして、それに心を奪われる兵部卿宮を見て楽しんでいることになるのだが、どこかその底では、どうせ玉鬘は自分のものにならないだろう、というあきらめもあるように感じられる。

源氏のひたすらに迷う心に対して、明確な形をとらせるために、夕霧が登場するところが実に興味深い。夕霧については後に詳しく論じるが、源氏からすれば、文字どおりの子どもとして、あまり念頭に置いていなかったのに、知らぬ間に大人になり、父親と相向かうようになってきたのだ。

夕霧と雲居雁との関係は『源氏物語』全巻を通じても特異な恋と言いたいほど、幼なじみの純愛物語である。これに対して、源氏の玉鬘への恋は、大人の臭いの強い複雑で、単純には受けいれがたいものである。両者の対比を際立たせる効果としては、この二人がともに頭の中将の娘という事実がある(図9)。したがって、玉鬘をめぐる話の中で、源氏と頭の中将、源氏と夕霧との間の、父・息子、友人間のライバル意識と、親子の情、友情などが微妙にからまっているところが、物語に深い奥行きを与えている。

この対比だけでは、頭の中将があまりにも源氏に対して有利と見たのか、近江姫《おうみひめ》という漫画的なキャラクターを導入して、バランスをとっている。玉鬘も頭の中将の娘なのだが、心理的な文脈では、源氏―玉鬘に対して、頭の中将―近江姫という対比になっている(図10)。玉鬘の引き立て役としての近江姫の様相は、あまりに明白で、ここにわざ

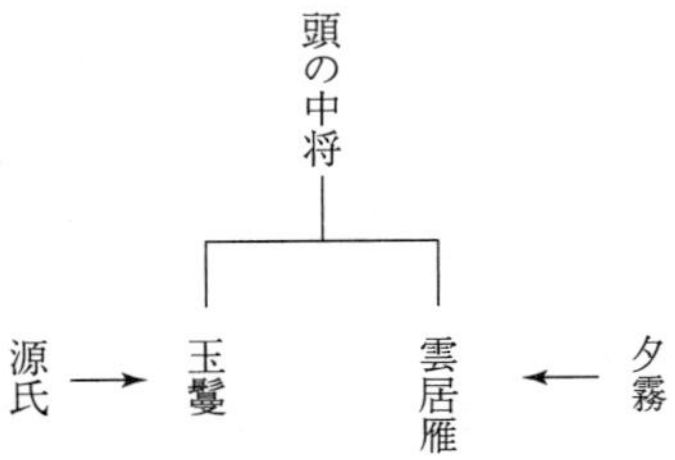

図 9　源氏と夕霧

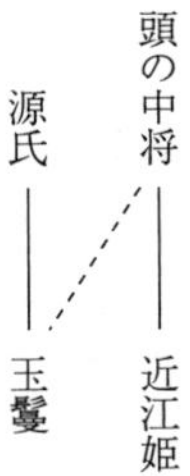

図 10　源氏と頭の中将

わざ論じることもないであろう。

さて、夕霧の成長ぶりであるが、「野分《のわき》」はそれについて詳しく述べている。まず、彼は紫の上をかいま見る。続いて彼は源氏が玉鬘に対してなれなれしく抱き寄せているのをかいま見る。このときの夕霧の気持ちは、「いであなうたて」、「あなうとまし」と嫌悪感がはっきりと表されている。雲居雁に対する彼の気持ちからして当然であろう。

「藤袴《ふじばかま》」の巻には、夕霧が源氏を問いつめるところが語られている。はじめのうちは、源氏は夕霧の質問をはぐらかして、相変わらずの子ども扱いだが、夕霧は負けてはいない。玉鬘を尚侍《ないしのかみ》にして宮仕えをさせ、自分で手もとにおいて一人占めしようとしているのではないか、と内大臣(頭の中将)が言っているとまで具体的に問いつめていくので、源氏としても、そんな気持ちはないと明確に答えざるを得ない。

玉鬘に対する恋と、自制心との間で揺れに揺れた源氏の気持ちも、息子の正面切った問いかけによって、玉鬘を手放すことに心を固めざるを得なかったのである。

玉鬘は思いがけず鬚黒《ひげくろ》大将と結婚するが、そのいきさつについては何も語られない。物語としては、玉鬘と源氏との関係があくまで大切であり、彼女の結婚のいきさつは語る必要がなかったと考えられる。

娘　妻

男性が老いを迎えはじめたとき、自分の娘くらいの年輩の女性に恋心を感じることがあるし、実際に結婚することもある。そろそろ死に向かいつつあるという予感のために、生命力に満ちた対象を求めようとするのであろう。

アメリカでは、いわゆる糟糠《そうこう》の妻とともに努力してきて、出世したり財産を築いたりすると、その妻と別れ、娘のような美しい女性と再婚するケースがわりとあり、トロフィ・ワイフと俗称されている。勝利のトロフィとして新妻を獲得したという意味であろう。もっとも、トロフィと思っていたのが、いつの間にか自分の上に載せる墓石として役立つこともままあるようで、それほど羨ましがることもないようであるが。

源氏と女三の宮の関係は、現代アメリカのトロフィ・ワイフの話を先取りしているようにさえ感じられる。源氏は多くの女性に取り囲まれている。それを、一応、源氏を取り巻く女性マンダラとして、妻・母・娼・娘という順に記述してきた。

娘にあたる——と言っても心理的なものであり、実子は明石の姫のみであるが——秋好中宮、朝顔、玉鬘について考えてみると、多くの女性と関係のある源氏もこの三人に対しては、源氏の意志にもかかわらず、肉体関係をもつことはできなかった。やはり、「娘」とは性関係のないままにマンダラは完結するのかと思われた最後になって、突如として、女三の宮が出現し、源氏は彼女と結婚する。

女三の宮は、位人臣《じんしん》を極めた源氏の晩年に現れたトロフィかと思われたが、彼女は、まさに源氏の光が消え去るための重要な布石として登場してきたのである(「若菜上」)。

朱雀院は出家しようとするが、娘の女三の宮の将来が気になって仕方がない。よい後見人を見いだして安心したいと思う。そこで源氏のことが思い浮かんでくる。彼は准太《じゅんだい》上《じょう》天皇など、これ以上の位は望むべくもない高さにあるが、なにしろ年齢が三十九歳である。それに対して女三の宮は十三歳。あまりにも年が離れすぎている。娘と言うより、孫と言ってもいいほどである。

そこで朱雀院としては、源氏の息子、夕霧のことも一応考える。彼なら年齢相応だし、将来性もある。ただ、彼は雲居雁との結婚に成功し、二人は相思相愛の関係にあるので、そこに女三の宮を押しつけてもうまくいかないだろう、と朱雀院は考える。「野分」の巻あたりから、源氏と夕霧の関係が、いろいろなところに作用してきておもしろい。玉鬘のところですでに述べたが、夕霧の一途《いちず》の恋は、源氏の色好みと常に対照されている。

夕霧は雲居雁との関係に満足しているので、いまさら女三の宮のことについて思い迷うこともないのだが、やはり少しは心動かされるところがあり、自分以外の誰かのところに決まるのもどうか、と思ったりする。

堅物の夕霧のこのような心の動きをさりげなく書く作者は、さすがに男心をよく知っているし、これは夕霧がもっと後になって、柏木《かしわぎ》の妻に心惹かれることになる布石にもなっている。

朱雀院は出家し、源氏ははじめのうち分別くさく、結婚という形ではなく後見するなどと言っていたのに、女三の宮との結婚を承知してしまう。年をとっても、彼の色好みの傾向は弱まっていなかった。

この結婚によって、一番ショックを受けたのは、紫の上であった。源氏の周囲には多くの女性がいたが、紫の上にとっては、自分がそれらの中で特別の位置を占めているという自負があった。また、源氏も紫の上に対しては、言いにくい話も努めて打ち明け、つねづね大切な人として接してきた。そんなわけで、源氏の年齢から考えても、二人の関係が揺らぐことなど考えられなかった。

ところが、思いがけない、女三の宮との結婚である。これはもちろん、源氏が最初から意図したことではないのだが、なんと言っても身分第一の当時のことだから、形式としては、女三の宮が正式の妻の座を占めることには抗する術《すべ》がない。紫の上は、晩年になって突然に妻の座を追いやられることになった。

賢い紫の上はこのことで取り乱したりせず、表面は平静を保ち、源氏に対して、もう少し女三の宮のほうに泊まりにいっては、などと忠告するほどである。しかし、実際は平静でいられるはずもなく、源氏が女三の宮のほうに行って、一人寝をするときはなかなか眠れず、源氏の明石退居のときのことを思いだしたりする。

源氏は紫の上と女三の宮の間に立って、どちらにも気をつかいながら生活しているのだが、若かったころの朧月夜のことが忘れられず、朱雀院の出家に続いて、自分も出家をと考えている朧月夜を訪ね、会うのを拒んでいた彼女と会い、関係を復活させる。

源氏はこのことも紫の上には秘密にしておけず、彼女は、源氏が急に若返り、女三の宮に加えて朧月夜にまで手を出して、自分は「中空《なかぞら》なる身のため苦しく」(「若菜下」)と涙ぐむ。源氏こそを頼りと思っていたのに自分は見放されて、宙に浮いてしまったと嘆くのである。作者がもっとも自分と同一視しているかに見えた紫の上は、ここで癒しがたい悲しみを経験する。

ここでまた作者、紫式部の意図について推測してみよう。非人格的存在としての源氏の周囲に、自分の分身を配して女性マンダラをつくる紫式部の意図は、玉鬘で完成するはずだったかもしれない。

ところが、作中人物の源氏が自律的に動きはじめ、玉鬘との関係に深入りしてくる。

しかし、これはなんとか切り抜けたのだが、その間に、源氏と紫の上との関係がますます深くなり、それまでの一対多関係から、一対一関係となって安定するような様相を見せはじめた。

紫式部としては、紫の上と源氏との一対一の構図が全体に取って代わるほどになってきたので、これをもとに返そうとしているうちに、むしろ、男性との関係において女性の姿を描くというのではなく、女性を女性として、男性の存在を前提とせずに描くという方向に心が動きはじめたのではなかろうか。

つまり、光源氏はもはや必要でなくなってきたのである。それとともに、紫の上と源氏との一対一関係の構図も解消することになり、もう一度そのために朧月夜を登場させたりした。

そして、源氏を取り巻く女性像のマンダラは一応完成するとともに、それは決して真の完成ではなく、もっと深化させていく必要があることが自覚されるようになった。このことを可能にする者として、女三の宮は登場したのである。

紫マンダラの構築の上において、彼女の果たす役割は実に重要である。その役割の中核に存在するのが、彼女と柏木との密通であった。

3　「密通」が生じるとき

源氏は秋好中宮、玉鬘と「娘」に恋いこがれながら、彼女たちと関係を結ぶことはなかった。しかし、思いがけない話の運びから、娘に相当する年齢の、しかも高貴な身分である女三の宮を自分のものとすることができた。位は准太上天皇に昇りつめるし、この世のことはすべて思うがままというありさまにあったが、この女三の宮の密通という事件によって、源氏の光は一挙に薄れ去るのである。

後に詳しく述べるように、これは、そもそも源氏と藤壺の間の密通のエコーとも感じられ、この物語における「密通」ということの重要さを思い知らされる。それは物語全体をおしすすめていく起爆剤のような役割をもっている。

密通の意義について強い印象を受けたのは、『我身にたどる姫君』の物語である(2)。この物語の重要なテーマのひとつは、対立している天皇家と藤原家がいかに和解していくかにあるのだが、その過程が徐々にすすんでいく上での、焦点となるところに密通が生じているのだ。

これについては、また稿を改めて他に論じるつもりであるが、これと対応する物語として筆者が取りあげてみたいと思ったのは、シェイクスピアの『リチャード三世』である。この物語に至るまでには多くの他の作品があり、それはすべて、ランカスター家とヨークシャー家の対立を基礎にもっている。それが『リチャード三世』において和解に至るのだが、この物語において、和解へのステップとなる重要な事件は「暗殺」である。

『我身にたどる姫君』と『リチャード三世』の対比はなかなか興味深いが、暗殺と密通の共通点は裏切りであり、隠れた行為である。「密通」からは思いがけない新しいものが生まれるし、「暗殺」は、ある秩序を壊し、新しいものが生じる状況を準備する。したがって、それらの繰り返しの中から、対立が和解へと向かうのである。

もちろん、すべての密通や暗殺が和解と結びつくのではない。まったく逆のこともある。しかし、それのもつ破壊力とともに新しいものを準備する特性については理解されたと思う。わが王朝物語は、そのすべてにおいて殺人がまったく語られない、という特異性をもつが、それゆえに、どうしても密通ということが重要なモチーフとして、多くの物語に語られる理由がわかるように思うのである。

再現された密通

頭の中将(このときは太政大臣《だじょう》)の息子、柏木と女三の宮との密通はきわめて重要な事柄なので、周到に物語られている。その道筋をしばらくたどることにしよう。

源氏はせっかく若い妻を得たのだが、女三の宮はまだ幼いと言ってもいいほどで、朱雀院の手前もあって疎略に扱うことはしないものの、やはり心は紫の上のほうに傾いている。夕霧は女三の宮との間にちらりと話が出かかったりした上に、六条院ではすぐ傍に住んでいるわけだから、何となく女三の宮のことが気になる。

見ていると「女房なども、おとなおとなしきは少なく、若やかなる容貌人《かたちびと》のひたぶるにうち華《はな》やぎざればめるはいと多く、数知らぬまで集《つど》ひさぶらひつつ」というありさまで、派手で美しい女性が集っているが、どこか隙のありそうな感じがする。

この状況は、後の柏木のかいま見の伏線である。夕霧はこんな状況を見て、いつかかいま見た紫の上のことを想うが、それでも女三の宮の姿も少しでもかいま見る機会があれば、と思う。やはりこれも年齢のせいであろう。

年齢と言えば、夕霧と同年輩の柏木のほうはもっと積極的な気持ちをもっていた。源氏と女三の宮の年齢の不釣り合いさを考えると、自分こそふさわしい相手だったのにと思わざるを得ない。彼は女二の宮と結婚しているのだが、どうしても女三の宮のほうに心惹かれるのである。六条院で夕霧らと蹴鞠《けまり》に興じているときも、なんとかかいま見の機会がないかと窺っていた。

そのときに異変が起きた。小さい唐猫《からねこ》が大きい猫に追われて逃げるとき、綱が引っかかって簾《すだれ》があがってしまった。例の派手好きで気配りの薄い女房たちでは、こんなときにすぐ対応できない。このため、柏木は女三の宮の姿をしっかりと心に刻み込んだのである。柏木はこれ以後、女三の宮への慕情に苦しみ、伝手《つて》をたどって文をおくるが、もちろん駄目である。柏木は工夫して、例の猫を手に入れ、猫かわいがりにかわいがることで気持ちをまぎらわせている。

それからしばらく経って、紫の上が急病になる。なかなか快方に向かわず、源氏も必死に看病する。何か効果があればと紫の上を二条院に移し、源氏もそちらに行ききりになる。この隙をついて、柏木はかねてから依頼していた、女三の宮の乳母子《めのとご》の小侍従《こじじゅう》の手引きで強引に女三の宮に会う。

自分の気持ちを述べて、「あはれ、とだにのたまはせば、それを承《うけたまは》りてまかでなむ」と、一言を聞いて帰るつもりだったのに、女三の宮が予想していたほど、厳しく近寄れぬ感じがしなかったこともあって、とうとう自分を制しきれなくなる。

柏木は女三の宮に添い寝していて、ふとまどろむ間に夢を見る。例の猫がかわいらしい姿で鳴きながら近寄ってきたのを見て、彼女にさしあげようとして自分が連れてきたのだと思う。しかし、何のためにさしあげたのだろうと考えようとするうちに目が覚めた。柏木が猫と経験した愛情を、女三の宮にささげようとしたのであろう。

この一連の猫の話は実によくできている。源氏の女三の宮に対する気持ちは、朱雀院に対する配慮とか、若い女性に対する好奇心などから生じてきていて、自然さを欠いている。これに対して、柏木のそれは一途で、身も心も、と表現するのにふさわしい自然さがある。猫はそれらを象徴するのにもってこいである。おまけに何やら不可解さや恐ろしさもある。猫に導かれた愛は、まず成功するが、後はその恐ろしさにおののかねばならない。

紫の上が危篤に陥り、死亡の誤報まで伝わって大騒ぎになるが、なんとか回復し、源氏は女三の宮を訪れるが、この時に彼女におくられた柏木の手紙を発見し、すべてを悟る。しかも、彼女はすでに懐妊していた。女三の宮をはじめ、彼女の女房たちの幼稚でしまりのない生き方のために、たいへんなことが露見してしまった。

源氏の嘆きと怒り。いろいろ思いつのるうちに、彼は自分と藤壺との一件に思い至る。思へば、「故院の上《うへ》も、かく、御心には知ろしめしてや、知らず顔をつくらせたまひけむ。思へば、その世の事こそは、いと恐ろしくあるまじき過《あやま》ちなりけれ」と、桐壺帝もいまの自分と同じように苦しんだのだろうか、そして知らぬふりをしていたのだろうか、それにしても、自分の犯した過ちは恐ろしいことだったと、源氏はあらためて感じさせられる。源氏は単純に怒ってばかりいることもできないのだ。

源氏と藤壺、柏木と女三の宮、恐ろしい密通が繰り返された。人生にはこのように類似のことが反復されることが多い。そして、前者の間からは冷泉帝が、後者からは薫《かおる》という、どちらも類稀《たぐいまれ》な男性が生まれている。世間一般は誰もその事実を知らず、冷泉帝はさすがに桐壺帝の息子、薫はさすがに源氏の息子として評価されている。しかし、実は異なる血が混じってこそ、稀な人物が生まれたのかもしれない。

ここで、注目すべきことは、薫には女三の宮という皇族の血と、頭の中将側の藤原の血が混じっているという事実である。夕霧の雲居雁に対する恋を、頭の中将が許さない点について、源氏が心外だと思って玉鬘に語っているところで、頭の中将は藤原一族だけの混じり気のない血筋を誇りにしているので、自分のほうは皇族でも古風と思っているのだろうかというところがある（「常夏《とこなつ》」）。

このような対立意識はどこかではたらいているのだが、『我身にたどる姫君』の例にあったように、密通によって両者は知らぬ間に混合していくのだ。宇治十帖《うじじゅうじょう》に語られる薫の性格を、こんな点から見てもおもしろいであろう。

父と息子の葛藤、対立

柏木の密通事件の背後には、父―息子という軸上のダイナミズムが強く関係している。フロイトはエディプス・コンプレックスを最重要視するほど、父と息子の対立関係を人間理解の中核に据えた。しかし、これはあくまで父権のみならず、心理的にも父性原理の強さが明確に認められる社会でのことであり、他の社会では異なってくることは文化人類学者の指摘しているとおりである。

平安時代のように双系《そうけい》と言ってもいいし、父性原理がきわめて弱い社会では、父と息

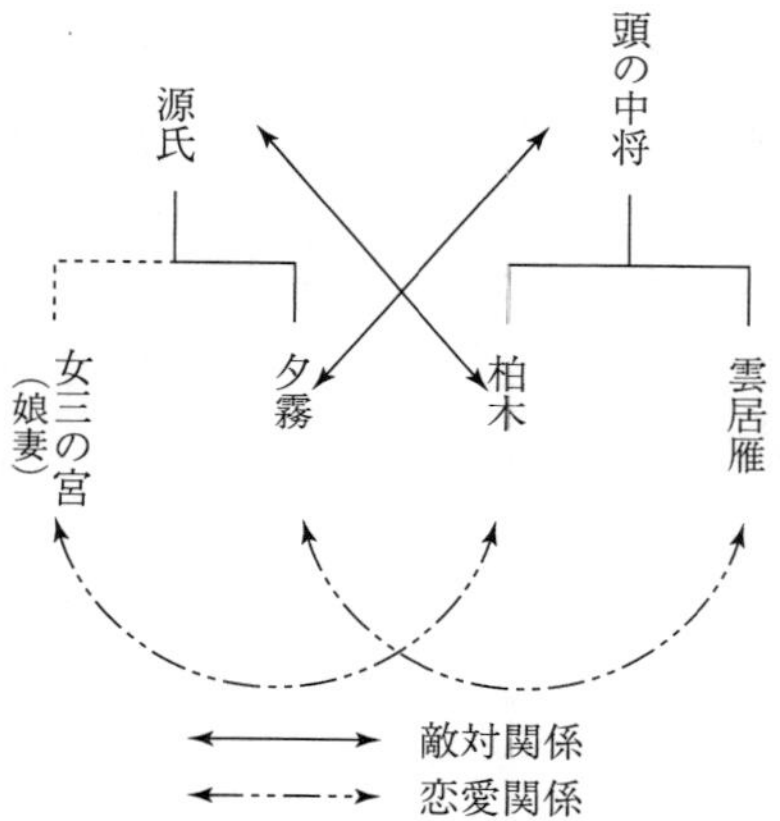

図 11　二組の父と息子

子の対立などほとんど問題ではなかった。源氏にしても、娘の明石の中宮(姫君)のことに関しては、いろいろと気をつかっているが、息子の夕霧については、それほどの関心がなかったと言っていいだろう。

しかし、夕霧が成長してくるにつれて、それなりの父子葛藤が認められる。「野分」に語られる、夕霧の紫の上のかいま見がそのはじまりである。玉鬘の件に関しては、源氏に後ろめたい気持ちがあったため、むしろ夕霧のほうが優位に立っている。これらの経験を踏まえて、父・息子の正面からの対決へ、とすすんでいかないところが日本の物語の特徴である。正面からの対決は日本人の好むところではない。

このためにたいへん興味深いことが生じる。図11を見てもわかるとおり、夕霧と頭の中将、柏木と源氏との間に対立が生じてくる(これも対決とまでは呼びにくい)のである。夕霧と柏木がそれぞれ互いの代理戦争をして、父との対決を行っているとも思われる。

しかし、一応、対照的に図示するため、このような図にしたが、女三の宮は「娘妻」

とは言っても、れっきとした妻であるので、柏木のほうが悲劇に追いこまれることになる。やはり、源氏と真っ向から対決するのはむずかしいのだ。

源氏と頭の中将の関係は、徹頭徹尾興味深いものである。二人は友情とライバル感情との両方を感じつつ、時には対立し、時には同一視する。競争しているかと思うと、協調している。源氏が、すでに述べたように非人格的存在として導入されているので、彼に人間的な味を与えねばならぬときは、頭の中将がうまくからんできて、源氏の姿に陰影をつける役割を担うことになる。

この場合も、その典型と見ることもできる。この二組の父と息子の物語を一組の父と息子の物語として見るほうが、父・息子関係の現実に近くなる、と言うこともできるし、直接対決を避ける日本では、こんなことも起こり得る、と見ることもできる。

夕霧と雲居雁の関係を知ったとき、雲居雁の父親、頭の中将は激怒するが、これは、二人の「密通」を知ったのと同様と言えるほどの怒りであった。父親からすれば、これは決してあってはならない関係であったのだ。

両者の恋については次章に論じるとして、ここで、夕霧と頭の中将の対立が生じることを、まず認識しておこう。これは、次に生じる、もっと決定的な柏木と源氏の対立の先取りであった。

夕霧と頭の中将の対立については、すでに述べたように、皇族と藤原家の対立を背景にもっており、夕霧の父、源氏はむしろ夕霧に加担する。ここに見られる父・息子の対立は、したがってマイルドなものであり、時とともに解消され、夕霧は雲居雁と晴れて結婚する。

これに対して、柏木の場合は、対立は決定的であった。と言うのは、彼の相手、女三の宮は源氏の妻だったからである。そして、すでに述べたように、源氏は柏木と女三の宮の密通の事実を知り、そのことを柏木は小侍従より知らされて愕然とする。

なす術を知らぬ柏木は、対決どころではなくおろおろするだけである。それでも急に六条院への出入りをやめてしまうのも不自然であるので、朱雀院の五十の賀《が》の試楽《しがく》に源氏から呼ばれた機会に、思いきって出かけてくる。

舞や音楽を楽しみ、宴もたけなわというところで、源氏は柏木に一矢を報いる。と言っても、言葉どおりに受けとめる限り、それは「対決」などというものではない。源氏は、年を取ると酔えば涙が出るのが抑えられないものだが、「衛門督《ゑもんのかみ》(柏木)心とどめてほほ笑《ゑ》まるる、いと心恥づかしや」と、わざわざ柏木を名指しして、そうは言っても若さに驕《おご》っているのもいましばらくのことで、老いるということは人間は免れることができない、と語りかける。

周囲の人にとっては、源氏が冗談半分の愚痴を言っているように聞こえるとしても、柏木にとっては胸をえぐられるような皮肉だ。その上、柏木は気分が悪くなって、酒を飲むふりをしてごまかそうとするのを見咎めて、源氏は無理にでも柏木に飲ますので、柏木はますますたまらなくなる。

老人の一撃は若者に致命傷を与えた。柏木はその後、病みついてしまう。女三の宮は苦しみに耐えられなくなって出家し、それを知った柏木の病はいっそう重くなる。夕霧が見舞いにいくと、柏木は、何かの行き違いから源氏が自分を憎んでいるようだが、自分のほうは一切悪い気持ちをもっていないので、なんとか取りなしてくれるようにと言う。

夕霧は不可解な気持ちを残しつつ別れるが、ほどなく柏木は死亡する。息子連合軍はあえなく、父に敗れ去ったのである。

日本の王朝物語では、エディプスの出番はなかったのだろうか。どうも、そう簡単には断定できないようである。

この事件以後、源氏の周囲に新しい女性の出現はなく、続いて生じるのは、紫の上の死、そして源氏の死である。源氏と女三の宮の結婚は、紫の上を死に至らしめ、女三の宮と柏木の密通は、柏木と源氏の刺し違えをもたらしたのではなかろうか。

王朝物語には殺人は語られない。しかし、それと同等の恐ろしいことは語られている、と考えていいであろう。

三角関係の構造

女三の宮をめぐっての、源氏と柏木の三角関係はたいへんな悲劇に終わった。男女間の三角関係というものは、何らかの悲劇に終わることが多い。男二人対女一人、女二人対男一人、いずれの場合にしろ、これはなかなか調和することのむずかしい構造である。とは言っても、それは常にそうだとは言えない。

たとえば、源氏、紫の上、明石の君の場合などどうであろうか。紫の上と明石の君は、終わりのほうでは仲よくつきあっている、と思われる。もちろん、この二人の間に嫉妬の感情がはたらかなかったのではない。しかし、物語の中に語られるような二人の女性の賢さのために、安定した三角関係が維持できているのである。この二人は、ずっと辛抱しつづけたのだろうか。そうとばかりも言えないようである。この点について少し考えてみよう。

三角関係のひとつのあり方について、白洲正子(随筆家)が示唆に富む例をあげている。(3) 中原中也(詩人)の恋人の長谷川泰子(佐規、佐規子と呼ばれていた)を、小林秀雄(評論家)が奪ったことに関して、「中原中也の恋人を奪ったのも、ほんとうは小林さんが彼を愛していたからで、お佐規さんは偶然そこに居合せたにすぎない」と述べている。「男が男に惚れるのは『精神』なのであり、精神だけでは成立たないから相手の女(肉体)がほしくなる」とも。

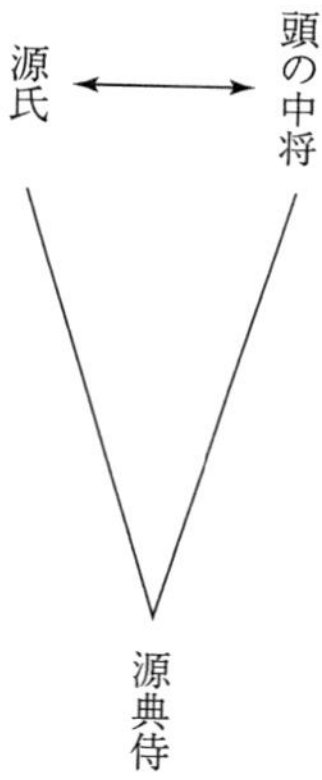

図 12　二等辺三角関係（源氏と頭の中将）

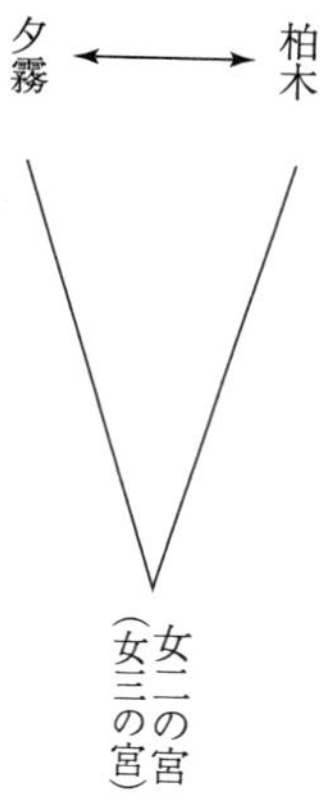

図 13　二等辺三角関係（夕霧と柏木）

これはなかなかの卓見で、精神と肉体の分離などほとんどなかったとも言える王朝時代には、ますますこのようなことが生じたものと思われる。源氏が源典侍といるところに、頭の中将が刀をもって入りこんでくるのなどは、その典型で、要は、頭の中将は限りなく源氏に接近したいわけである(図12)。源氏が夕顔に心惹かれるときにも、このような気持ちは背後に動いていたかもしれない。もちろん、嫉妬や鞘当《さやあ》ての気持ちも動くのだが、時には本人も気づかぬところで、このような心のはたらきが認められるのである。

柏木の女三の宮との密通事件においても、潜在的には、柏木、夕霧間の友情ということが背後に動いているとも感じられる(図13)。この二人が仲のよいことはよく語られているし、二人とも偉大な父親をもつ苦しさ、という点も共通している。父親に対する反抗、ということからすれば、夕霧と女三の宮との間に生じるべき密通事件が柏木と女三の宮の間に生じてしまう。

このことは柏木の死後も続き、夕霧は柏木の妻、女二の宮(落葉《おちば》の宮《みや》)に惹かれるようになる。常識的に考えると、夕霧の女二の宮への接近は、彼と柏木の友情を裏切るかに見えるが、そうとばかりも言えないと思われる。このようなことがよく生じるために、平安時代の男女関係は相当に錯綜したものになったのであろう。

それでは、女性二人と男性一人の場合の関係においても、このようなことが生じるだろうか。この場合は、先に述べた例よりもむずかしいようである。どうしても、女性二人の間の反発が強いために平衡状態になりがたい。しかし、女性がある程度の意志の強さをもつときには可能となるが、先の場合とは、少しその状態は異なるものと考えられる。

紫の上と明石の君の場合はどうであろうか。両者間に嫉妬があったのは、むしろ当然であろう。しかし、心理的には紫の上のほうが源氏に近い、それに対して、娘を生んだという点は明石の君が絶対に優位、という条件の中で、明石の君の生んだ娘を紫の上の養女にするということを両者が受けいれ、明石の姫の幸福を願って行動しつつある間に、二人の間に友情が生まれてくる。

それに対して、源氏が両者に対して適当な距離を常に保つことを心がけているので、三者のきわめて慎重な生き方をベースに、二等辺三角関係が成立している。紫の上も明石の君も、源氏への距離を自分のほうだけ縮めたいのはやまやまであるが、自制心を発揮して平衡を保っているのである。

花散里にしても同様の想いはあったことであろう。夕霧や玉鬘の世話をまかされたり、家刀自的な役割を分担していくことで、自分の位置を定め、安定していたと思われる。二条東院に住む末摘花や空蟬は、源氏との距離が遠くはなるものの、それなりに自分たちの位置を確かに感じていたことであろう。

このような二等辺三角関係的安定を絶対に拒否するタイプの女性として、葵の上と六条御息所が存在していた。しかし、この二人とも死亡してしまって、源氏の生活を脅かさなかったが、六条御息所の生霊や死霊は、いつまでも源氏と源氏の周辺を悩ませたのであった。

出家する心理

女三の宮は男の子(薫)を生んだ後、強く出家を願う。源氏はなんとか思いとどまらせようとするが、女三の宮を見舞った父親の朱雀院は、委細はわからないにしろ、何か感じるところがあったのであろう、娘の出家の願いを承諾する。源氏はそれでも、まだ女三の宮を思いとどまらせようとするが、徒労に終わり、女三の宮は二十二、三歳の若さで出家してしまう。

このときも、六条御息所のもののけが突如として現れ、人々を脅かす。ともかく、源氏が他の女性と関係をもつことに対して、徹底的に嫉妬する役割を担って、このもののけは登場する。男と女の一対一関係信奉の権化である。

女三の宮の出家は源氏にとっても、朱雀院にとってもつらいことであったろう。しかし、ひょっとすると、父親の朱雀院としては、娘がわがもとに帰ってくる、ひそかな喜びを感じたかもしれない。彼女の出家について、源氏よりは朱雀院のほうが抵抗が少なかったのも、このためとも考えられる。ここにも、潜在的な父・娘結合の強さが認められるとも言えるだろう。

出家後の女三の宮に対して、源氏はなおも未練を語るが、彼女が応じるはずはない。彼女の出家は、続いて紫の上の強い出家の意志と、それに続く死、そして源氏自身の死へと物語が流れていくための強力な布石となった。出家ということの意味の深さを痛感させられる。ここでふり返ってみると、源氏を取り巻く女性として順番に論じてきた女性たちの、実に多くが出家していることに気づく。

出家したことは語られないが、出家の意志を強くもった女性たちもいる。それら全体を通してみるために、簡単な表をつくってみた(表1)。

表1　出家する女性たち

源氏との関係	人物名	出家	早死	密通
母	桐壺		○	
	弘徽殿の大后			
	大宮	○		
妻	葵の上		○	
	紫の上	△		
	花散里			
	明石の君			
娘	秋好中宮	△		
	明石の中宮			
	朝顔	○		
	玉鬘	△		
	女三の宮	○		○
娼	空蝉	○		○
	六条御息所	○		
	夕顔		○	
	末摘花			
	藤壺	○		○
	朧月夜	○		○

△出家への強い意志

この表を見るだけで、それぞれの女性の性質や役割がある程度わかる気さえする。ここでまず気のつくことは、出家と密通の関係の深さである。密通をした、女三の宮、空蝉、朧月夜、藤壺はすべて出家をしている。六条御息所は密通はしていないが、源氏との関係をそれに近いものとして意識していたかとも思われる。

藤井貞和は密通とも関連させて、「出家とは、今生になにかの罪が犯されたので、後生のために、すこしでも罪を軽くするためになされるものである」との仮説を立てている(藤井貞和『物語の結婚』創樹社)。注目すべき考えであるが、そうとばかりは言えないようにも思う。

大宮、朝顔は密通していないが出家しているし、紫の上、秋好中宮、玉鬘は密通をしていないが出家の強い意志を表明している。ただ、源氏にとめられたり、子どもたちにとめられたりして出家はしていないが（もっとも朝顔は斎院であったのを罪として出家している）。そして、若死にした女性たちは別として、密通とも出家とも関係のない、弘徽殿の大后、花散里、明石の君、明石の中宮、末摘花と並べてみると、いずれも外的現実との結びつきの濃い人物と感じられる。

このように見てくると、すでに述べたが、出家した大宮というのが、源氏を支えるために大きい役割をしていたことがよくわかる。この世のこととかかわりつつ、死後の世界ともつながっている人としての重みをもっていたと考えられる。

出家をしようとしても、それを思いとどまらせようとする力がある。それを絆《ほだし》と当時の人は言った。この言葉は『源氏物語』をはじめ王朝物語のあちこちに見える。もともと馬の足などをつなぎ、歩けぬようにする縄のことであったが、自由を束縛するという意味をもっている。

この漢字を見ると興味深く感じるのは、現代では、むしろ子どもが非行に走るのを防ぐための、親子の絆《きずな》と言って肯定的に用いられることが多いのに対し、平安時代では、出家の意志を妨げるものとして絆《ほだし》（必ずしも否定的とばかりは言えないが）として用いられているという事実である。人間関係というものの微妙さがよく感じられる。現代でも、子どもを守るための絆《きずな》と親は考えていても、それは子どもの自立を妨げる絆《ほだし》になっていることもあろう。

出家をするためには絆《ほだし》を断たねばならない。断つほうもつらいが断たれるほうもつらい。源氏が紫の上の出家をなんとしても思いとどまらせようとするのは、このためである。超越的な世界に入るためとは言え、やはり出家する者から残された者は、「捨てられた」とも感じることであろう。

その点で、空蟬、朧月夜、藤壺、六条御息所などが出家するときは、それ相応の決心があったことだろうし、源氏にしても、その都度、感慨があったことと思う。もっとも、最初のころは、光源氏はあまり人格性をもたないので、各々の女性たちの人生の軌跡としての出家という意味のほうが強く、源氏の心理のほうはあまり問題にされていない。

これらに比して、女三の宮の出家はいろいろな点で異なるものがある。他の女性たちは源氏を相手にしての密通であったが、女三の宮は源氏を裏切っての密通であり、それを契機としての出家である。この点については、節を新たにして考察しなくてはならない。

4　深化するマンダラのダイナミズム

マンダラ(曼荼羅)という用語も、ずいぶんと一般に知られるようになった。中村元

『佛教語大辞典』によると、「①壇。②神聖な壇(領域)に仏・菩薩を配置した図絵で宇宙の真理を表わしたもの」とあり、解説を述べた後に「密教象徴主義の極致を示すものである」と結ばれている。

このような密教の用語が現代において広く世界的と言っていいほどに広がった要因のひとつとして、カール・グスタフ・ユングの貢献がある[5]。詳細は他に譲るとして、ユングは自らの体験を基にして、精神の病に陥った者が回復してくるときに、自分という存在の統合性や安心感を確かめる手段として、円や正方形などを基調とする図像が心に浮かんできて、それを描くことが非常に有効であることを見いだした。

彼にとっては大切なことと思われたが、西洋の学会では報告されることのない事実なので、ずっと沈黙を守っていた。一九二〇年代の終わりごろ、東洋のマンダラのことを知り、彼が経験していたことが、それと類比できることであると考えた。そこで、彼は現代人にとってのマンダラ図形の重要性を主張したのだが、当時はあまり注目されなかった。

一九七〇年代になって、ヨーロッパ・キリスト教中心の世界観を絶対視することが崩れ、現代人が強い不安に直面することが増加するにつれて、ユングの言うマンダラに注目する人が増えてきた。それと同時に、中国を追われたチベット仏教僧が欧米に移住して、その考えを広めることに努力したこともあり、にわかに、マンダラが一般の人にも知られるようになった。

人間の世界観や人間観などが、統合的なものとして図像によって表され、それを観想の対象としたり、礼拝したりする。それは密教と結びついた宗教的伝統によるものであるが、広義に解釈すると、ある個人が自分の世界観、人生観として表現する図像もマンダラと考えられる。

したがって、ここに「紫マンダラ」として提示しようとするものは、紫式部が『源氏物語』の中に展開した人間観、世界観を筆者なりに構図化したものである。それはもちろん紫式部のものであるが、言語によって語られた物語を図像によって表現するのだから、そこに筆者の解釈が入るわけであり、『源氏物語』から、これと異なるマンダラ構造を読みとる人があっても、別に反対するものではない。

二次元マンダラにとどまらず

図14に示すように、『源氏物語』の「藤裏葉《ふじのうらば》」までは、多くの女性像が光源氏のまわりを取り巻き、それがマンダラを構成するような筋書きであった。紫式部という女性が、自分の内界に住む多くの分身を語りつつ、全体として一人の女性存在を表そうとするとき、その中心に、言わば無人格的な光源氏という男性を据えることにしたと考えられる。それを、これまで述べてきたことをまとめる形で、妻、母、娼、娘という四分割の円上

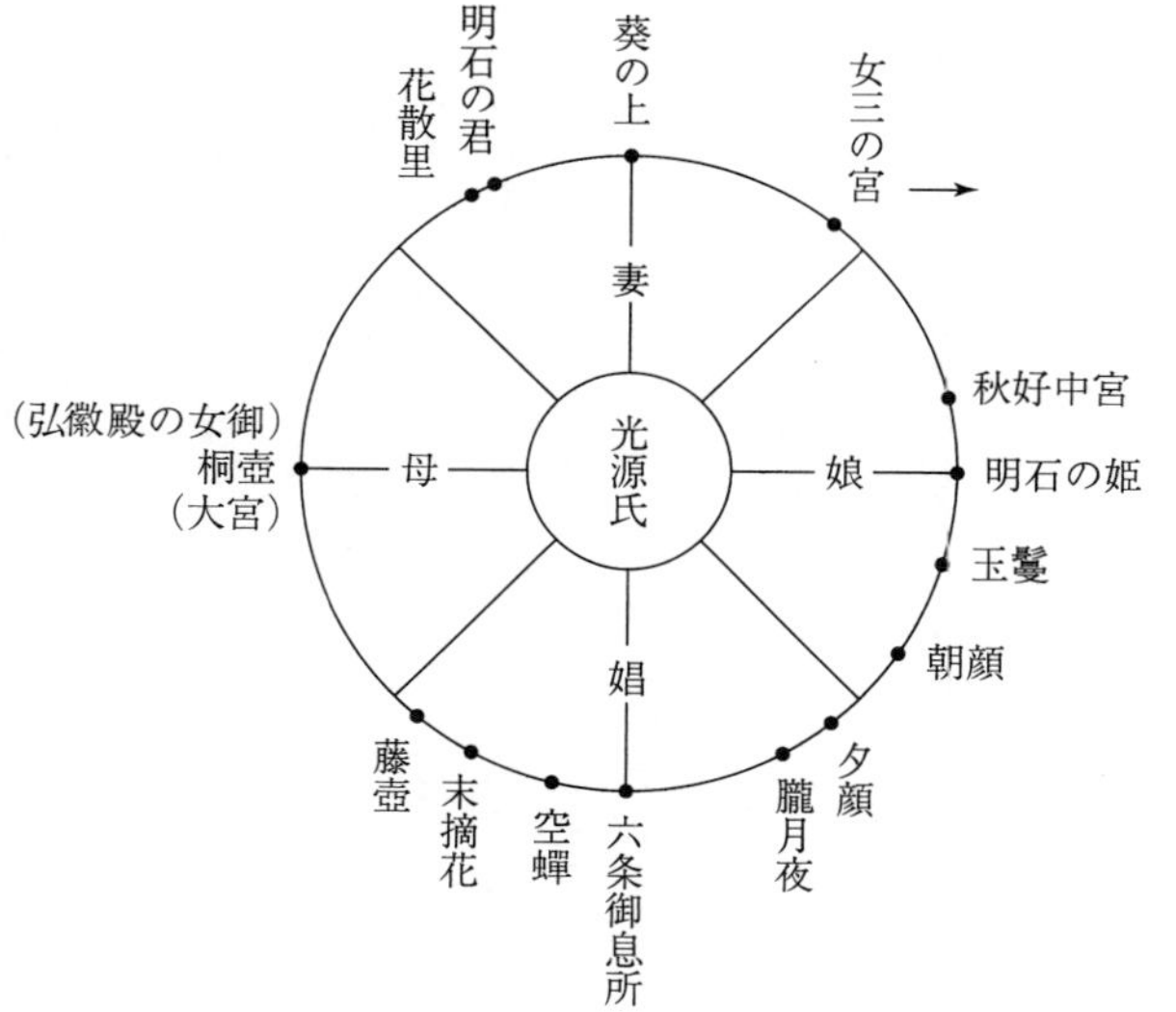

図14　女性マンダラ

に配してみると、図14のようになるであろう(紫の上は、次節に述べるので除外してある)。

これを見ると、それぞれが異なる性格をもちつつ、対立や類似があり、これまでにいろいろな「補助線」を引いて示してきたような関連性をもちつつ、全体としての統合性をもって表現されていることがわかる。このような統一の中の多様性を見事に示した紫式部の人間としての豊かさが偲ばれるのである。

これまで述べてきたことを思いだしつつ、この図を見ていると、女性の姿の多様性がよくわかってくる。これを一人の女性の内界のありようとしてみると、そのダイナミズムが少しは理解されるようにも思う。源氏がこれらの女性を順次に訪ねていったり、それぞれの女性の性格について述べたり、時には比較までするところは、この全体をひとつのマンダラとして観じ、その中のダイナミズムを紫式部が味わっているようにも感じられる。

この中で印象的な対立や類比について少し述べると、すでに述べたことの繰り返しになるが、まず葵の上と六条御息所を結ぶ線は強烈である。この二人は、このようなマンダラではなく、男女一対一の関係を望んでいた人物であることが特徴的で、そのような姿をマンダラの中心を貫徹する軸として置いているところが意味深い。

社会的に婚姻の規則としては、一夫一妻以外にいろいろな場合があるが、内面的に見ると、一対多となるのではなかろうか。しかし、その多数の中に、強力に一対一を主張する存在があるところがおもしろいのである。葵の上は、そのような態度の頑なさを、若い源氏に理解されないまま若死にしてしまうし、六条御息所は、そのような主張をもったもののけとして、源氏とかかわる他の女性を苦しめるのである。

ここで、もののけという現象を現代的な観点から少し考えてみよう。当時のように、われわれはその存在をそのまま信じるわけにはいかない。とすると、たとえば、夕顔にもののけがついたというのは、源氏と夕顔の無意識の動きが突発的に外に現れたとしか解釈のしようがない。

源氏も葵の上と結婚している上で、夕顔と逢瀬を重ねることを、それほど悪いとは思っていなかっただろう。夕顔も頭の中将との間に娘を持つ身で源氏と会うことに良心の呵責を感じることもなかったであろう。しかし、両者の無意識内には強力に一対一関係のみを望む傾向があったとは考えられないだろうか。それは、もののけの出てくる最良の条件である。

源氏は多くの女性と関係をもち、ある面では、それらと調和的に共存しているのではあるが、時に烈しく一対一の男女関係こそ最善と思ったり、自分の行為に強い悔恨の念をもたざるを得なかった。それがもののけとして出てきていると思うと、興味深い。ただ、その役割はもっぱら六条御息所によって担われ、葵の上の出番はないようである。これは少なくとも葵の上が正夫人の位置についていたためとも思われる。彼女はその地位によって、少しは心の安定を得ていたのだろう。

朧月夜は一夫一妻の人生観から、まったく自由に生きることを楽しんだ人と思えるが、その対極に花散里の姿を見ると、ひょっとして花散里は心ひそかに源氏との関係を、一対一関係と信じて暮らしていた人かなと思ったりする。他の女性たちの姿は、彼女の眼中にはなかったかもしれない。

朝顔と夕顔の対比、夕顔と玉鬘の対比などはすでに述べたことなので省略する。この図で対極的位置を占める、藤壺と女三の宮に注目してみよう。両者はいずれも密通し、出家する点で共通しているが、藤壺は母のイメージに近い娼の位置に、女三の宮は娘のイメージに近い妻の位置に存在している点で対極をなしている。

出家はすでにこの世を去るわけだから、源氏から遠ざかるのであるが、藤壺の場合は源氏との密通の後の出家であるが、女三の宮は源氏の妻でありながら、柏木と密通したのが露見して後の出家であるから、その意味はずいぶん異なってくる。彼女は明らかに、このマンダラから離脱したのである。つまり、このマンダラは完成しなかったのだ。

マンダラは必ずしも二次元の図像とは限らない。チベットの仏僧は三次元のマンダラをつくるし、金剛界曼荼羅《こんごうかいまんだら》と胎蔵界《たいぞうかい》曼荼羅にしても、それが向かいあって壁にかけられる中央に座して、両者のダイナミズムの中で観想するという考えもある。二次元のマンダラを深化させていく工夫がこのようにして認められる。

紫式部の女性マンダラも、最初はこのような二次元マンダラの完成を狙ったのかもしれないが、女三の宮の存在が、それを完全に打ち破り、マンダラを完成させるためには、新たな工夫が必要であることを示したのである。

女三の宮は明らかに源氏から離れていく。それまでに出家した女性たち、あるいは、光源氏との性的関係を拒否した女性たちにも、その傾向はすでに見られた。つまり、光源氏という異性との関係において自己を規定することに反発が生じてきたのである。男性との関係において、自分は妻か母か娼か娘か、などと考えることなく、女性であること、を求めて紫式部はそのマンダラを深化させることを余儀なくされたのである。

紫の上の軌跡

マンダラの深化は最終章に語るとして、それまでに、もう少し二次元の女性マンダラについて語ることにしよう。前節の図から除外した紫の上は、実に、この図の四つの領域をすべて経験した女性とも言うことができる。そのため、『源氏物語』に登場する数ある女性の中で、彼女は特異な位置を占めている。彼女自身もそう感じていたし、源氏も彼女だけは特別扱いをしていたとも言える。ここで簡単に彼女の軌跡をなぞることにしよう(図15)。

源氏がはじめて紫の上をかいま見るのは、源氏十八歳、紫の上十歳のときである。紫の上は少女。しかし、源氏は十二歳で結婚し、このときまでに、空蟬、夕顔、六条御息所などとの逢瀬をもっている。紫の上の父は兵部卿宮(式部卿宮)、母親は按察大納言《あぜちのだいなごん》の娘であるが、紫の上の幼いときに亡くなっている。彼女もある種の父の娘なのである。

彼女は後になって、源氏が須磨に退居している間、二条院の一切をまかされて管理をしたり、子どもが生まれなかったことなどから考えて、父性的な要素も相当に強かったことがうかがわれる。彼女は藤壺の姪《めい》であり、源氏が彼女をかいま見たときも、藤壺に

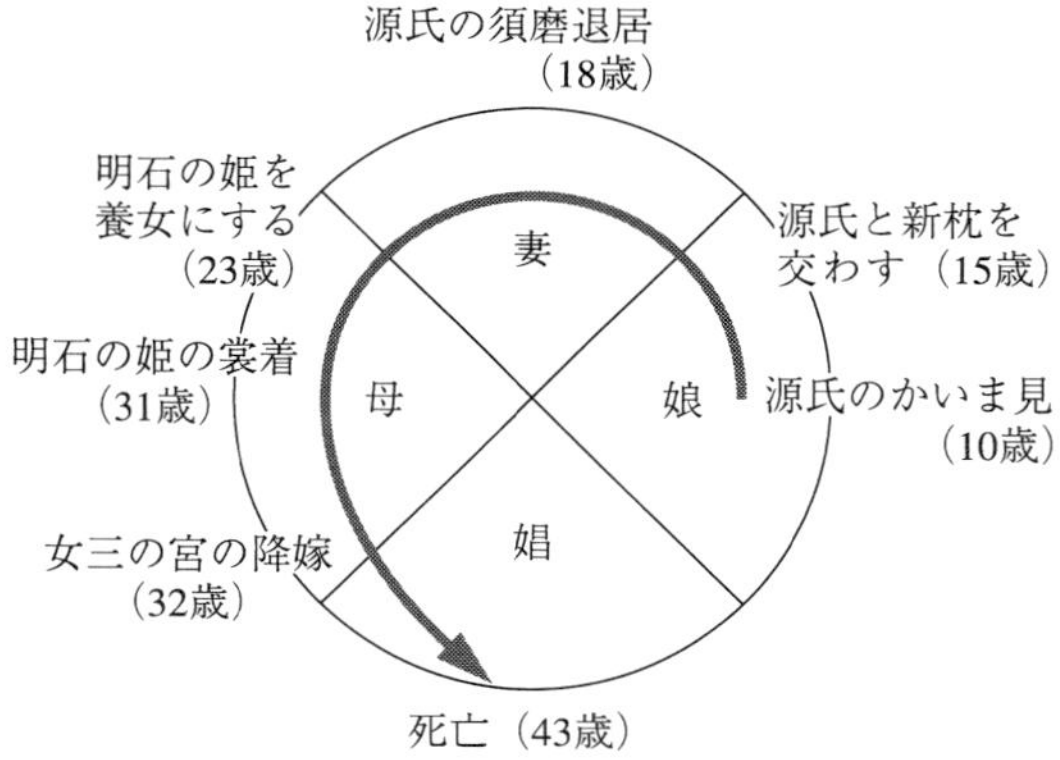

図 15　紫の上の軌跡

似ていると感じて落涙している。源氏にとって、両性具有的な永遠の女性のイメージをもって登場していることが感じられる。

源氏は紫の上の父親が彼女を引きとろうとしているのを知って、いち早く彼女を自分の住む二条院の西の対《たい》に迎えとる。と言っても、これは父親からの強奪に等しい。そして、源氏はしばらくは紫の上を懐《ふところ》に抱いたりして、「娘」としてかわいがる。源氏は彼女に琴を教えたりして、その成長ぶりに満足しているし、紫の上も娘であることを信じて疑わなかったのではなかろうか。

葵の上の死後、源氏が紫の上と新枕《にいまくら》を交わしたことは、紫の上にとって大きいショックであったことだろう。三日夜《みかよ》の餅《もち》を供したり、源氏としては「結婚」の形にして誠意を見せたのであるが、彼女のショックは簡単には収まらなかったであろう。娘から妻への変化は、内的な死の体験を必要とする。このとき、紫の上は十五歳である。

擬似的な父・娘の関係は危ないものである。現代のオフィス・ラブにおいても、最初は父・娘の関係と信じて男、女が接近することがわりにあるのではないか。それを「私は父親が娘に対するような純粋な気持ちで彼女に接していた」などと表現する男性がいて苦笑させられる。このような人は男女の性関係はすべて不純と考えているようであるが、そんな単純なものではないだろう。不純な父・娘関係もたくさんあるだろうし、ともかく、そのような安易さからは、破滅が生じるだけである。

源氏と紫の上の場合は、破滅は生じなかった。一時は当然のことながら源氏を疎ましく感じた紫の上も、だんだんと源氏の妻として成長してくる。彼らは睦まじく接する夫婦として関係をつくりあげてくるが、そのときに、源氏の須磨退居事件が起こる。

うまくいきはじめると何か事が起こるのが、紫の上の人生だとも言える。紫の上はその後いろいろな経験を重ねるが、三十七歳のときに、己《おのれ》の人生を振り返って、源氏に向かって、「ものはかなき身には過ぎにたるよそのおぼえはあらめど、心にたへぬもの嘆かしさのみうち添ふや、さはみづからの祈りなりける」(「若菜下」)と言う。

他から見れば過分の人生とも見えようが、心に耐えられない嘆かわしさばかりがついてまわった、というのは彼女の実感であろう。「さはみづからの祈りなりける」というところに、彼女の人生に対する姿勢が感じとられる。

須磨退居の件は、それでも紫の上にとって、それほど大きいショックではなかっただろう。もちろん、源氏と別れて暮らさねばならないし、源氏の失脚もつらいことではあるが、かえって源氏の彼女への信頼の厚さが確信できるようになったところがあった。

源氏は自分の使い慣れた鏡をあずけたり、財産管理をまかせたりするし、須磨退居後も両者の間には手紙のやりとりがある。彼女は源氏の愛に確信がもてると思っていた。そのときに、源氏から明石の君の件をほのめかす手紙がきたのだ。どれほど何気ないふうに書いてあっても、紫の上は直観的に源氏の心の動きを悟ってしまう。彼女の苦悩は深いものがあった。

源氏の京都への帰還はうれしいことであった。しかし、ほどなく紫の上は明石の君が娘を生んだことを知らされる。当時の高級な貴族では、息子よりも娘のほうがよほど大切なことはすでに述べた。紫の上は妻の座を奪われるほどのショックを受けたのに違いない。

このとき紫の上は二十歳なのだから、いかに現在とは年齢感覚が異なっているとは言え、彼女の苦しみは想像を超えるものがある。その上、彼女はいざとなれば泣いて帰っていく家もなかったのだ。時には深い憎しみも感じたであろうが、源氏とともにいるより仕方なかった。

紫の上は苦しい妻の座を守ることに耐え、源氏の才覚と明石の君の譲歩によって、明石の姫を養女にする件が成立する。互いに激しい嫉妬の焔《ほのお》を燃やしたに相違ない二人の女性の賢さに救われて、ここに、すでに述べたような二等辺三角関係が安定した形としてできあがってくる。

このとき、紫の上は子どもは生まなかったものの、「母」の体験をすることになった。このとき紫の上は二十三歳である。彼女の心理的成長の度合いの早いのには、驚かされる。彼女はもちろん明石の姫の母となったのであって、源氏の母となったわけではない。しかし、その後の物語の展開を見ると、彼女は心理的には源氏の母になったような心境も経験したのではなかろうか。

相も変わらず、源氏は朝顔や玉鬘に心を奪われるが、これらのことも、紫の上はどこかで源氏の母のような気持ちで見ていたのではないか、と思われる。妻・母としての彼女の安泰な座は、揺るぎようがないように思われた。

紫の上の人生の苦悩は終わるところがなかった。降って湧いたように女三の宮の降嫁《こうか》が決定された。源氏の女性関係で苦しむことは多かったが、紫の上の妻の座は確固としていた。その自信のゆえに、六条院に他の女性たちが住むことも許容できたのだ。ところが、心理的にはともかく、当時の身分感覚で言えば、女三の宮は本妻であることは確定的であり、これは、紫の上を娼の位置におとしめることを意味している。

娘、妻、母という領域の経験の後で、彼女は娼の経験を、晩年に味わうことになる。これは彼女にとって耐えがたいことであったろうが、明石の君のことを知ったときのようには、彼女はたじろがなかった。むしろ、それを少なくとも外面的には平気で受けた。紫の上は、源氏が女三の宮を訪ねていくように、と心配りをしたりさえした。

紫の上の心は女三の宮の降嫁を知ったときに決まっていた。彼女は娼の世界に入るというよりは、もうこの世を離れていたのだ。娼の世界はしばしば聖なる世界に通じるものである。彼女はその世界に一人で入っていった。これまではなんと言っても源氏が拠りどころであった。しかし、長い経験の後に、いかに秀でているとは言え、一人の男性を拠りどころにして生きることの無意味さを彼女は感じたのに違いない。彼女は彼女一人であちらの世界に行くことを決意したのだ。だからこそ、彼女は、明石の姫の入内、その後の出産、源氏が准太上天皇へと昇りつめていくことなどを受けいれ、他の女性たちとも仲睦まじく暮らすことができたのである。

頃合をはかって、紫の上は源氏に出家の意志を伝える。「この世はかばかりと、見はてつる心地する齢《よはひ》にもなりにけり。さりぬべきさまに思しゆるしてよ」(「若菜下」)と言う彼女の言葉には実感がこもっている。

女性のマンダラの四領域をすべて経験してきた。このあたりで出家するのを許してほしいと彼女は訴えるが、源氏はとんでもないことだと聞きいれない。自分のほうこそ出家したいのに、紫の上がさびしかろうと考えて延ばしているのだから、というのが彼の言い分である。

源氏のほんとうに言いたいのは、あなたに出家されたら自分はどうしていいかわからない、ということである。紫の上が、もうこの男に依《よ》りかからずに自分の道を歩めるとわかったころ、源氏こそが彼女に依りかかって生きていることが明らかになってきたのだ。

この後、紫の上は病となり、ほとんど息を引きとったかとさえ思われる。このときも六条御息所のもののけが現れ、源氏と紫の上の間にも、潜在的には一夫一妻への強い希求のあったことが明らかになる。それはあくまで潜在的なものであり、意識的にはその後、病から癒えた紫の上は、前にも増して六条院に住む女性たちと調和的な生活を繰り広げていく。そして、四十三歳になったとき、死期を感じたのか、二条院を明石の中宮の息子、匂宮《におうのみや》に譲ることを遺言し、源氏と明石の中宮に見守られる中で、静かに息を引きとる。

この間にも紫の上は出家の願いを口に出すが、源氏は最後まで許すことができず、紫の上の死後、夕霧に命じて落飾《らくしょく》させるのがやっとであった。ここに男性との絆《ほだし》を切って一人で生きようとする女性と、女性なしには生きておれない男性の姿が明瞭に示されている。

女性マンダラの世界をすべてにわたって経験して生きた紫の上に、作者の紫式部は強い同一視を行っていたのは当然である。作者はこのあたりで、男性によって規定されない女性像を描くことが、次の課題であることを意識したものと思われる。

六条院マンダラ

紫の上の死はすなわち光源氏の死へとつながっていくが、源氏の死を論じる前に、もうひとつのマンダラ表現として触れておかねばならないことがある。それは源氏の住居の六条院である。彼は二条に居を構えていたが、六条御息所の所有していた土地を含めて四町の土地を手に入れ、四つに区画される壮大な住居、六条院をつくる。東南が紫の上と源氏、西南が秋好中宮、東北が花散里、西北が明石の君の住むところである。末摘花と空蟬は二条東院に住む。

このような四分割の住居構造について、「はじめに」に述べた、三田村雅子、河添房江、松井健児の三氏との座談会(6)において、「箱庭療法」との関連を指摘されて驚いてしまった。箱庭療法は筆者が心理療法家としてよく用いているもので、砂箱の中にその人の好む作品をつくってもらうことによって治療を行うものである。そこには空間象徴という考えがあり、箱庭空間のどこをどのように使用するかによって、その象徴的意味をいろいろと考察するのである。

箱庭の作品には、時に見事なマンダラ図形の表現が見られることもある。また、最近目にした、高橋文二『源氏物語の時空と想像力』[7]にも、「『箱庭療法』と『六条院』」という一節があり、これら国文学者たちの目配りの広さに驚き感心した。実はこの節も、これらの人の諸説に刺激されて設けることにしたものである。それらに述べられた考えを参考にしつつ、筆者の考えを示してみたい。

六条院の特徴は、四分割の各々の屋敷を春夏秋冬の季節によって性格づけを行っているところにある。「南の東《ひむがし》は山高く、春の花の木、数を尽くして植ゑ、池のさまおもしろくすぐれて、御前《おまへ》近き前栽《せんざい》、五葉《ごえふ》、紅梅、桜、藤、山吹、岩躑躅《いはつつじ》などやうの、春のもてあそびをわざとは植ゑで、秋の前栽をばむらむらほのかにまぜたり」(「少女」)というようにして、これに続いて四つの区画のそれぞれの景観が描かれる。

東南の屋敷は「春」で、春の花が主体になっているが、秋の草木もさりげなく混ぜられている。西南の屋敷は「秋」で、紅葉する木を主として、遣水《やりみず》の音が冴えるように滝を落としたりしてある。東北の住まいは「夏」で、夏の木陰を主として造られている。卯の花の垣根もある。西北は「冬」で、雪景色を賞美するのに好都合な松の木、初冬に朝霜のむすぶ菊の籬《まがき》などが工夫されている。

この四つの屋敷のそれぞれに、東南は紫の上、西南は秋好中宮、東北は花散里、西北は明石の君が住んでいる。そして、源氏は東南の屋敷に住み、時によって他の三つの住まいの女性を訪ねる。

花散里のところには、玉鬘や夕霧があずけられている。明石の君は娘を生むが、すでに述べたように、娘を紫の上の養女としたので、明石の姫は東南の「春」の屋敷に住むことになる。秋好中宮は中宮なので御所にいるが、ここに里下りしてくるわけである。

このような、一種の住みわけができているところに女三の宮の降嫁があり、東南の屋敷に住むことになるのだから、紫の上のショックがいかに大きかったかが推察される。

ところで、この住居マンダラをいかに考えるかが課題であるが、住居と春夏秋冬の結びつきは中国に起源があるようだ。中国の影響を明らかに受けている「浦島太郎」における御伽草子《おとぎぞうし》の竜宮城の叙述では、東の窓からは春の景色、南には夏、西には秋、北には冬の景色が見えたと述べられている。これは四季が同時共存しているわけで、竜宮城が時間の法則を超えた全体性を有することを示している。

六条院では四季が超時間的に共存したりはせず、四季おりおりに季節を楽しむのであるが、六条院すべてを見れば、一種の全体性が見られることは事実である。しかし、両者とも四季を用いながら、その用い方に微妙な差が認められる。

竜宮城では、東南西北の順に春夏秋冬が対応し、東からはじまり時計方向に一回転する順に語られる。これに対して六条院は、春秋夏冬の順に語られ、それの位置も四季の循環と対応していない。これはどうしてなのだろう。

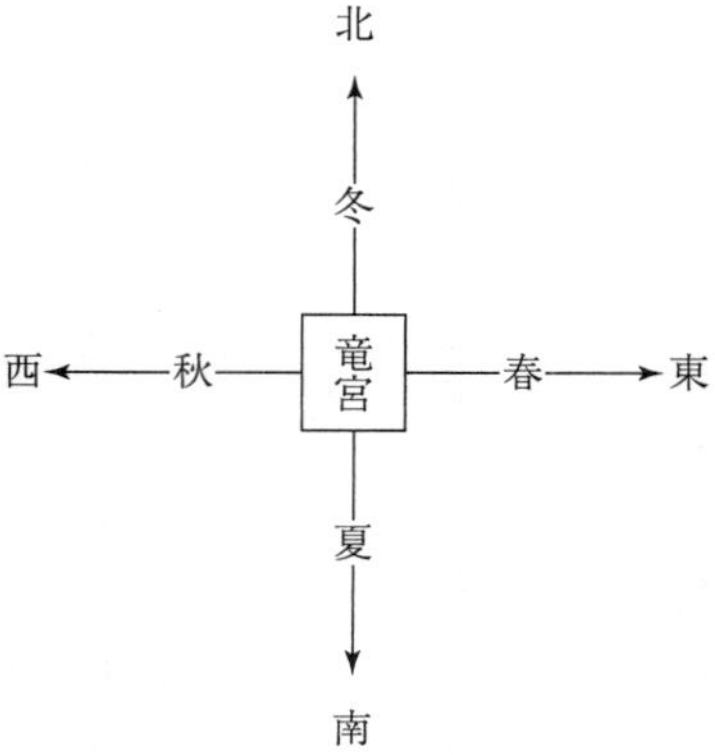

図 16　四季マンダラ A

まず言えることは、両者の構造はまったく異なっており、竜宮では、それを中心として四季の庭が取り囲んでいるのに対して、六条院は、言うならば中心がなく、それぞれの季節によって四分割されている。それと、もうひとつ、方角に対する感覚も異なっているようだ。中国では東南西北と言うが、日本では東西南北と言う。このことも関係していないだろうか。

竜宮の四季は東南西北の順で中心を一周している。これは竜宮城を中心とする四季共存マンダラである(図16)。これに対して、六条院は中心が存在していないマンダラと言っていいのではなかろうか(図17)。ここが非常におもしろいところである。

次に方角の問題であるが、中国では北南の軸が重要で、北を上とした縦軸が通り、それに東西の横軸が交叉すると考える。これは、北極星を大切にし、それを天子のイメージと重ねあわせるためである。

日本は中国のこのような文化を輸入し、平城京、平安京などは、これに従って造られ

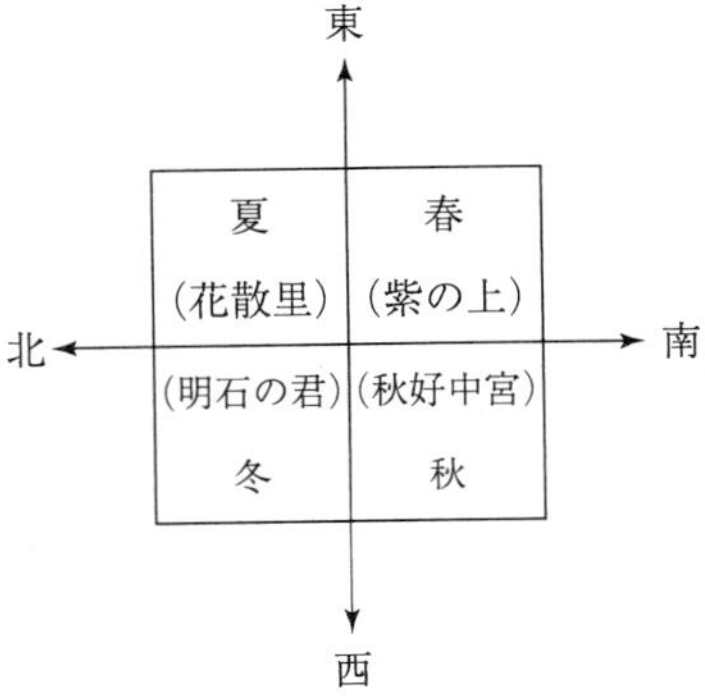

図 17　四季マンダラ B

るのだが、もともと日本では、日出ずる国という考えから、東を重視する伝統をもっている。天皇は北極星より太陽に結びつくことが多い。このときは、東西の軸を縦軸として重視し、南北はそれに対する横軸になる。このため、平安時代の日本人は、空間象徴の点で混乱をきたしていたのではなかろうか。

池浩三は「『源氏物語』の住まい」を論じた中で、(8)中国の殿舎《でんしゃ》は軸線は南北を貫いているが、「儒教はそもそも専制君主・父系制社会の思想であるから、婿取婚《むことりこん》（招婿婚《しょうせいこん》）が行われていた平安前・中期の母系制貴族社会には、その中国の住宅形式も儀礼もそのままではなじまないものであった」と指摘している。そこで寝殿造《しんでんづく》りでは、日本の制度に合うように、「東西の大門・中門という東西軸を折衷した。それが寝殿造り成立の理由だと考えられる」と述べている。

そこで、六条院マンダラを考える際に、図17に示したように東を上にして、東西の軸を優先する形で示してみた。そうすると、南側には、紫の上と秋好中宮という華やかな女性が位置どり、北側は、それを支えるように、花散里、明石の君という地味なタイプが置かれている、と見ることができる。そして、季節としても、あくまで春と秋が大切であり――春秋の優劣は遊び心も交えて論じられている――、夏と冬はあくまで従なのである。

『源氏物語』の記述の順番も、春秋夏冬となっており、その屋敷に住む女性たちの転居の順もこれに従っている。明石の君はみんなに遅れてひっそりと移ってくる。

この六条院マンダラを見ても、中心をもたない女性マンダラ(この際は四人)構造であり、光源氏は重要であるともないとも言える存在なのである。この住居に住むのは要するに紫式部の典型的な分身四人であり、それが調和的に全体を形づくると考えられたのであった。

光源氏がそれぞれの女性を訪れる物語が示すように、これらの女性は一人の男性の存在を前提として、その姿を確立していたわけだが、この調和的マンダラは、女三の宮の突然の侵入によって破られ、したがって、光源氏の存在価値も失われるのである。

消え去っていく光源氏

紫の上の死んだ後の源氏は、まったくの脱殻のような存在である。まったく個人的な人間関係は保持されているが、公的な人と会うことはすべて避けている。そして、何かにつけて思いだされるのは、紫の上のことであり、それが涙を誘うのであった。

源氏はこれまでなじみの深かった女房の中将の君と親しく語りあったり、女三の宮を訪ね、明石の君も訪ねる。しかし、結局のところは、自分の心は紫の上と結びついていたことを、あらためて認識することになるばかりである。

季節の移り変わりも、すべてが亡き人の思い出につながり、涙するのを恥じて、源氏は人前に姿を見せない。ついには須磨退居時代に紫の上と交わした手紙なども破り、焼かせてしまう。源氏の出家の決意はいよいよ固いものとなる。

そして、「雲隠《くもがくれ》」の章は、周知のように、源氏の死を暗示するが、何も書かれていない。後は源氏の死後八年の話が展開していく。源氏の死の状況はまったく語られなかった。紫の上の死はあれほど詳細に描かれたのにもかかわらずである。

本章の最初に述べたように、紫式部が自分の分身たちの中央に据えておいた光源氏は、だんだんと自律性をもって、一人の人間として動きはじめた。それとともに、源氏は秋好中宮、朝顔、玉鬘などに接近していき、玉鬘に対してはことに執拗につきまとうが、結局のところ、この三人とは男女の関係をもつことはできなかった。

物語のはじめのころの、源氏の男女関係のあり方とはまったく変わってきている。このころから、源氏と紫の上の関係が個人的なこまやかな関係になってくる。そして、非常に興味深いのは、源氏が彼の周囲の女性たちのことを紫の上に語ることである。そこでは他には語っていない秘密も語っているし、相当はっきりと性格の比較や論評までしている。

源氏が作者の意図を超えて勝手に動きはじめ、紫式部はそれと葛藤しているうちに、おかしな言い方だが、最初に彼に与えた役割のことも忘れ、彼を愛しはじめたのではなかろうか。そこで、紫式部の代理の紫の上が活躍しはじめ、作者の己《おのれ》の分身に対する批評を、源氏の口を借りて紫の上に語るというパターンが生まれてきたのではなかろうか。

両者の関係はますます緊密になり、紫式部が最初に描いていた構想も変化していくか、と思うときに、女三の宮の降嫁、彼女と柏木の密通という急激な話の展開が生じる。つまり、源氏と紫の上との一対一関係によって話は終わらなかったのである。

紫の上は、どれほど素晴らしい男性であっても、それに自分のすべてを託すべきでないことを知る。そして、自分は自分の道を歩もうとするとき、実は男性のほうこそ自分に依りかかっていたのだとわかる。

紫式部自身が、おそらくこのような体験をしたのではなかろうか。もちろん史的事実は知りようもない。ただ、物語としては、依りかかることのない女性の生き方を語るには、ここまでの関係になった紫の上と源氏では不可能である。それには新たな主人公を必要とする。

すでに明らかにしたように、二次元平面に展開する女性のマンダラは一応のまとまりをもつにしろ、完成とは言えなかった。この世界を十分に生きた紫の上は、この世を去った。とすると、光源氏の存在意義はなくなってしまう。彼の最初の出現が非人格的であったように、その終わりも同様のことになる。したがって、彼は消え去っていくが、その個人としての死の様相は語ることはできない。

「雲隠」などという章を立てることを、おそらく紫式部はしなかったのではなかろうか。気がついたら彼はいなくなっていた、というのが作者の意図ではなかろうか。彼の役割は紫の上の死とともに終わっていたのだ。

と言っても、何度も繰り返し述べているように、源氏の姿は複雑である。もともと非存在のようでもあるし、時には魅力ある一人の男性でもある。知らぬ間に消え去ったのでは残念すぎる。

本章は「光の衰芒」と題したが、実のところ、衰芒などという語はない。筆者の造語である。

はじめは「光の衰退」としたのだが、やはり、光源氏には衰退の語はふさわしくない。そこで、光芒《こうぼう》という語から借りてきて、衰芒という語をつくった。源氏の光は衰えても、なおその残光は長く尾を引いていると考えたいのである。事実、次章に活躍する人物たちに、光源氏の残像を見ることができる。

紫式部も同じような想いがあったのか、人前に姿を見せなかった源氏が、年末行事の仏名《ぶつみょう》の日に、人々の前に現れたときの姿を「その日ぞ出でゐたまへる。御容貌《かたち》、昔の御光にもまた多く添ひて、あり難《がた》くめでたく見えたまふ」(「幻《まぼろし》」)と述べている。これまでよりも、なお光り輝く姿であったのだ。蠟燭《ろうそく》の火の消えるときの一瞬の輝きにも似たものであったろう。

注

(1) 拙著『中年クライシス』(朝日新聞社 一九九三年)には日本の文学作品を取りあげ、中年の危機について論じている。
(2) この点については次の対談に述べている。三田村雅子・河合隼雄「我身にたどる姫君」『創造の世界』一一一号、小学館 一九九九年
(3) 白洲正子『いまなぜ青山二郎なのか』新潮社 一九九一年
(4) 中村元『佛教語大辞典〔縮刷版〕』東京書籍 一九八一年
(5) ユングのマンダラ体験に関しては、彼自らが『自伝』の中で語っている。アニエラ・ヤッフェ編(河合隼雄他訳)『ユング自伝』1 みすず書房 一九七二年〔C・G・ユング(河合俊雄監訳)『赤の書』創元社 二〇一〇年 参照〕
(6) 「はじめに」注3前掲書。
(7) 高橋文二『源氏物語の時空と想像力』翰林書房 一九九九年
(8) 池浩三「『源氏物語』の住まい」、五島邦治監修『源氏物語 六條院の生活』青幻舎 一九九九年

第五章　「個」として生きる

女性としての自分のあり方を考えるうちに、その多様性、多面性を意識し、紫式部はそれらを一人の男性像、光源氏を中心とするマンダラとして表現しようとした。しかし、それに満足することができず、より深化する必要を感じるようになった。

男性に依《よ》って、その存在のあり方を規定するのではなく、女性が個としての存在をそのままに感じとることが次の課題となってきたが、それはもはや光源氏の物語としては語ることを得ず、彼の死を待って、新たな物語を書き起こすことが必要になった。それが宇治十帖《うじじゅうじょう》であると考えられる。したがって、宇治十帖はそれまでの物語とは著しい変化を示すものである。おそらく、この間に紫式部も人間として大いに変化したことだろうと思われる。

源氏の死後の物語の展開として、紫式部が最初から宇治十帖の全体構想をもっていたのかどうかわからない。ただ、「雲隠《くもがくれ》」以後の三巻は、ともかく源氏は消え去ったものの、次に話をどのように組み立てていいかわからないままに語られているような感じを受ける。それが「宇治」という場所に住む姫たちというテーマが確定してからは、物語が次々と発展していった。後にも述べるが、舞台を宇治に移す発想を得て、物語は新たな展開へのダイナミズムをもち得たようである。

宇治十帖が本章の対象となるが、紫式部が女性の新しい生き方を追求している中で、光源氏という男性像が、薫《かおる》と匂宮《におうのみや》という二人に分裂するのが興味深い。ここでは、それに至るまでに、話を少し前に戻して、夕霧《ゆうぎり》という男性について論じておきたい。彼は光源氏の息子であるが、父親とはずいぶんと異なる女性関係をもつ。これは新しい女性像の誕生の前ぶれを示していると考えられる。

1　男と女の新しいあり方

平安時代の貴族の男女関係は、現代から考えるときわめて特殊である。正式の結婚の場合でも決定するのは親なので、女性のほうは相手の顔を見たことがないのが普通である。もちろん結婚までには歌の贈答があるので、それによって、ある程度は相手の教養や趣味について知ることはできる。これにしても、代筆などのこともあったろう。ともかく親の同意によって、婿となる男性が女性のもとに通ってくるが、夜のことだから顔は見えない。三日目になってやっと、「ところあらわし」として互いに顔を見合い、餅を配ったりして結婚が成立する。こんな具合だから、当日になって相手の顔を見て、こんな人だったのかと驚くこともある。

男が女性をかいま見て憧れ、熱心に通ってくることもある。しかし、女性はこの場合も男性を見ていない。というわけだから、西洋の中世の貴族の間に生じたロマンチック・ラブは、王朝物語の中にまず認めることはない。ここに描かれる男女の愛はロマンチック・ラブとは別種のものである。

源氏の女性関係で、女性のほうも源氏の姿を先に見ているのは、夕顔《ゆうがお》と藤壺《ふじつぼ》である。しかし、二人ともそれまでに男性経験のある女性であり、二人の愛が結婚に至ることは、まず考えられない状況である。実際に、この二人と源氏の関係は悲劇的な結末を迎えている。

源氏以外の男性の場合でも、『源氏物語』の中で、男女が互いに相手の顔を見知っており、しかも、女性が貴族の娘であるという場合は、これから触れることになる、夕霧と雲居雁《くもいのかり》の関係以外にはないのである。

これを見ても、『源氏物語』の中で、この二人の恋が語られているのは、大いに注目すべきことと思われる。これは当時としてはきわめて珍しい例であり、この話を語った紫式部は、やはり群を抜いた作者であると言わねばならない。

息子・夕霧の恋

夕霧は源氏と葵《あおい》の上《うえ》との間に生まれたが、葵の上と暮らし、彼女の死後はその家、つまり彼女の父親（左大臣、のちに太政大臣《だじょう》）のところで育てられた。子どもが母方の家で育てられるのは、当時としては珍しいことではない。太政大臣の死後は、葵の上の母親つまり夕霧の祖母、大宮《おおみや》に育てられている。

ところで、大宮の家ではもう一人、彼女の孫娘が育てられている。彼女の息子の頭《とう》の中将《ちゅうじょう》（と言っても、この話のはじまるころは右大将《うだいしょう》）の娘、雲居雁である。頭の中将は子どもが多いが、雲居雁は北《きた》の方《かた》との間の子どもではなく、頭の中将との関係が切れた後に、按察大納言《あぜちのだいなごん》の北の方になっている女性との間にできた娘である。継父とともに住むのはつらかろうと、祖母のところにあずけたわけである。

当時は、親族でも男女が顔を合わすことのないように心がけるが、夕霧と雲居雁は幼かったので比較的自由に行動し、ともに遊んだりしていた。そのうちに、もの心がついてくると夕霧に恋心が目覚め、雲居雁もこれに応じる。幼い感じを残しつつ文のやりとりなどがある。彼らに近い乳母《めのと》たちは、このことを知っているが黙認している。

そのうちに、十二歳で夕霧は元服する。父親の源氏は内大臣《ないだいじん》でもあるし、四位につけてもおかしくはないのだが、源氏は息子を厳しく教育すべきと考え、あえて六位にし、大学寮に入れて学問をさせることにした。

夕霧は不満であったが父の言いつけに従い、大学寮では優秀な成績をあげる。この間、もっぱら学問に励むようにと、夕霧は源氏の邸《やしき》の一部屋をあてがわれ、そこに住むが、ときどき大宮の邸を訪ね、雲居雁との関係も続いている。

そのころ、源氏は太政大臣、頭の中将は内大臣へと昇進し、共に権勢を誇ることになる。源氏の須《す》磨《ま》退居のときの頭の中将の訪問に示されるように、二人の仲は緊密ではあるが、やはり男としてのライバル意識も生じてくる。頭の中将の娘、弘徽殿《こきでん》の女御《にょうご》は早くから入内《じゅだい》していたのに、源氏が親がわりを務める秋好中宮《あきこのむちゅうぐう》が帝寵《ていちょう》を受け、先に立后《りっこう》してしまった。頭の中将の腹は収まらぬので、雲居雁を東宮《とうぐう》へと思っていたところ、大宮のところを訪れたときに、乳母たちが夕霧と雲居雁の仲を噂しているのを立ち聞きしてしまった。

烈火の如く怒った頭の中将は、大宮の娘の監督が悪いと文句をつけるほどで、秋好中宮の立后の腹いせに、強引に弘徽殿の女御を里下《さとくだ》りさせ、彼女の話し相手にという名目で、雲居雁を自邸に引きとろうとする。源氏に対するライバル意識が燃えあがったのである。こうなると、雲居雁としては父親の命に従う他はない。

この雲居雁の父親の決定に対する女性たちの反応が実に興味深い。雲居雁の乳母はこれに全面的賛成で、夕霧がいくら立派だと言っても「六位ふぜいとのご縁」などは、お姫様にふさわしくないと思う。やはり、皇室との関係が第一なのだ。

ところが、夕霧の乳母はかんかんに腹を立てて、夕霧ほど立派な男性をないがしろにすると内大臣に対して怒っている。と言っても、これを直接には言えないので、大宮に向かって言うのだが。

ここで、大宮の取った態度は、いかにもやさしい祖母の役割そのものである。頭の中将にわからないようにして、そっと夕霧と雲居雁を引きあわせる。夕霧は内大臣の仕打ちが恨めしいと言い、これまで二人で会う隙もあったのに、なぜそうしなかったのかと言う。これに対して雲居雁は、自分もそう思うと答えるので、夕霧は「『恋しとは思しなんや』とのたまへば、すこしうなづきたまふさまも幼《をさな》げなり」（「少女《おとめ》」）と二人は語りあうが、内大臣の迎えは迫っている。

先に示したような、雲居雁の乳母が夕霧をおとしめる言葉も聞こえてくる。これを聞いて、夕霧は歌を詠む。

くれなゐの涙にふかき袖の色をあさみどりにやいひしをるべき

六位の者の衣が浅緑であることにかけて、自分の紅涙《こうるい》を流す気持ちも知らずに言う、雲居雁の乳母の言葉に反発している。雲居雁はこれに応えて、

いろいろに身のうきほどの知らるるはいかに染めける中の衣ぞ

と詠むが、あわただしく二人の仲は隔てられてしまう。夕霧は一人残って嘆き悲しむのみである。

ここに語られる男女関係は、当時としては、実に「新しい」ものではなかったろうか。若い男女がはっきりとお互いの姿を見あって愛を語りあっている。このような恋愛関係を、他ならぬ源氏の息子の夕霧のこととして語るところに、紫式部の文才が光っている。夕霧と雲居雁の恋は、西洋におけるロマンチック・ラブにきわめて近いものではないだろうか。そして社会的通念(その体現者が頭の中将)による強力な妨害が入るところも、非常によく似通っている。

しかし、それ以後の展開はロマンチック・ラブとまったく異なっている。雲居雁は父の命に従って易々として引きとられていくし、夕霧もただ耐えるのみで、何ら積極的行動をしない。ロマンチック・ラブという語のもつ、もうひとつの重要な要素である闘い——内的にしろ、外的にしろ——ということを欠いているのだ。

後にも述べるが、夕霧は、この後ですぐに惟光《これみつ》の娘に対して恋文をおくったりしている。ロマンチック・ラブとしては、なんとも筋の通らぬ話である。

それにしても、源氏とのさまざまの男女関係を描いた後に、ここに一対一関係としての男女の姿を紫式部が提示したことは、特筆すべきと思われる。男女の新しいあり方を探しだそうとする彼女の努力が、ここに示されているのだ。

ある。

「横笛」をめぐって

「新しい」ものが探索される上での、父と息子の関係は何らかの緊張をはらむものである。

夕霧は新しい男女関係の構築ということによって、父源氏の生き方に挑戦しようとする。ところが、父子対立の軸は、夕霧と頭の中将とのほうに移行し、源氏と夕霧、頭の中将と柏木《かしわぎ》という二組の父子関係の錯綜した人間模様に発展していくことは、すでに前章の「父と息子」の節に述べたとおりである。

この二組の父子模様を織りなす綾のひとつとして、横笛《よこぶえ》がある。当時、横笛は男性が奏する楽器で、女性は吹いてはならなかった。このゆえもあって、父・息子の関係や、男女関係における男性のあり方を象徴するものとして、横笛は王朝時代の多くの物語に登場する。『源氏物語』においても同様である。

まず、「少女」の巻に語られる頭の中将と夕霧の場合を見てみよう。すでに述べたように、夕霧と雲居雁は恋仲にあるが、頭の中将はそれを知らない。夕霧は元服して父親源氏の住居の一室に住み、学問に専念しているが、幼いときから住んでいた大宮のところへはよく訪ねてくる。もちろん、そこにいる雲居雁に会うのも目的のひとつである。

そんなことを知らぬ頭の中将がある日、母親の大宮を訪ねてくる。そこで、娘の雲居雁に琴《こと》を弾かせ、大宮も琵琶《びわ》をかきならしたりする。頭の中将もこれに和して和琴《わごん》を弾いたりしながら、なごやかな家族の語らいをしているときに、夕霧がやってきた。頭の中将にとって夕霧は甥《おい》にあたるわけであるし、源氏との関係もあって親しみもある。彼は夕霧に向かって、学問に精を出すのもいいが、趣味のほうも大切だと言いながら、笛を与える。「お前も一人前の男になったのう」という感じである。

夕霧のほうもこれに応えて、「いと若うをかしげなる音《ね》に吹きたてて、いみじうおもしろければ」、頭の中将も惹きこまれて、これに和して歌う。まさに家族の中に夕霧もとけこんでいくようなありさまであるが、暗くなって湯漬《ゆづ》けやくだものなどが出されてくると、頭の中将は、雲居雁をさっと居間のほうに引きとらせてしまう。

ここのところが大切である。雲居雁とその父親と祖母がなごやかに楽器を奏している、そこに訪ねてきた夕霧に頭の中将が笛を与えるのは、相当な親近感と、一人前になったことを認める行為である。夕霧もそれに応えて上手に笛を奏し、頭の中将もそれに和すほどだった。

ここで、娘に琴でも弾いてごらんということになれば、夕霧と雲居雁の関係も深まるだろうが、さっと居間に引きとらせることによって、頭の中将は夕霧との親しさもここまで、と明確な線引きを行っている。容易に楯つくことのできない厳父《げんぷ》の姿である。昔話に出てくるような、娘への求婚者と徹底的に敵対的になる父親像と異なり、優雅であり、親しさも示しながら、しかし、一歩も退《ひ》かぬ強さをもっている。

しかし、夕霧もこれに負けぬ強さをもっていた。と言っても、それは戦う強さではなく、待つ強さであった。彼は他の縁談を断ったりしながら五年間を待ちつづけ、とうとう雲居雁との結婚に成功する。これは父親の光源氏の恋とまるで正反対と言ってよい物語である。夕霧と雲居雁との関係は新しい男女関係と呼びたいほどのものだが、西洋のロマンチック・ラブの物語と異なり、ここで話は終わらない。夕霧には、次の「横笛」の物語が待っていたのだ。

夕霧はめでたく結婚し、一夫一妻の関係を守る。しかし、この間に友人、柏木の道ならぬ恋と死が生じる。柏木に託されていたこともあり、夕霧は柏木に残された妻の落葉《おちば》の宮《みや》と彼女の母、一条御息所《いちじょうのみやすどころ》の住居(一条宮)を訪ねる。どうも落葉の宮は琴を弾いていたところだったらしい。琴の置かれたままの廂《ひさし》の間に通され、衣ずれの音や香ばしい匂いを残して落葉の宮は奥に退出する。

夕霧は和琴を引き寄せてみると「いとよく弾きならしたる、人香《ひとが》にしみてなつかしうおぼゆ」と、落葉の宮の人柄に心惹かれる想いがするが、「このようなところで、慎みのない好色《すき》心のある人は、自制心を失ってみっともないことをするのだろう」と思いながら、琴をかきならす。

このあたりの描写は実に巧妙である。堅物の夕霧は雲居雁との関係に没頭していて、好色心などまったくないと自分では思っている。しかし、自分ならともかく、好色心のある者はここで自制心を失うのだろうなどと思いつつ、すでに彼の手は知らず知らずのうちに琴をかきならしているのだ。無意識の動きが手に表されている。

夕霧への応対はもっぱら一条御息所がしているのだが、夕霧は琴にかこつけて、昔の柏木の思い出のためにも、と落葉の宮に琴を所望。彼女はさすがに承知せず、夕霧も強引には頼めないままでいるが、月が出て雁《かり》も飛ぶとなると、落葉の宮もつい気持ちが動いて箏《そう》の琴をかすかに弾きならす。

夕霧はますます心が傾き琵琶を弾き、何か一言と、落葉の宮との間に歌を交わす。長居をしては、と暇《いとま》を告げ、またいつか参りますと約束し、夕霧は「この御琴どもの調べ変へず待たせたまはんや。ひき違《たが》ふることもはべりぬべき世なれば、うしろめたくこそ」と、意味深長な挨拶をして退去しようとする。

そのときに、一条御息所は夕霧に一管の横笛を与え、古い由緒も伝わっているようだが、こんなところに埋もれさせるのもつらいので、と言う。確かに男の楽器である横笛は、女だけの暮らしには不要のものである。夕霧は吹いてみるが、途中でやめ、さすがにこの笛を吹ききるのはきまりが悪い、と言う。

楽器の合奏、それに続く笛の贈答や演奏。頭の中将から夕霧へ、一条御息所から夕霧へ、と笛が贈られるエピソードに、実に多くのことが語られている。おそらく当時の人たちは、これらの一挙手一投足、一言半句の中にいろいろと意味を読みとったであろうし、また思わず行為し、言葉を発してみて、それによって自分の心の内がわかることもあったろう。あるいは、それに伴う誤解や思いこみなども生じたであろう。

横笛を一条御息所よりもらって帰った夜、夕霧の夢に柏木が現れる。そして、

笛竹に吹きよる風のことならば末の世ながき音《ね》に伝へなむ

と歌に詠み、自分が伝えたいと思っていたのと異なるところに笛が伝わった、と言う。歌から察しられるのでは、夕霧ではなく柏木の子孫に笛を伝えてほしいとのことだが、夕霧にすれば、この世に柏木の子孫がいるとは思えないので、不可解な夢と思うしかない。

夕霧は翌日、六条院に父の源氏を訪ねる。そのときに、女三の宮(と源氏の子と思われている)の子、薫《かおる》に対面し、その顔が柏木に似ていると思い、すべての謎のとける思いをするが、他方では「まさか」という気持ちもする。

複雑な気持ちのままで源氏に会い、一条御息所より横笛をもらったことや、昨夜に見た夢のことも話す。源氏はすぐに柏木はその笛を自分の子、薫に伝えたかったのだろうと察するが、それには触れずに、いろいろと笛の由緒を言いたてて、それは自分があず

かっておこうと言う。

夕霧はこの機会にと思い、柏木が臨終の際に、夕霧に対して、自分は何か源氏に誤解されるようなことがあって気にしている、と語ったことを告げ、ここで一挙に真相に迫ろうとするが、老獪な父親はとぼけた返事をし、夕霧もそれ以上に追及しない。

横笛をめぐっての親子の対決は、あいまいなままで回避される。しかし、夕霧としてはこれによって、父親に対して大人として対抗し得る人間になったという認識をもったのではなかろうか。

苦悩する男

西洋(とくにアメリカ)の現代人のロマンチック・ラブに対する「信仰」と呼びたいほどの信奉ぶりと、それを超えることができないために生じている問題点について、第二章にすでに紹介した、ユング派の分析家、ロバート・ジョンソンは、西洋人は「一つの社会として、ロマンチック・ラブの恐ろしい力を処理する術《すべ》を私たちはまだ学んではいません。私たちはそれを、永続的な人間関係をつくりだすためよりも、悲劇と疎外をつくりだすために用いていています」と述べている。

これは現代アメリカにおいての思いきった、しかし、真実をついた発言と思う。ロマンチック・ラブを信奉するアメリカの夫婦の間に、どれほど多くの離婚の悲劇や疎外感があるかを見てみると、それがよくわかる。

すでに述べたように、紫式部は王朝物語の中には珍しく、ロマンチック・ラブにきわめて近似する愛の様相を描きだしながら、そこに、ほとんど必然的に生じてくる「悲劇と疎外」についてよく知っていたと思われる。悲劇が柏木の場合であり、疎外が夕霧の場合である。柏木の女三の宮への愛は悲劇に終わっているし、夕霧と雲居雁の相思相愛の関係は「疎外」へと変貌してくる。

このように考えると、西洋のロマンチック・ラブの物語は、ほとんどが悲劇か結婚によって終わりとなっていることが多いのに気づくのである。ロマンチック・ラブの物語を結婚後も続けていくと、どこかで「悲劇と疎外」が生じるのではなかろうか。紫式部は夕霧と雲居雁のめでたい結婚を語った後も物語を終わらせることなく、その後の両者の関係を覚めた目で眺め、それを物語る。彼女は相当にしなやかで強い精神力をそなえていたのであろう。

夕霧が一条御息所に横笛をもらって帰宅した情景を描く紫式部の筆は、なかなかに冴えたものである。どうも夕霧が落葉の宮に心惹かれているらしい、と感じとった雲居雁は早くから床に入り、寝たふりでもしているのか。夕霧は浮いた気持ちでいるので、「宵《よい》の月を見ないでいるとは」と格子をあげさせ、雲居雁に呼びかけるが返事はない。子どもたちは寝ぼけ顔であちこちするし、さっきまで一条宮で味わった静けさとは比べようもない。

夕霧はもらった笛を吹いてみたりして、落葉の宮の顔を一目見たいと思う。それにしても妻の雲居雁は我が強くて、と思ったりする。相思相愛の夫婦が中年に経験する心の動きを、実に的確にとらえた描写である(「横笛」)。

夕霧は落葉の宮に文をおくるが返事はない。強引に泊まりこむが、落葉の宮は拒みとおす。この間に、一条御息所は夕霧と落葉の宮が結ばれたものと誤解し、その心労のために病になり世を去ってしまう。夕霧はその葬儀に力をつくし、ますます落葉の宮を追いこんでいく。雲居雁は夕霧の心変わりを察し嘆き、また怒りを感じる。

これらの詳細は略すとして、ここにぜひ取りあげたいことがある。それは、このような男女のあり方に関して、作者、紫式部自身の考えが表明されていると感じられるところについてである。源氏は夕霧と落葉の宮についての噂を知り、心を痛める。そして、このような例につけても自分が死んだ後のことが心配だと紫の上に言う。

紫の上はこれを聞いて心の中で、「女ばかり、身をもてなすさまもところせう、あはれなるべきものはなし」(「夕霧」)と思う。これに続いて紫の上の胸中が語られるが、それは紫式部が女性の生き方について考えていることの表明と受けとめられるものなのだ。

紫の上は続けて次のように思う。「もののあはれ、をりをかしきことをも見知らぬさまに引き入り沈みなどすれば、何につけてか、世に経るはえばえしさも、常なき世のつれづれをも慰むべきぞは」。女性が「もののあはれ」や「をかしきこと」などを知っていながら、知らないかのように引きこもり、おとなしくしていては、この世の晴れがましいことを感じたり、つれづれを慰めたりを何によってすることができるのか、と彼女は考える。

そして、その次の言葉が興味深いのだが、そんなことでは、その女性を育てた親も不本意に思うに違いない、と焦点を親のほうに当てている。そして、ともかく最後は、「あしき事よき事を思ひ知りながら埋《うづ》もれなむも、言ふかひなし。わが心ながらも、よきほどにはいかでたもつべきぞ」と結んでいる。

この言葉の裏には、「あしき事よき事」を思い知らずにいばって生きている男性どもに対する、鋭い批判がこめられている。かと言って、女性が一方的に自分を主張しても無意味なことを、彼女はよく知っている。「よきほどにたもつ」ことが、どれほどむずかしいかと思いめぐらしているのだ。

その後、夕霧は強引に手直しされた一条宮へ落葉の宮を移してしまう。それでも彼女は塗籠《ぬりごめ》に逃げこんだりして抵抗するが、夕霧は苦労を重ねながらも最後に想いを遂げる。収まらないのは、それまで相思相愛の仲を誇っていた雲居雁である。彼女は一応「方違《かたたが》え」の名目で、父親のところに帰ってしまう。

夕霧は困って手紙を出すが返事もこない。そこで、とうとう会いに出かけていき、雲居雁に帰るようにと説得するが、まったく効果がない。夕霧は粘って泊まることにする。子どもたちを傍らに寝かせながらも心安まらず、「いかなる人、かうやうなることをかしうおぼゆらんなど、もの懲《ご》りしぬべうおぼえたまふ」。夕霧はもう懲り懲りだと思うのだ。

ここに、やや滑稽ながらも、苦悩する男の姿が登場する。これは光源氏が「まろは皆人にゆるされたれば」と嘯《うそぶ》いていたのとは対極をなす姿である。しかし、苦しむと言えば、光源氏も作者の意図を離れて一人の人間として行動しはじめたときは、玉鬘《たまかずら》との関係においては相当に苦しみ悩んでいると言えるだろう。この間に底流をなしているのは、夕霧と雲居雁の恋であり、許されぬままに長い間待ちつづけた彼らも苦しんだことであろう。夕霧にとっては、今回はそのときの苦悩とは、まったく質の異なる苦悩を味わうことになったのだ。

苦しむと言えば、一途《いちず》の恋をした柏木も苦しんだことであろう。もちろん、これらの男性の相手の女性たちもたいへんな苦しみであったろう。しかし、人間は苦しまないと変わらないし、大きい変化には苦しみがつきものと言っていいだろう。新しい男女関係を求めて生きた夕霧が苦しまねばならなかったのは当然と言える。

このような苦しい過程から、夕霧が生みだしてきた解決は、源氏の死後の「匂宮」の巻に語られている。夕霧は右大臣になっているが、源氏の亡き後の六条院を荒れさせせないようにしたいと、六条院の東北の町、かつて花散里《はなちるさと》のいたところ(夕霧もここにいた)に、落葉の宮を移し、自分のこれまでの住居、三条殿には雲居雁が住み、「夜ごとに十五日づつ、うるはしう通ひ住みたまひける」ということで、円満な結末を迎えている。

雲居雁が怒って実家に帰り、夕霧が苦しんだときから十年が経っているが、どのような過程で、この結末に至ったかは語られない。二人の女性にまったく平等に通うことによって解決するとは、いかにも律儀者《りちぎもの》の夕霧らしい方法である(もっとも夕霧には惟光の娘の藤典侍《とうのないしのすけ》という女性があり、子どももあるが、身分が違うので、雲居雁も落葉の宮も問題にしていない)。

例の二等辺三角関係というよりは、雲居雁と落葉の宮と結ぶ直線上の中心に夕霧が存在することによって、ある種の安定を見いだしたということもできる(図18)。

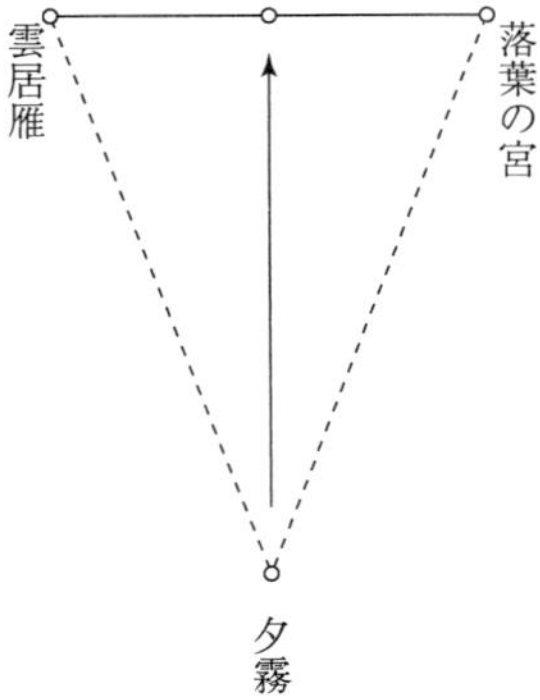

図 18　夕霧の女性関係

源氏から夕霧へと世が変わり、そこに新しい男女関係を見いだそうとした作者は、このような解決に満足できなかった。さらに異なる関係、あるいは、女性の生き方を求めて物語は続くのだが、その水準を思いきって変化させるために、紫式部は物語の場を京都を離れた宇治に設定することにしたのである。

2 「ゲニウス・ロキ」をもつ場所

光源氏の男女関係に比して、息子の夕霧のそれは相当な変化であった。しかし、紫式部はそれに満足できず、もっと劇的な変革の必要を感じたのであろう。紫の上が源氏から夕霧と落葉の宮のことを聞き、女の生き方について思いをめぐらせたところは、紫式部の心を述べているようだと前節に記した。

女性が判断力を十分にもちながら、引っこみ思案でいるのもどうかと思う、などと言いつつ、その文の最後のところは、彼女の育てている女一《おんないち》の宮《みや》(明石《あかし》の中宮《ちゅうぐう》の娘)のことを心配するところで終わっている。これは、紫の上が自分の代ではどうにもならないにしろ、次の世代に期待したいと願っている、とも取ることができる。

事実、物語のほうでは、夕霧の次の世代の、薫、匂宮が活躍することになり、彼らをめぐる女性たちの生き方が重要になってくる。このような変化を語るために、紫式部は舞台を京都から宇治へ移すことを考える。それが、宇治十帖に展開される物語であるが、ではなぜ宇治だったのか、という疑問が生じてくる。これに答えるためには、トポスということについて考えねばならない。

近代人はあまりにも人間の主体性を重視するので、主体性をもった個人が空間内をあちこち移動するとしても、その空間は均質であって、どこに行こうと、要は主体としての人間のあり方がすべてを決定するような考え方をしている。しかし、古代の人たちはそうは考えなかった。ある特定の場所は、その場所としての固有の特性とでもいうべきものをもつと考えていた。

ラテン語の「ゲニウス・ロキ」という表現があり、「場所の精霊」とか「土地の精霊」とか訳される。ある場所がもつ精神的雰囲気が文化の形成、営みの上に大きい要因となるという考えである。日本で「由緒ある土地」というのがそれである。そのような意味で、単なる地理上の場所ではなく、ゲニウス・ロキをもつ場所をトポスと呼ぶことにしよう。

宇治というトポスがすでに何らかの精神性をもって存在している、と考える。それは京都というトポスとは異なるのである。したがって、そこに生じる人間関係も、京都とは異なる意味合いをもってくると考えられる。

考えてみると、日本には「歌枕《うたまくら》」というのがあるが、そのような名所こそ、まさにトポスとしての重みをもっているというべきである。宇治はもちろん大切な「歌枕」である。そこで「宇治十帖」について考える前に、トポスとしての宇治について少し触れておくべきと思われる。

聖と俗が交錯

『源氏物語』全体についてトポス論を論じるなら、それはまた一巻の書物になるだろう。ここでは、もっぱら宇治に焦点を当てたいのだが、全体的に考えてみる者にとっては、角田文衞・加納重文編『源氏物語の地理』[1](思文閣出版)がたいへん参考になるだろう。これは題名のとおり「地理」的研究であるが、どうしてもトポス的観点も無視できない。京都から宇治までの地理について論じている奥村恒哉は、次のように言っている。

「土地と言うものは、それが特に名高い所であるならば、その土地としての固有の雰囲気——自然の環境ばかりでなく、歴史的に形成されるものである——を持っている。『源氏物語』はその雰囲気を十分に活用している」。そして「歌枕と言われる土地になると、それが名指しされただけで、聞く者に特有の感銘をおこさせることが出来る」。

これはまさにトポスのことを言っている。それぞれの土地がトポス性をもって『源氏物語』の中に語られているのだ。当時の人々にとっては、ある土地の名が示されるとき、それが歌枕と言われるところであれば、「聞く者に特有の感銘をおこさせることが出来」たのである。紫式部はもちろん、それを意識しつつ物語を書いたのだ。

前掲書の『源氏物語の地理』の中で、加納重文が当時の巨椋池《おぐらいけ》の大きさを類推したりして示している「源氏物語地図(京外)[2]」を二四七ページに転載させていただく。

この地図を見るだけでも宇治のトポス性が推察される。京の都の南にそれは位置していて、北の山々とはまったく異なって、むしろこちらのほうに道は開けてくる感じがする。しかし、その道は当時よく行われた初瀬詣《はつせもうで》の道であり、より聖なる世界に至る途中の地点という性格をもっている。一応、都のほうを俗なる世界と考えると、半聖半俗の地である。ここに住む八の宮が「俗聖《ぞくひじり》」と呼ばれていたのと相呼応しているとも思われる。

確かに都から宇治まで来るのは当時は容易ではない。しかし、増田繁夫によると、当時の京都から宇治までの「時間は牛車でほぼ二時間弱程度である。馬ならもっと速い」わけだから、ある意味では都の圏内と言えぬこともない。そのような微妙な位置にあるのが宇治の特徴であり、その特性を宇治十帖はうまく生かしている。

それにしても、この地図を見ると、これもまたひとつのマンダラとして『源氏物語』の世界を表しているようにも思えてくる。この図の平安京の一画に源氏の住む六条院があり、それ自体がマンダラ的構造をもつことはすでに述べたとおりである。それを中心として、平安京内に二条院や夕顔の邸、朝顔の桃園邸などなどがあるのだが、いまは、この洛外《らくがい》の布置に目を向けるだけでも興味深い。

宇治についてはすでに述べたが、西にある明石上(本書では明石の君)邸と東の夕顔山寺は対をなしているように感じられるし、南の宇治に対して北の小野《おの》は、宇治十帖の終わりの土地として、いかにもふさわしい感じがする。この小野尼山荘が夕霧の訪ねていった落葉の宮の山荘よりも奥まったところにあるのも意味深い。

夕霧はここで体験した静寂と、平安京の自宅に帰ってからの自宅の喧噪の対比に悩むのだが、結局は、落葉の宮を山荘から平安京のほうに引き戻すことに成功する。これに比して、薫は浮舟《うきふね》を山荘から引きだすことはできなかったのだ。こう考えると、推定ながら示されている、源氏がはじめて紫の上の姿を見た「北山なにがし寺」の位置が、ずっと北にある事実は、やはり紫式部の紫の上に対する思いいれのなみなみならぬことを示しているようにも感じられる。

このマンダラは俗を中心にして、周囲に聖なる世界を置くような構造になっている。マンダラの研究家、頼富本宏は、マンダラの特徴として、中心から周辺へと展開していくエネルギーとともに、周辺より中心へと向かうはたらきもあり、両者のダイナミズムのあるところがマンダラの特徴であると指摘している(3)。

この場合でも、平安京を中心として、いろいろな人物が、各所と往還するところに、このマンダラのダイナミックな性格がよく示されている。聖と俗が交錯するところに、微妙な味わいが生じてくる。宇治はまさにそのような典型的な場所であろう。

ある程度のまとまりをもった、このマンダラ図から、はるかに離れたところに、明石・須磨という土地がある。それはまったくの別天地と言ってよいのだ。源氏の須磨へ

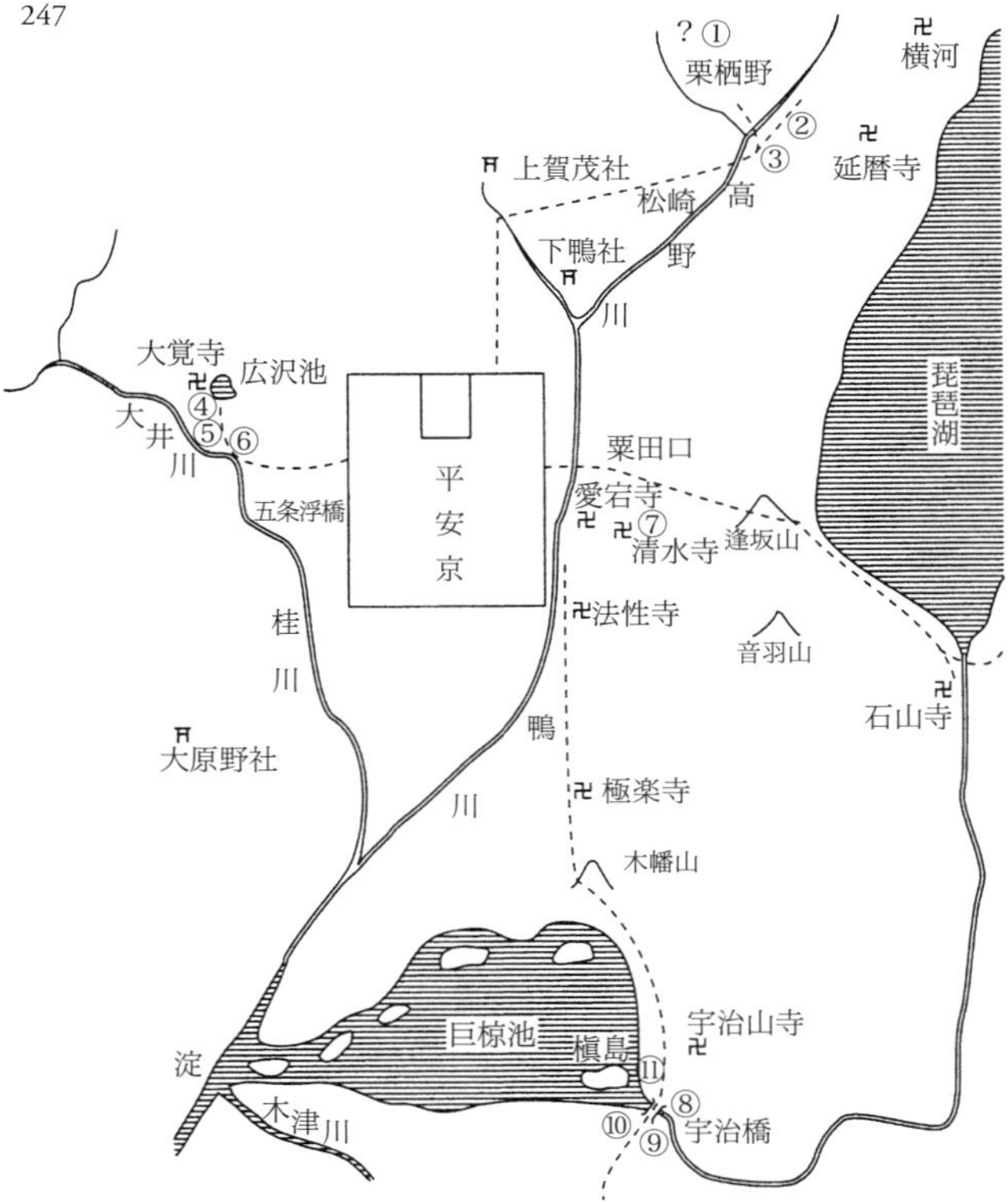

①北山なにがし寺　⑤明石上邸　⑨夕霧別荘
②小野尼山荘　⑥桂 の 院　⑩因幡守小家
③落葉宮山荘　⑦夕顔山寺　⑪宇 治 院
④嵯峨御堂　⑧八宮山荘

（角田文衞・加納重文編『源氏物語の地理』思文閣出版：1999 年より）

源氏物語地図（京外）

の退居というのがどれほどの大きい意味をもつものかを、この地図を見ていると感じることができる。そして、明石の君が入京してくることが、彼女に、いかに強い決心を要することであったかも察することができる。

この地図に示される、京都の西部にある大井川《おおいがわ》のほとりの明石上邸の位置を見ても、彼女の心細さがわかるであろう。またそれだけに、彼女を六条院に引きいれての、六条院マンダラの完成の意義の深さも感じとられるのである。

分裂する男性像

物語の劇的な変化を狙って、紫式部は物語の場を宇治というトポスに移す。ここに登場するのは、薫と匂宮という二人の男性である。この二人の関係は、源氏と頭の中将の関係の再来と見られないことはない。しかし、薫と匂宮のきわめて錯綜した女性関係から考えると、源氏という男性像——と言っても一人の人間という感じがしなかった——が、ここに至って二者に分裂したという感じを受ける。

後に薫と匂宮については詳述するが、単純に言ってしまえば、薫は内向型、匂宮は外向型であり、薫は考えて考えて、なお行動に移せないのに、匂宮は行動してから考えるようなところがある。源氏は多様な存在だったが、それをなんとか二分して示したようなのが、この二人なのである。

源氏の跡をついだ夕霧は、父とは異なる男女関係を築こうとしたが、二人の女性の間に立って、分裂しそうな困難を経験した。そこで、二人の女性に隔日に会うという妥協策に落ち着くが、これには作者は満足できない。そこで、最初から二人の分裂した男性像を提示してきたのである。

源氏の死後の第一巻「匂宮」の冒頭は、「光隠れたまひにし後《のち》、かの御影にたちつぎたまふべき人、そこらの御末々にあり難かりけり」という文で始まっている。源氏の「光」をそのままに継ぐ人はもういないとした上で、冷泉院《れいぜいいん》は畏《おそ》れ多いとしても、今上《きんじょう》帝《てい》の第三子、匂宮と女三の宮と源氏(実は柏木)との間の子、薫がともに気高《けだか》く美しいと述べている。

しかし、この二人とも「いとまばゆき際《きは》にはおはせざるべし」と念を押している。人間離れした(どこかで神に近い)源氏が、人間界に顕現してくると、二人の人格に分裂せざるを得ず、それは源氏ほども「まばゆい」存在ではない、したがって、人間としての苦悩も深くなることを、冒頭に明らかにしているように思われる。

と言っても、薫は源氏に匹敵するほど、世間の信望も高く、自負心も強い。その器量も、とくにどこがすぐれているかということはないが、「ただいとなまめかしう恥《は》づかしげに、心の奥多かりげなるけはひの人に似ぬなりけり」という。どこか心の底の知れないような趣《おもむき》があったというのである。

これはある意味では当然で、薫は源氏の子とされているが、何か不審なことがあると本人自身も感じているのだ。と言って、誰に問いただすこともできない。

おぼつかな誰に問はましいかにしてはじめもはても知らぬわが身ぞ

薫はその存在の根本に不安を感じている。若くして母が尼になっているのも、何かそこに秘密があるのを感じさせる。

薫の特徴は彼に特有の香があることだ。「香《か》のかうばしさぞ、この世の匂《にほ》ひならず、あやしきまで、うちふるまひたまへるあたり、遠く隔たるほどの追風《おひかぜ》も、まことに百歩《ひゃくぶ》の外《ほか》もかをりぬべき心地しける」というのだから、稀有なことである。どこかこの世ならぬ資質を持っていることを感じさせる。

「東屋《あずまや》」の巻に、薫が匂宮の二条院を訪ねたとき、薫の香のことに触れて、ある女房が「お経《きょう》のなかに香の芳《かぐわ》しいのを尊いこととして、仏が説いているが、そのとおりだと思う、薫は幼い頃から仏道の勤行《おつとめ》をしていた」と言うところがある。それに対して他の女房が「前《さき》の世《よ》こそゆかしき御ありさまなれ」と言う。薫は常に仏道に関心をもち、その香も、それに関連づけて考えられている。

これに張りあって、匂宮のほうはあらゆるすぐれた香をたきしめて、「匂宮」という名に恥じぬように努力している。しかし、薫のもって生まれた香にはかなわない。

この二人が対照的なのは女性関係である。匂宮は実に積極的であるのに対して、薫は消極的。薫はうっかり女性関係ができたりすると、出家の妨げになりはしないかと考えたりしている。光源氏の孫としての匂宮は、源氏の華やかさと、派手な女性関係のあり方を受けついでいて、どちらかというと、匂宮のほうが源氏に近いと言えるだろう。薫はむしろ源氏の影の部分を背負っているようなところがある。これも彼の出生の秘密を考えると当然とも言える。ただ、そのような彼に生まれつきの香を与えているところに、作者のなみなみならぬ工夫が感じられる。

この二人が「宇治」という場でドラマを繰り広げるのだが、まず宇治への道を開いたのは薫のほうである。宇治には八の宮という宮家があった。源氏とは腹違いの弟にあたるが、世の中から見捨てられたような形で、娘二人とともに住んでいた。八の宮は近くに住む阿闍梨《あじゃり》について仏教を学び「俗聖」などと呼ばれるほどの人であった。世間からまったく逃れ、出家してしまいたい気持ちだが、二人の娘のことが心配でそれもできずにいた。

阿闍梨が冷泉院のところに来て、八の宮の仏道修行など話をしているのを薫が聞き、心惹かれて文通した後に会いにいく。仏道を求めての宇治の訪問が、薫にとってまったく思いがけない世界への接近となるのだから、人生というのはわからないものだ。もっとも、本質的にはきわめて宗教的な世界への接近と言えなくもないが。

薫のことを知った八の宮は、厭世の気持ちをもつのは一般に我が身が不幸になったときであるのに、薫は世の中のことは意のままになり、何一つ不足のない境遇であるのに仏心《ぶっしん》があるのは感心なことだと言う。

八の宮は確かに、このように思うのも当然だが、実のところ、薫は不遇などというよりもっと根源的な不安をかかえていることを知らないわけである。そして、不思議なことに、薫は宇治を訪ねるようになって偶然に、自分の出生の秘密を知ることになる。

薫は八の宮に傾倒し、「暇なくなどしてほど経《ふ》る時は恋しくおぼえたまふ」(「橋姫《はしひめ》」)ようになる。しばらく会わないと恋しいと思う、という薫の心境は、父親に対する気持ちがはたらいている。

源氏が死んでしまって、父無し子である上に、何か「父」ということに秘密があると思っている薫にとって、八の宮はよき父親像として受けとめられたことだろう。となると、その娘たちに対して薫の関心が移ってくるのも当然である。と言っても、彼が二人の娘とかかわりをもったのは、宇治を訪ねはじめてから三年の月日が経ってからのことであった。

八の宮が阿闍梨を訪ねて行った留守に、宇治の山荘を訪ねてきた薫は、思いがけず二人の娘が楽器を合奏しているのを聞く。このときの、音と香の錯綜はなかなか興味深い話であるが省略して、ともかく、薫は簾《すだれ》をへだてて挨拶する。娘も女房もどうしていいかわからず、うろたえる中で、一人の老女がなんとか場を取りつくろう。

彼女は弁《べん》の君《きみ》と呼ばれ、実は柏木の乳母子《めのとご》であり、薫の出生の秘密を知っていたのだった。この老女が何か知っているらしいと感じたことや、かいま見た姫君たちの美しさなどが心に残り、薫は道心とは別の気持ちで、また宇治へ行きたくなる。

そのうち、薫は匂宮を訪ね、宇治の美しい姫たちのことを話す。匂宮は関心をそそられ、結局は匂宮が宇治に入りこんでくることになるのだが、これが薫の弱さである。一人で行動することができないのだ。薫は宇治の姫たちに関しては、その後も、後悔することが数多く出てくる。「あのときに、ああしておけば……」という嘆きを繰り返すのだ。

思慮深そうに見えて、ほんとうは深くないのである。実のところ、薫と匂宮とをうまく組みあわせると、理想的な人物になるのだが、それは下手をすると、源氏のイメージのように現実性を欠いたものになる。現実というのは実にむずかしいものだ。

「性の回路」を通るか、通らないか

薫の話にそそられて匂宮は初瀬詣の中宿りとして宇治に留まる。ここに薫も現れ、仲間とともに管弦の遊びをする。匂宮たちは、宇治の八の宮の山荘の川向いにある夕霧の別邸にいたが、楽の音は川を越えて渡り、両者を結びあわせる。

薫たちは早速、山荘を訪ねていくが、匂宮は身分上、かるがるしいこともできず、そのまま留まる。しかし、花を折らせて歌とともに姫たちに贈る。返歌をどうするかで困るが、大君《おおいぎみ》は思慮深く、このような遊びには乗ってこない。

八の宮は、娘の運が開けそうな予感と、危険を感じるのとで、心を痛めるが、信頼が置けると思う薫に姫たちの後事を託す。薫はそれに応じつつ、心は大君のほうに傾いていく。

その後、八の宮は阿闍梨のもとに行き、念仏三昧《ねんぶつざんまい》に浸ろうと、山に出かけるが、その際に娘たちに決して軽挙して男たちの口車に乗せられないように、そのくらいだったらこの山荘に閉じこもって一生を暮らすほうがよい、とくれぐれも言いきかせる。

父親としてのこの態度は、明石の入道のそれと比較すると、その特徴がよくわかる。明石の入道はなんとかして、源氏と自分の娘が結ばれることこそ娘の幸福と信じ、大きい危険を承知の上で、強引に計画をすすめていく。八の宮は、薫にそれとなく娘との結婚をすすめているが、娘にはまるで結婚ということを否定するかのようなもの言いをしている。彼のほんとうの気持ちは、父と娘の関係を、他人の侵入を拒んで永遠に続けたいのではなかろうか。大君はそのような父の意志を心に刻んでいるようにも思われる。

娘たちに厳しい言葉を残して山に籠《こも》った八の宮は、そこで死亡する。薫は残された娘たちの後見をしつつ、大君に対する想いはつのっていくが、彼女はそれを受けつけない。薫はついに簾の中に侵入するが、それでも大君の態度は変わらない。二人はともに一夜を過ごすが、性的な関係のないままに朝を迎える。

このとき大君が薫に言ったことは注目すべきである。「物隔てなど聞こえば、まことに心の隔てはさらにあるまじくなむ」（「総角《あげまき》」）、つまり、男女の交わりではなく仕切りを隔てのつきあいこそ、心の隔てのないものなのだ、というのである。そして、大君が後見となって、中《なか》の君《きみ》が薫と結婚するのがいいと言う。

薫はそれでもあきらめきれない。その上、例の弁の君をはじめ女房たちは、薫と大君の結婚によって自分たちの生活もよくなることは必定《ひつじょう》と考え、この結婚を待望している状況なので、大君にとっては、自分の身を守るのがだんだんむずかしくなる。

薫は弁の君に頼みこみ、大君の寝所に忍びこむが、中の君とともに寝ていた大君はそれを察して身を隠し、薫は中の君の一人寝ているところに侵入する。薫は相手が中の君と知ってがっかりするが、その夜は中の君と言葉を交わすだけで何事もなく別れる。

この場面は空蟬《うつせみ》のときの再現である。しかし、源氏が空蟬の継娘《ままむすめ》と知りつつ軒端荻《のきばのおぎ》と関係するのに対し、薫は中の君に触れずに別れる点で明確な差が生じる。このエピソードによって、薫が源氏とは異なる男女関係を求めようとする男性であることが明らかにされる。一途に一人の女性、大君を想う薫。それに対する大君も決して薫を嫌いではない。宇治の山荘の女房たちが願うようになぜ二人は結婚できないのか。容姿にしても、その趣味にしても似合いのカップルではないか。

この二人が結ばれることはなかった。ここで大切なことは、大君は薫を嫌っていないどころか、むしろ相当な好意をもっているという事実である。しかし、大君が薫との間を結ぼうとする回路と、薫の大君に向かう回路とはまったくすれ違っていた。

薫にとっては身体が結ばれることが大切であった。と言って、彼は別に性《セックス》にのみ関心があるわけではない。二人の間の会話や歌の贈答を見ても、精神的なものは十分にうかがえる。しかし、深く結ばれるというとき、性関係というのはもっとも重要な回路として彼に意識されていた。しかし、大君は性の回路を通らない深い関係を望んでいる。彼女にとっては、性をともなう関係は彼女の望むような永遠性はないと思っている。

「あはれと思ふ人の御心も、必ずつらしと思ひぬべきわざにこそあめれ。我も人も見おとさず、心違《たが》はでやみにしがな」と彼女は思う。性的結びつきを中心とするとき、好きと思っていても必ず心変わりするものだ。それを避けて心のつながりに生きるとき、永遠性が生じてくる、と大君は考えるのである。

薫は残念ながら大君の心を理解できなかった。大君が中の君の結婚のことばかり願っているのなら、と自分がそれを承知したかのごとく見せかけて匂宮を引っぱりこみ、結局のところ、匂宮と中の君が結ばれる。そうなると大君は自分と結ばれるだろうとは、浅はかな男の計算であり、これはむしろ、大君の軽蔑を買うようなことになる。

匂宮は中の君のところに通ってくるが、皇子《こうし》という身分のため拘束が多くて自由にならぬこともあり、大君はそれを早合点してしまって、やはり匂宮は信頼できないと考え、病の床につき、食べるものもあまり食べず、薫の看病の甲斐《かい》もなく死んでいく。

歌枕としての宇治は、「うし」という音との関連で「憂《う》し」というトポス性を与えられているが、このあたりはまさに悲しくつらいことの連続である。薫と大君という、またとない似合いのカップルを提示しておきながら、作者は、これを新しい男女関係として成立させなかったのである。

しかし、せっかくの薫の誠実な結婚の申しこみをひたすらに拒否する大君の姿の中に、葵の上、空蟬、紫の上らの女性が源氏に対してもった反感、怒り、恨み、などが凝縮して示されるような感じも受けるのである。

大君は男性の側からの押しつけに対して、強く自分の意志を貫いて生きたとも言えるが、その意志の根本に「父の意志」があるところが特徴的である。それはほんとうに彼女自身から出てきたものであったかが問われるところであろう。彼女の態度があまりにも頑なに感じられるのは、それはどこかで自然さを欠くからではなかろうか。

それでは、匂宮と中の君の関係は理想的だったろうか。こちらはこれまで繰り返された多くの男女関係のパターンそのままで、匂宮は中の君を京都の二条院に引きとり、中の君が喜んでいたのも束の間で、匂宮は夕霧の娘、六《ろく》の君《きみ》との縁談を承知してしまう。中の君は落胆するが、そこに薫が現れ、いまさらのように自分こそ中の君と結婚すべきであったと、口説く。

後になってからくよくよと考え直すところが薫の特徴で、匂宮とは対照をなしている。匂宮と薫とが一体であればいいのだが、すでに述べたように、現実の人間としては、そこまで対立的なものを一人の人格の中にかかえこむことは不可能と言っていいだろう。

勝手気ままに生きる男性に対して、「あしき事よき事を思ひ知りながら埋《うづ》もれなむも、言ふかひなし。わが心ながらも、よきほどにはいかでたもつべきぞ」(「夕霧」)と、女性の立場を紫の上の口を借りて言わせた紫式部は、源氏の死後の舞台を宇治に移し、これまでの女性と異なり、大君という、はっきりと男性のプロポーズを拒否しとおす女性の姿を描いたが、彼女はこれによっても満足できなかった。

個としての女性像を提示するためには、また新たな女性を必要としたのである。

3　死に至る受動性

作者の期待を背負って、最後に登場するのが浮舟《うきふね》である。彼女によって、この長い物語は終わりを迎えるのだ。女性としての自分の生き方を考え、これまでに示してきたような多くの女性像――それらはそれぞれの魅力をそなえていた――を描いた後に、紫式部の心の中に、浮舟のような女性像が生まれてきたのは、まことに意義が深い。

　大君と薫が結婚すれば、それは、非常にわかりやすい大団円だったのではなかろうか。それまでに語られてきた男女とは異なる思慮分別をそなえ、高貴な生まれつきをもちながら不遇であった姫と、運命的な誕生をし、恵まれた境遇にある男性と、どちらもが男女関係を否定したいほどの気持ちをもっていたのに、相惹きあって結婚する。

　この大団円を紫式部は拒否したのだ。いや、作中人物たちを自由に動かせていると、こうなったのかもしれない。宇治十帖の作者は、この物語の前半を語っていた作者とは相当異なっている。別人のようだと言っていい。作者は別人という説があるのも当然と思えるほどである。あるいは、瀬戸内寂聴は文学者の直感で、紫式部が出家したに違いないと指摘している(筆者との対談)(4)。

　歴史的事実としては、これらは確かめようがないが、筆者も源氏の死を語ったところで、紫式部が心理的に出家したと推測している。そのような異なる水準に達した上で、作者は浮舟という人物を生みだすことができたのであろう。

無が有に優るとき

最後の切り札のようにして登場してくる浮舟の人物像は、実に興味深い。彼女は身分は高くない――というのは、当時であれば決定的マイナス要因――、それにどのような特性をもって現れるというのではなく、要するに大君によく似ていることを唯一の取り柄として出現してくるのだ。

それに彼女は父無し子である。母親がずいぶんと大切に育てたのではあるが、継父は浮舟のことなどそれほど気にかけていない。というわけで一般的な判断によると、何の魅力もない女性である。このような女性を切り札として最後に登場させるところに紫式部の人間としての深さが感じられる。心の深いレベルでは、時に無が有に優《まさ》ることを彼女は知っていた。

物語のほうを簡単に追ってみる。匂宮は夕霧の娘六《ろく》の君《きみ》と気のすすまぬままに結婚するが、その美しさに魅せられ、中の君のほうは夜離《よが》れが続く。訪ねてきた薫が簾の中に入り、中の君と添《そ》い臥《ふ》すが、何事もなく辞去する。以後、中の君に対する薫の思いはつのるが、中の君は応えない。

ある日の語りに、薫は宇治に訪ねていっても誰もいないので、大君の人形《ひとがた》でもつくっておいて、勤行《ごんぎょう》でもしようかと言う。中の君は「人形」という言葉から連想して、大君によく似た彼女らの異母妹とも言える浮舟のことを思いだす。しばらく音信がなかったが、最近訪ねてきて確かに大君に似ていると言う。

薫は宇治に弁の尼君《あまぎみ》を訪ね、浮舟についての詳細を知る。八の宮がおつきの女房、中将の君に生ませたのだが、娘として認めもせず、後に中将の君は浮舟を連れ子にして、陸奥国《みちのくに》の守《かみ》と結婚。彼はその後、常陸介《ひたちのすけ》となり、最近上京してきた。母親が二十歳くらいの浮舟を連れて、中の君のところに挨拶に来たとのこと。

薫はそれを知って、大君に関係のある人だったら知らぬ国に訪ねていっても会いたいほどの気持ちだ、と弁の尼君に仲介を依頼する。その間に、薫は今上帝の娘、女二の宮と結婚、自邸に迎え入れる。女二の宮は気品が高くて美しく、薫はうれしくは思うものの、大君に対する気持ちはやはり変わらない。

薫は権大納言《ごんだいなごん》に昇進し、右大将も兼ねる地位となり、あらゆる点で人もうらやむ生活になるが、内心ではやはり、大君のことにこだわり、中の君に対する気持ちもあり、うつうつとして暮らしている。

そんなときに、薫は宇治に行き、そこを訪ねてきた浮舟の一行と行きあわせ、そっと襖の穴から覗き見をする。「何ばかりすぐれて見ゆることもなき人なれど、かく立ち去りがたく、あながちにゆかしきも、いとあやしき心なり」(「宿木《やどりぎ》」)というのは、浮舟をはじめて見たときの薫の気持ちをよく表している。どれほどすぐれて見えるというのでもないが、やたらに心惹かれるところがあるのだ。

浮舟にはその後、左近少将《さこんのしょうしょう》から結婚の申しこみがある。しかし、彼は浮舟が常陸介の実娘でないことを知り、実娘のほうに乗りかえてしまう。中将の君は大いに怒り、中の君に浮舟の庇護を依頼し、中の君の邸に住まわせてもらう。

ところが、匂宮が偶然に浮舟を見つけ、いつもの悪い癖で浮舟に言い寄ってくる。浮舟も周囲の女房たちも困るが、匂宮が明石の中宮の病のために宮中に呼びだされ、浮舟は危ないところを逃れる。ともかくすぐに行動に出る匂宮の特徴がよく表れている。

中将の君はこれを知って、これは危ないと浮舟を引きとり、三条の彼女の住む小屋に仮住まいをさせる。これを知った薫はそこを訪ね、浮舟と一夜を過ごす。そして、薫には珍しく素早い動きで、彼女を伴って宇治に行き、そこで楽しい時を過ごす。

ここまでの話では、浮舟はどう考えても、「新しい女性」とは考えられない。何もかも母の言いなり、周囲の動きに合わせて生きているだけと言えそうである。縁談にしろ、破談にしろ、成りゆきまかせで、そのときに、浮舟が喜んだとか、悲しんだとか、怒ったということも語られない。

薫は浮舟と一夜を過ごした後に、浮舟のことを、おとなしくて、おっとりしすぎているところが頼りないと思う。そして、大君は子どもらしいところがあったが、心づかいは深かったと思いだしている。浮舟の姿は大君に似ているが、その性格はだいぶ異なっている。大君は薫との関係を拒否しつづけたのに対して、浮舟は唯々として薫に従っている。彼女の「新しい」側面は、もっと後になって顕在してくるのである。

千々に迷う心

「浮舟」の巻の冒頭は、匂宮の浮舟に対する想いを述べることによってはじまっている。「宮、なほかのほのかなりし夕《ゆふべ》を思し忘るる世なし」というわけで、一度、会って言い寄りかけて逃がしてしまった彼女のことが、いつまでも忘れられない。しかも、急にいなくなってしまったので、いったいどうしたと中の君を責めたてるが、なにしろ匂宮は女性に目をつけると「あるまじき里まで尋ねさせたまふ御さまよからぬ御本性」であることを中の君は知っているだけに、うっかり返事もできず、ただだんまりの作戦で臨んでいる。

薫のほうはこんなことはまったく知らず、おっとりと構えていて、宇治では待っているだろうと思いつつ、身分上それほど気軽に行動もできず、そのうちなどと思いつつ日を過ごしている。こんなところが常に短兵急《たんぺいきゅう》な匂宮と異なるところである。そこから思いがけない落し穴にはまることになってくる。

一方、匂宮は宇治から中の君に送られてきた手紙によって浮舟の行方を知る。そうなると彼は行動が早い。伝手《つて》をたどって薫との関係など大方のことは知ってしまう。「まめ人」などと言われる人間に限って、世間の思いつきもしないような隠し事をしているのだ、と思うと、彼は居ても立ってもいられなくなる。

匂宮は密かに宇治に直行し、垣根を少し壊して山荘内に侵入し、覗き見をする。女君の姿が見えるが、まぎれもなく例の女性である。上品で美しく、中の君に似ていると思う。ここで、匂宮の取った行動はさすがに強引である。うまく薫の声音《こわね》をまねて格子を上げさせ、浮舟のいるところに入りこむ。浮舟は抵抗する術《すべ》もなく、匂宮の思いのままになる。

彼女は自分を庇護してくれた中の君の夫とこのような関係になったことを嘆いて泣く。ところが匂宮も泣いている。それは「なかなかにて、たはやすく逢ひ見ざらむことなど思すに、泣きたまふ」と、いまは情が移ってしまい、これからそれほど容易に会えないことを思って泣くのである。男女の涙はまったくすれ違っている。

匂宮は強引に翌日も逗留を決意。事実を知った女房の右近は、こうなると他に知らさないことを第一とし、まるで薫が来ているように見せかけて二人を守る。ここで注目すべきことは、このようにひたぶるに接近してくる匂宮に対して、浮舟のほうも一夜のうちに心が惹き寄せられてくるという事実である。

彼女は薫が美しく、他にこのような人はいまいとさえ思っていたのに、匂宮のほうが「こまやかににほひ、きよらなることはこよなくおはしけり」と思ってしまうのだ。匂宮もまったく溺《おぼ》れこんでしまって、こんないい女は他にいないと思う。もっとも作者は客観的描写も忘れていず、浮舟は美しさでは中の君に劣るし、六の君のいまを盛りの美しさには比べようがない、と述べた後に、匂宮の思いこみを記している。二人は一日情痴の世界に浸った後、匂宮は心を残しつつ京に帰る。

しばらくして薫が宇治に行く。浮舟は匂宮とのことがあるので心苦しく、思い乱れる。それを見て薫は、浮舟が大人びてきたと思う。薫の人のよさがよくわかる。京都に家を建てさせ、そちらに住まわせるつもりとのことだが、浮舟は匂宮から手紙で静かな住居を見つけたと言ってきたことを思いだす。頼るとするとやはり薫のほうだと思いつつ、浮舟は先日の匂宮の姿が思い浮かんでくるのをいかんともしがたく、我ながら情けないと感じている。

匂宮はたまらなくなって宇治を訪ね、今度は山荘の対岸にしつらえた家に浮舟を連れ去る。川を渡るときに、橘《たちばな》の小島という島に常緑樹の茂っているのを見て、匂宮は自分の心はあの緑のように年が経っても変わらないと歌を詠む。これに返して浮舟は、

たちばなの小島の色はかはらじをこのうき舟ぞゆくへ知られぬ

と詠む。この歌から「浮舟」の名が由来するのだが、彼女の不安定な気持ちをよく表している。この家で二人は二日間を過ごすが、「かたはなるまで遊び戯《たはぶ》れつつ暮らしたまふ」という表現に、その様子が偲ばれる。川を渡って山荘に帰るときも、匂宮は浮舟を抱いて離さず、「いみじく思すめる人はかうはよもあらじよ。見知りたまひたりや」

と言う。浮舟もそれにうなずくが、確かにそのとおり、薫にはこのような烈《はげ》しい愛の表現はない。かと言って、浮舟は匂宮の胸に飛びこんでいくことはできないのだ。

匂宮は帰京後、浮舟を恋うあまり病に臥してしまう。薫も匂宮もどちらも浮舟を京都に移そうとして手紙がくるので、それを読む浮舟の心は千々に迷う。匂宮の手紙を見ると、そちらに心が動くが、さりとて、最初に契《ちぎ》りを結んだ薫に対しても、思慮深い人柄が思いだされて離れがたい。苦しみながら、浮舟は手すさびに次のような歌を書く。

里の名をわが身に知れば山城《やましろ》の宇治のわたりぞいとど住みうき

「里の名」というのは、よく知られている『古今集《こきんしゅう》』の歌、

わが庵は都の辰巳《たつみ》しかぞ住む世をうぢ山と人はいふなり

を踏まえている。歌枕としての「憂し」のトポスのはたらきを浮舟は十分に感じたことであろう。彼女の苦悩はだんだんと深くなっていく。

薫と匂宮の間に立って、浮舟は身動きが取れぬ状況に追いこまれていくが、これも浮舟のあまりに受動的で、ものごとを拒む力が弱すぎるために起こったことである。彼女

は大君と容貌は似ているが、性格は反対と言っていいだろう。

大君があれほど薫を憎からず思いつつも、男女の仲になることを、彼に添い臥しまでされながらも拒みとおしたのに比較すると、浮舟の男性関係は、あまりにも成りゆきまかせである。あるいは、無反省に何でも受けいれると言うべきだろうか。薫と関係があり、頼るべき人と思いながら、匂宮の強引な侵入は防ぎきれなかったとしても、その後は、彼との関係の中に浸りきっている。

入水の決意

浮舟は匂宮と薫の間にいるのだが、すでに述べたような二等辺三角関係的なバランスなど生じてくるとは思われない。浮舟があまりにも両者を受けいれ、距離が縮まってしまったので、バランスなどという余裕は生まれない。とくに匂宮のほうは一途に突っ走るし、おっとりとはしている薫にしても、その内面的な一途さでは匂宮に劣るものではない。

ここで興味深いのは、浮舟の心の中で、こんなことだったら匂宮との関係を拒むべきだったとか、匂宮のひたむきな恋に溺れこんでいくときに、なんとかして薫との関係を切ろうとするとか、二人のうちのどちらかに決めようとする努力が、あるいは、決めなかったことの後悔がまったく語られないことである。彼女は徹底的な受動の人であり、それによって自分を死に追いこんでいく。

そんなことも知らず浮舟を訪ねてきた母親の中将の君は、弁の尼君との世間話に、宇治の川の流れのすさまじさを話題にし、女房たちも、先日、渡《わた》し守《もり》の孫が棹をさしそこねて川に落ちたが、川に落ちた者はまず命が助からないと話しあっている。浮舟はこれを寝たふりをして聞きながら、自分が入水《じゅすい》して行方知れずになったら、母親、薫、匂宮はどう思うだろうなどと考える。

入水に関しては伏線がある。大君が死に、悲しみの中で薫と弁の君が会って話しあったとき、弁の君は次の歌を詠む(「早蕨《さわらび》」)。

さきにたつ涙の川に身を投げば人におくれぬいのちならまし

入水でもしていたら、大君に後《おく》れを取っていまのように悲しむこともないだろう、と彼女は訴えるが、これに対して薫は、自殺は罪深く、とうてい仏のいる彼岸にたどりつくことはないと言い、次の歌を返す。

身を投げむ涙の川にしづみてもこひしき瀬々に忘れしもせじ

たとい身を投げても、恋しさを忘れることはできまい、と薫は弁の君に言っている。薫は常々この世のことを軽んじて、来世のほうに向いているようなことを言ってはいるが、いざとなると、なかなかこの世を離れることはむずかしいのだ。

当時の人々が実際にどれほど自殺したのかを、残念ながら筆者は知らない。しかし、このような会話から察しても、浮舟の入水の決意は、なかなかのことであったと推察される。

そのうちに、薫は匂宮と浮舟との関係を悟り、まったくやりきれない気持ちになる。ずっと仲よくしていて、彼を連れてわざわざ宇治まで行き、中の君に引きあわしてやったのにとか、自分は、いま、その中の君を思慕しつつも、匂宮のことを考えて自制しつづけているのに、と思うとたまらない。しかし、ここで、二人の間に血の雨の降る争いが起こらないばかりか、まったく衝突が生じないのが、王朝時代の特徴である。

薫としては、浮舟に対して、非難の意をこめて歌を送る。待ってくれていると思っていたのに、心変わりをして、自分を人の笑いものにするな、と怒りをぶち当てる。これに対して、浮舟は薫がどの程度に事実を知っているかわからぬので、返事を書きあぐねて、手紙の宛先が違っているように思う、と返事する。それにしても平安の御世《みよ》の恋の鞘当《さやあ》ては、優雅と言えば優雅である。

浮舟の女房の右近は先ほどの手紙を盗み見して、事態が深刻になったと思う。すべての事情を知っている侍従とともに来て、右近の姉について浮舟に語る。右近の姉が常陸に住んでいたが、二人の男に夢中になった。そのうち、女は二人のうち新しい男に少し気持ちが傾いてきたので、先の男がそれを妬んで後の男を殺してしまった。そのために結局は男も女も不幸になっていった。この話をして右近は浮舟に対して、二人の男にかかわるのはよくないのでどちらか一人に決めたほうがよい、と忠告する。

侍従はいっそのこと匂宮に決めては、などというが、浮舟の心はそんなに簡単に片方に決められるようなものではない。しかし、女房たちも言うように「げによからぬ事も出で来たらむ時」はどうしようかと思い悩んだ末、「まろは、いかで死なばや」と、死への決意が強くなる。

ところで、ここに語られる右近の姉の話は注目に値する。というのは、匂宮の裏切りに薫が怒りを発しても、「争いは起こらない」と述べたように、王朝物語のすべてを通じて、すでに述べたように、殺人ということが決して起こらないからである。

平安時代というのは不思議な時代である。死刑の記録がないとも言われている。このような時代背景の中で、ここでは殺人事件のことが語られている。やはり、平安時代にも殺人があることはあったのだとわかるのだが、この場面では二人の女房がこんな話を想像して語るほどに、事態が切迫していたのだと思われる。

死に際して、浮舟は薫、匂宮、母のことをそれぞれに思いだす。そこに母から手紙が来て、浮舟について不吉な夢を見て心配だと言ってくる。そして、浮舟の無事息災を祈って近くの寺で御誦経《みずきょう》をするようにと御布施《おふせ》を送ってくる。母親は浮舟のことを心配しているが、もう一人の娘のお産のためそちらを離れられないのである。

浮舟はいまはこれまでと、母親に返事を書く。

　のちにまたあひ見むことを思はなむこの世のゆめに心まどはで

表面的には母親の凶夢《きょうむ》の手紙に対して、そんなことは心配せずともまた会えるから、と言っているように見せかけながら、実は来世での再会を、と告げて、袂別《べいべつ》の意をこめている。

近くの寺では母親からの御布施を受けとり、早速に読経《どきょう》をはじめ、その鐘の音が聞こえてくる。その音を聞きながら、

　鐘の音《おと》の絶ゆるひびきに音《ね》をそへてわが世つきぬと君に伝へよ

と詠む。母の祈りの鐘の音に、自分の泣き声を合わせて、私の命も終わったと母親に伝えてほしい、と。浮舟は母親の守りの鐘の響く中で、入水しようとしたのである。

浮舟の死は、大君の死と対照的である。大君が「父の娘」であるのに対して、浮舟は「母の娘」である。大君は薫に好意を抱きながらも、父の意志を体して、それが男女の仲になることを拒否しとおし、その延長として、食事までも拒否して世を去っていった。

これに対して浮舟はきわめて受動的であり、結局は不幸になることが見えすいているのに、二人の男性を受けいれてしまう。そして、匂宮との関係に溺れこんでいくところは、大君は絶対に受けいれられないところであろう。

しかし、どう考えるにしろ、人間は自分の「身体《ボディ》」を否定しては生きていけないのだ。身体性を生きるという点では浮舟は、まさにそのとおりと言っていいが、父親がいないという点に象徴されるように、あまりに父性を欠いた身体性への偏りは、結局は、身体そのものを否定する自殺に追いこまれるというパラドックスを内包している。

浮舟が入水という自殺の手段をとったことは、非常に興味深い。彼女としては母胎の中の羊水に回帰したいほどの気持ちであったことだろう。

4 「死と再生」の体験

浮舟は死ななかった。いや死んで、再生したのである。

浮舟は長い『源氏物語』のアンカーを務める女性である。彼女について考える前に、もう一度それまでのランナーの姿をごく簡単に振り返っておこう。

光源氏をめぐってはたくさんの女性がいた。彼女たちは、それぞれが源氏との関係において自分の存在を規定していた。源氏の息子の夕霧に対しては、一対一関係に生きようとする雲居雁がいた。それでも、その後の夕霧は彼女の期待を裏切り、落葉の宮という女性を引きいれてくる。

女性たちも苦しむが、一応、隔日の妻訪《つまど》いという解決に落ち着く。ただ、作者の紫式部はこんなことに満足できなかった。そこで、次は男性像を分裂させ、薫と匂宮という対照的な人物を導入する。両者に深くかかわった浮舟は、苦しみの果てに入水という道を選ぶ。

ここで重要な反転が生じ、浮舟は死を免れたのみならず、これまでとは異なる女性として生きようとする。われわれ心理療法家は、苦悩する人が死を企図したり、自殺未遂をして後に、劇的な反転現象を体験し、生きていく新たな道を見いだすことを経験する。象徴的には「死と再生」の体験をしたと言うことができる。

自殺未遂の後に、急激な人格変化を経験したある女性は、「死ぬほどのところを潜《くぐ》らなかったら、私は変われなかったのです」と言った。浮舟がどのようにして、その過程をたどり、どのような女性に変化したのかを見ていこう。

自分の意志を示せるまでに

浮舟が失踪し、それを入水と受けとめた人たちがどのように行動したかは、「蜻蛉《かげろう》」の巻に語られるが、これは省略し、彼女が命を助けられた以後のことを「手習《てならい》」の巻に語られているのを追っていこう。

浮舟を助けたのは、比叡山《ひえいざん》の横川《よかわ》に住む僧都《そうず》である。僧都は八十歳を過ぎた母親、五十歳ばかりの妹を連れて初瀬寺に参詣。帰路に母親が病気になったため宇治に留まることにし、それが機縁で、茫然自失して木の下に蹲《うずくま》っている浮舟に会う。狐か鬼かと騒ぐ人々を制して僧都はともかく浮舟を人目に立たぬ物陰に寝かせておいた。

このことを知った僧都の妹の尼君は、初瀬寺で見た夢を根拠に浮舟を見たがり、その姿を見て、「ただ、わが恋ひ悲しむむすめのかへりおはしたるなめり」と言う。彼女は以前に自分の娘を亡くしており、その娘が生まれ変わってきたのだ、と言うわけで、浮舟を連れて、横川まで帰ることになる。と言っても、女性はそのあたりまでは禁制で行けぬので、近くの小野という地にある尼君の住居に浮舟を住まわせることになった。

このように、浮舟が横川の僧都に助けられるためには、偶然がうまく作用している。普通なら「魔性《ましょう》」と思って敬遠するのに、高徳《こうとく》の僧都に発見されたことや、彼の妹君の夢によって、助けられることになった。ここで宇治に留まることになる理由として、僧都と彼の母との関係が作用し、妹の尼君の場合は彼女と死んだ娘との関係が大きくかかわっている。

どちらも「母」ということが要因になっているが、このことは、浮舟が入水を決意して家を出ようとするとき、彼女の母の依頼によって、彼女の無事息災を願う御誦経が唱えられていたことと呼応している。妹の尼君は、浮舟を「初瀬の観音様のくださった人です」と言っている。彼女はこの世の人間関係を超えて、深いルーツとの結びつきをもって再生してきたのである。

浮舟は最初のうちは記憶も失っているほどであったが、尼君にやさしく接してもらっているうちに、だんだんと回復してくる。そこに亡くなった尼君の娘の婿である中将が訪ねてくる。彼はすぐに浮舟に関心を抱き、歌など贈ってくる。浮舟はもちろん相手にしないが、尼君をはじめ周囲の女性は、それを望んでいる様子。中将はますます繁く訪れてくる。

浮舟は「いとむつかしうもあるかな、人の心はあながちなるものなりけり」と思う。彼女は匂宮のことを思いだし、男というのは何と強引なことよと嘆いている。ここに、かつて紫の上が夕霧と落葉の宮との関係について聞き知ったとき、「女ばかり、身をもてなすさまもところせう、あはれなるべきものはなし」(「夕霧」)と言った言葉が重なってくる。

女性が一人で生きていると知ると、善悪の分別もなしに男が近寄ってくる。落葉の宮はそれをうるさいと感じつつも、結局のところは、男に従っていった。しかし、浮舟は違った。彼女は最後まで中将を寄せつけず、出家の志《こころざし》を固くした。

妹の尼君は初瀬にお礼参りに行くと言う。娘の死を悲しんでいたのに、浮舟のような身代わりを得たので、お礼に行くのだが、浮舟にも同道しては、と勧める。浮舟は母や乳母が初瀬参りをしてくれたのに、何の甲斐もなかったのだからと心中に思いつつ断る。このあたり、浮舟の意志の力がだんだん強くなっているのが認められる。

ところが、尼君がいなくなって人数が少なくなった庵《いおり》に中将が好機とばかり訪ねてくる。浮舟はそれを避けて、普段は入ったことのない大尼君（僧都の母）の部屋に行き、眠ろうとするが、老人の高いびきで眠れない。それどころか、この老婆に食われてしまうのではないかと思うほど恐ろしく感じる。

ここの描写も実に優れている。浮舟を守ってくれるのは、初瀬の観音でもなく、年老いた母君でもない。このあたりで、浮舟の個として生きようとする志は、ますます鍛えられていくのだ。

浮舟は固い決心をもって、京都に行く途中に庵を訪ねてきた横川の僧都に出家を願う。僧都はそれを聞いてもにわかに同意しない。それまで多くの人々の人生の哀歓につきあってきた者として当然のことであろう。発心《ほっしん》するときは固くそう思っていても、年月が経つと、女性の身というのは多難なものだなどと言う。あれこれの前例も心に浮かんでのことだろう。

しかし、浮舟の決意の変わらぬのを知り、「あやしく。かかる容貌《かたち》ありさまを、などて身をいとはしく思ひはじめたまひけん。物の怪《け》もさこそ言ふなりしか」と思う。そこで京都から帰ってくる七日後にしては、と言う。

僧都はあくまで慎重で、少しでも日延《ひの》べして心変わりするかどうか確かめたいのである。そんなことをしていて尼君が帰ってくると必ず制止するに決まっていると、浮舟は気が気ではなく、激しく泣いて懇願し、僧都もとうとう賛成する。

ここのやりとりも重要で、浮舟の決意の生半可でないことをよく示している。もちろん出家する人も多かったので、それは必ずしも死の体験に相応するほどのものとはならぬこともあった。「匂宮」の巻では、薫が母の女三の宮の尼姿を見て、「明け暮れ勤めたまふやうなめれど、はかもなくおほどきたまへる女の御悟《さと》りのほどに、蓮《はちす》の露も明らかに、玉と磨《みが》きたまはんことも難《かた》し」と思うところがある。

出家して誦経に励むことが、すなわち悟りの道に通ずるとは言いがたいとは、作者の紫式部が当時の出家した人たちを観察して考えたことではなかろうか。出家すなわち成仏というような単純図式によって、浮舟の行為を語ろうとしていないことは明らかである。そのためにも、彼女の固い意志を示す必要があったのだろう。

出家して浮舟はやっと、「心やすくうれし」という心境になる。「世に経《ふ》べきものとは思ひかけずなりぬるこそは、いとめでたきことなれと、胸のあきたる心地したまひける」。翌日に、浮舟は手習いに次の歌を書く。

亡きものに身をも人をも思ひつつ棄ててし世をぞさらに棄てつる

彼女は死と再生を二度繰り返した、とも言うことができる。そのような過程を経てこそ、彼女は最後に強い意志を示すことができたのである。

再生してたどりついた境地

浮舟が小野の庵に生きていることが、人伝てに薫の耳に入った。薫は喜びながらも半信半疑で、確かめるために横川の僧都を訪ねる。薫は帰途にそのまま小野を訪れたい気持ちだったが、ともかくその日は京都に帰ることにし、浮舟の異父弟の小君を召し使っていたので、彼を使いにして文をおくることになった。僧都も文を書いて託すことにした。

薫の一行が松明《たいまつ》をかざして京へと向かっていくとき、小野では浮舟もそれを見ている。

「源氏の大将殿のお出まし」などと人が話しあっているのも聞こえるし、随身《ずいしん》たちの話し声も聞きおぼえがある。しかし、「棄ててし世をぞさらに棄てつる」浮舟にとっては、もはや関係のない世界であった。

翌日、小君は文をもって小野を訪ねてくる。横川の僧都よりの手紙には大将殿(薫)が来て、一部始終を話したとあり、続けて、

「御心ざし深かりける御仲を背きたまひて、あやしき山がつの中に出家《すけ》したまへること。かへりては、仏の責《せめ》そふべきことなるをなむ、承り驚きはべる。いかがはせむ。もとの御契り過《あやま》ちたまはで、愛執《あいしふ》の罪をはるかしきこえたまひて、一日の出家《すけ》の功徳《くど》ははかりなきものなれば、なほ頼ませたまへ、となむ」(「夢浮橋《ゆめのうきはし》」)と述べている。

深い志で結ばれた薫との仲に背いて、賤しい山住の中で出家したのでは、かえって仏の咎めを受けることだろう。こうなった上は、いま一度もとの契りを違えず、薫の愛執の罪を晴らしてあげてはどうか。たとい一日でも出家した功徳ははかり知れないので、行末は頼もしいことだろう、と僧都は浮舟が還俗《げんぞく》し、薫のもとに戻ることを勧めている。

ここで、「もとの御契り過《あやま》ちたまはで」を、出家の契りと解釈する説もあり、学界では論争があるようだが、この手紙および、後にも述べる全体の文脈から考えて、薫との契りと読むべきと筆者には思われる。

薫の手紙ももちろん一度会いたいというものであり、しかも、持参した使者は自分の弟である。しかし、浮舟の心は微動もしなかった。尼君たちもなんとかこの縁を復活させたいと願っているのは見え見えだが、浮舟は、はっきりと拒絶の意志を伝えさせた。

薫は、いまかいまかと返事を待っていたが、小君の返事を知って気落ちしてしまう。あげくの果てには、「人の隠しすゑたるにやあらむ」と、誰か他の男が浮舟をかくまっているのかと疑ったりするところで、この物語は幕を閉じる。

浮舟という女性が最後に到達した地点と、男性の薫――他の男性に比して際立って素晴らしいとは言え――の立つ地点が、いかにかけ離れたものであるかを明確にする。この物語の終わりは、さすがに見事という他はない。

ここで、このような最終の到達地として選ばれた小野という土地のトポス性について一言述べておきたい。福嶋昭治は「二つの小野」について論じ、夕霧が訪ねていった一条御息所の山荘のある小野と、浮舟がかくまわれていた庵のある小野について比較考察している。詳細は福嶋の論に譲るとして、まず重要なことは、後者のほうが奥まったところにある事実である。

夕霧の訪ねた小野は都に近い事実を反映して、彼がそこで会った落葉の宮は、ある程度の抵抗はあったにしろ、都に住むことに同意したのである。しかし、浮舟は、薫との関係をさえ拒否したのであった。彼女は都に住む男たちとは異なる地に住んでいることを明らかにしたのだ。

もうひとつ福嶋昭治の指摘している重要な点は、落葉の宮の小野は延暦寺東塔の根本中堂に近く、浮舟の小野は横川に近い。それについて福嶋は次のように述べる。

「横川こそは『源氏物語』の横川の僧都のモデルである源信《げんしん》の拠点であったことは言うまでもない。旧弊もあったであろう山の本来の信仰の地である東塔を捨て、横川という山の北限の地から浄土信仰という新しい教えを広めようとした源信に、作者は、数奇な運命を背負った浮舟が救われるかもしれない一縷《いちる》の光明を見出したのであろう。だが女性として、横川という救いの地にもっとも近いところに居り、かつ出家を果たしていながら、浮舟には、その地は安心立命の地ではなかった」

小野のトポス性についての卓見である。

ここで、これまで論じてきたことをまとめて、作者、紫式部の個性化の過程として、『源氏物語』に語られてきたことを単純化して図示すると、図19のようになるだろう。

女性が、ある男性とのかかわりにおいて、自分はその何であるか、母、妻、娼、娘なのかと考えることによって、自分を定位することをやめ、自ら個としての存在に根をおろしていくためには、図示するような内的体験を必要としたのだ。そして、紫式部が個として女性のイメージを体現する浮舟に、まずひたすら受動的な態度を付与したことは特筆に値する。

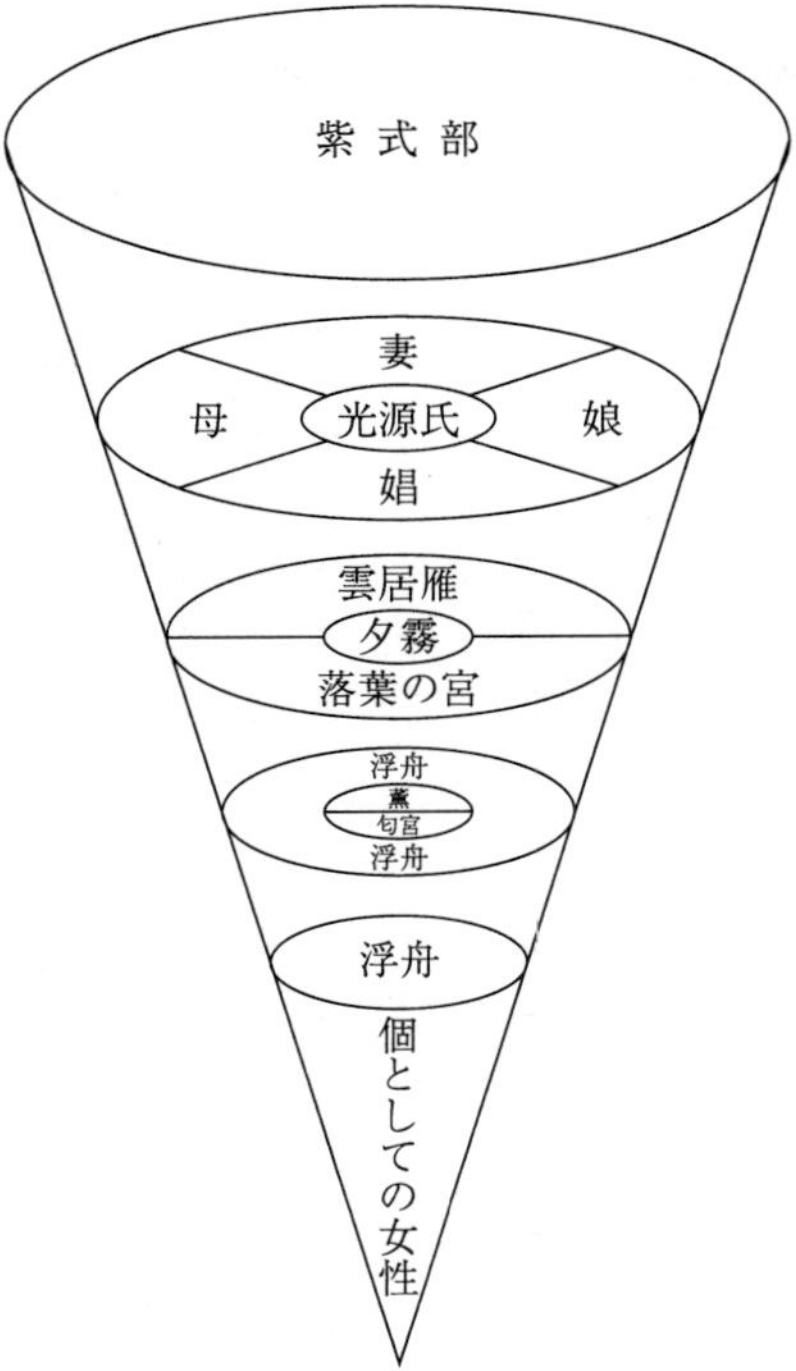

図 19　紫式部の個性化

本書の第三章に論じたように、紫式部は母との関連の薄い女性であり、男まさりの能力をもっていた。それゆえにこそ、この物語には多くの「父の娘」が登場し、大君のように男女の仲を絶対に拒否する女性まで現れた。

浮舟は最初は大君とは対照的と思われたが、実は大君の後継者として、その強い意志力を最後にきっぱりと見せてくれる。しかし、そのような強さを獲得するためには、個人的な母子関係を超える母なる世界へのひたすらな下降を経験しなくてはならなかった。彼女は「父の娘」として強いのではないのだ。

紫式部がここまでの体験をよく共有できたものと思う。おそらく、宇治十帖に至ったとき、現実は不明としても、心理的には出家を経験した後の彼女は、物語の前半とはまったく異なり、自分の意図を放棄して浮舟の動くままにした——つまり式部自身が限りない受動に身をまかせたのではなかろうか。宇治十帖の文体が、それまでと相当異なることが指摘されているのはすでに述べたとおりで、それは、以上のような作者のドラスティックな態度の変化によるものではなかろうか。

浮舟は、ただ来るものをすべて受けいれたまでで、薫や匂宮との関係において何かになろう、などという意志もなかったのではなかろうか。男との関係において自己を規定することなど考えるまでに、ひたすらすべてを受けいれ、死をさえ受けいれるほどであった。

再生後の浮舟の厳しさは、見事なものである。薫とか小君とかの関係によってではなく、自分の中から生じてくるものを基盤にもって個として生きる。このような態度は、当時の男性の中では他と異なり、道心をもって生きようとする薫にも理解できなかった。そして、宗教者の横川の僧都も同様であった。彼は浮舟の境地を理解できず、世俗的な幸福観に従って還俗をすすめ浮舟の拒否にあっている。横川の僧都でさえ、という思いがする。

これは、当時の状況として、浮舟は出家という形を取らざるを得なかったけれど、福嶋昭治も指摘するとおり、特定の宗教や宗教者に頼るというのではないことを明らかにするものである。浮舟の境地は宗教的と呼ぶべきであるが、宗教が特定の派として組織をもち、男性がそれにかかわってくるときは、彼女の立つ地点の支えとなるものでないことを彼女は知らされたのである。

このような個としての女性の物語は、先に示した男性の英雄物語(六〇―六四ページ)が、近代において「男女にかかわらず」意味をもったように、現代においては「男女にかかわらず」意味をもつのではないかとも思う。

ここに紫式部が大きい努力を払って描いた「個としての女性」が、もし同様に「個としての男性」として生きる人物に会ったとき、どのような関係が生じるのだろうか。おそらくこの課題は、紫式部以後、約千年が経過した今日《こんにち》、次の世紀へともち越されるのではなかろうか。

注

(1) 角田文衞・加納重文編『源氏物語の地理』思文閣出版　一九九九年

(2) 加納重文「源氏物語の地理Ⅱ」、注1前掲書所収。

(3) 頼富本宏『密教とマンダラ』日本放送出版協会　一九九〇年

(4)「はじめに」vii―viiiページに記した対談。

あとがき

本書を書くに至った経緯については、「はじめに」に述べたとおりである。我ながら無鉄砲なことと思うが、『源氏物語』に関するこのような見方も現代人にとって意味あることではと思い、あえて出版することにした。後は読者のみなさんの評価を待つだけである。

もっとも、先行研究を調べていないために、あまりに失礼なことがあってはならないと思い、「はじめに」に述べたように、それを防ぐためのある程度の配慮をした。

なお、本書の校正刷りの段階で、国際日本文化研究センターの日本文学研究者・光田和伸助教授に一読して、あまり大きい失態をしていないかチェックしていただいた。その忠告によって一部改変したところもある。ここに、光田和伸さんには心からお礼申しあげたい。

もちろん、このようなことによって自分の文責を逃れる気持ちはなく、問題点があれば、諸賢の指摘を待って改めていきたいと思っている。忌憚《きたん》のない批判をお願いしたい。

なお本書において、『源氏物語』の引用、巻名、登場人物名は「日本古典文学全集」

（小学館）を用いたので、その点を了承願いたい。巻末に索引を付したが、『源氏物語』「光源氏」「紫式部」などは、あまりにもしばしば言及されるので索引リストには取りあげなかった（編集部注　当文庫版の索引は人名に限定した）。

小学館には、もっと早く脱稿するように言っていたのだが、思いがけず公務がいろいろと重なったため、予定よりだいぶ遅くなって、御迷惑をかけてしまった。ただ、二十一世紀を迎えるということで、執筆中に日本人の生き方についてあれこれ考えたことは、本書の執筆に何らかの影響を与えていると思う。そんなわけで、遅くなったのも、あながちマイナスばかりではなかった、と自己弁護したりしている。

『紫マンダラ』という書名（編集部注　講談社文庫版作成にあたって『源氏物語と日本人』に改題した）を奇異に感じる人もあるだろう。しかし、私としては、これまでの一般の「研究書」というものが、直線的な議論を柱として書かれているのに対して、本書が「マンダラ」的思考によって書かれていることを端的に示したかったのである。マンダラおよび、マンダラ的思考法については本書の中に論じられているので、繰り返すこともないが、一言ここにつけ加えておきたいことがある。

それは、私の学問の系譜に従って、本書内にはカール・グスタフ・ユングの学説を踏まえて述べているが、マンダラ的思考の重要性に関しては、わが国の学者、南方熊楠《みなかたくまぐす》がすでに一九〇三年に論じているという事実である。日本人としてこの点を誇りに感じるが、残念ながら彼の考えは東西の学者の誰も注目するところとならなかった。

ただありがたいことに、最近になって、鶴見和子さんがこの点に注目され、それは彼女の『南方曼陀羅論《みなかたまんだらろん》』(八坂書房　一九九二年)となって発見され、私もそれによって大いに学ぶところがあった。

直接的な教えとしては、ユングの学説に従ったことになるが、遺伝子的？　には南方熊楠の系譜を引き継いでいるとも言えるだろう。知らず知らずのうちに、多くの人の助けをいただいているのだと思う。

「はじめに」に述べているように、本書の出版にあたっては、いろいろと準備が必要であり、それらのアレンジに関して、小学館の編集者、前芝茂人、森岡美恵、両氏には格別のお世話になった。ここに厚くお礼申しあげたい。本書は実に多くの人の好意に支えられて成立したが、それに応えられるだけのものになっていれば幸いである。

二〇〇〇年四月

河合隼雄

解説　臨床家の読んだ『源氏物語』

河合俊雄

本書は電子版ではまだ流通していたものの、しばらく紙ベースでは絶版になっていたので、この〈物語と日本人の心〉コレクションの一冊目として復刊されることを非常にうれしく思う。この解説は、国文学者に書いていただいた方がよかったかもしれない。それによって河合隼雄による『源氏物語』の大胆な読みが国文学の専門家から見てもどの程度画期的なものであり、また逆にどのあたりに限界や問題があるのかがわかったかもしれない。筆者は赤坂憲雄氏や三浦佑之氏をはじめとする民俗学者・古代学者と臨床心理学者が一緒に『遠野物語』を読む研究会を長年開いてきて、その成果は『遠野物語 遭遇と鎮魂』(岩波書店　二〇一四年)という書籍になった。研究会の中で、臨床心理学や心理療法の立場からの読みが時には民俗学者や古代学者に新鮮な視点と全く新しい読みを提供することもあれば、逆に初歩的な誤りや文献学的に反証されているのを指摘されることもあった。この復刊を機会として、本書についての国文学の専門家からの評価も待ちたいところである。

同じ臨床心理学者の筆者が解説を書くことになったので、長い間『源氏物語』を読んだことがなかったと冒頭で告白している河合隼雄の文献学的に不十分なところには気づくことはできないかもしれない。しかし臨床家がクライエントの語りを聴くように物語に耳を傾け、また夢幻的な源氏物語の世界をまるで夢を聴くように読み解いたところは、クローズアップできよう。

1　女性の物語とマンダラ

本書の第一章は、「『源氏物語』は光源氏の物語ではない。これは紫式部という女性の物語である」という文章からはじまる。『源氏物語』は、普通は光源氏という理想の男性を描いているものと考えられるだろう。あるいはユング心理学的には、女性の作家である紫式部が、自分の理想の男性像を描いたものとして捉えられるかもしれない。しかし著者は、光源氏が一人の人物としての存在感を感じさせず、中心人物とは考えられないことを指摘する。そしてこの作品の眼目は、一人の男性との関係で、様々な内界の女性たちを生き生きとした姿で描いたことであると結論づけるのである。

紫式部の中には、あるいはそもそも女性の心の中には母、娘、妻、娼婦などの様々な女性が存在する。それが物語の中では桐壺《きりつぼ》、明石《あかし》の姫《ひめ》、葵《あおい》の上《うえ》、六条御息所《ろくじょうのみやすどころ》などの姿で登場する。たとえば物語冒頭の「桐壺」の巻には、母なるものの性質を担った様々な女性が登場する。その中には、大宮《おおみや》のような慈母や弘徽殿《こきでん》の女御《にょうご》のような恐母もいる。それに対して葵の上は妻という存在として描かれている。ストーリーテラーの著者らしく、それぞれの女性のあり方を分析するなかで『源氏物語』を語り直しているのはなかなか魅力的である。また物語を語り直しながら随所に織り込まれている心理学的なコメントは、過度に心理学化してしまうことなしに、読者が『源氏物語』を現代の物語として読み直すことを助けてくれるように思われる。これは『源氏物語』の心理学的な現代語訳なのであって、そのような解釈があることによってわれわれは興味を持って古典を読めることになる。

これらの女性たちの姿が一つにまとまるためには光源氏という一人の男性を必要としたというのが、著者の源氏の理解である。この様々な女性が光源氏のまわりに配置される関係を、著者はマンダラと呼んでいる。これは非常に興味深い捉え方である。西洋的に考えると、様々な女性像が存在すると、それは統合されねばならないことになる。しかしマンダラはそれぞれの要素を全体に位置づけつつも、それを完全に統合してしまおうとはしないのである。また、物語ということを中心に据えながら、著者には同時に構造を読む方向性も強い。物語はどうしても時間的に流れていってしまい、また消え去ってしまうものであるけれども、その中にマンダラのようなしっかりとした構造を見ていくというのは、著者の視点の特徴かもしれない。さらにはマンダラの特徴は、静的でなくてダイナミックなところで、それを著者はうまく分析に用いている。

2 中空と女性の意識

マンダラの中心にいる光源氏には存在感がなく、いわば空っぽである。これは中空のマンダラと言ってよく、著者が提唱した、日本神話における中空構造論を思い起こさせる。つまりアマテラス、スサノオ、ツクヨミという三神のうちで、ツクヨミはほとんど神話の中で言及されず、空っぽの存在と考えられるが、日本神話にはいくつか三神の組のうちの一神が無為であるという構造が認められ、これは日本人の心の構造と対応していると著者によれば考えられるのである。また自分の存在感をなくし、空っぽにすることによって相手の世界やその多様性を際立たせるというのは、何もしないことによってクライエントの世界を展開させるという著者の心理療法における基本姿勢そのものである。その意味でこの読みには、著者の心理療法家としての経験が大いに関係しており、またそこから現代においても有効な物語として『源氏物語』を読んだことがうかがわれる。

心理療法家の視点と同時に指摘しておかねばならないのは、西洋の視点である。ロマンチックラブとの比較、西洋の自我との比較など、日本の心や物語の独自性を明らかにしたいからこそ、西洋の心や物語を著者は参照枠として用いている。またこの『源氏物語』についての研究を深めるために、プリンストン大学に滞在しているのも興味深い。それは著者における西洋の目を強めることになっている。日本神話についてのユング研究所資格論文はもちろんのこと、エラノス講演集(『日本人の心を解く』岩波現代全書、二〇一三年)、アメリカのフェイレクチャーであった『ユング心理学と仏教』など、著者の優れた仕事は、西洋との接点で、西洋を非常に意識したところで生まれてきているように思う。

様々な女性が描かれているというのは、実際の意味での女性を描写しているのにとどまらないかもしれない。『昔話と日本人の心』において、著者は男性のヒーローを中心にして読める西洋の昔話に対して、日本の昔話を女性像に焦点を当てることによって一つの筋を見出していった。これも実際の女性というよりは、西洋の男性の意識ではない女性の意識を描いているということである。だから本書においても、様々な女性を描いているというのは、単に具体的な女性を描いているということにとどまらず、女性の意識のあり方や、女性の視点から見えてくるこころを表現していると言えよう。

3　個としての女性

著者が指摘しているように、当時の貴族たちが、出世という定型的な物語を通常の場合生きていたのに対して、女性の方が精神的な自由を持っていて、それが『源氏物語』

のような物語につながったというのは納得できる。その意味では女性の方が個人としての物語を持っていて、それが現代にとっても意味を持ちうるところであろう。しかし著者は『源氏物語』が、光源氏を空洞の中心とした様々な女性像を描いているだけではないこと、紫式部にはさらにそれを越えていく個の意識が生まれてきたことを指摘している。

まず、作中人物の「源氏がある程度の自律性をもって、自ら動きはじめた」というのである。それに伴って、源氏は光を失って、衰亡に向かっていくから興味深い。源氏の変化を、絵を多く描いていること、夢の報告が多いことと関連づけているのは、心理療法家の視点であると言えよう。

そこで登場してくる朝顔《あさがお》が、源氏の愛を拒むように、源氏が一個の人間として作者の意に反して行動をはじめるについて、物語のなかの女性たちも、しっかりとした意志をもつようになることを著者は指摘している。

このような個としての女性のテーマは、源氏死後の物語である「宇治十帖《うじじゅうじょう》」で展開されていく。それに関連して最後に登場するのが浮舟《うきふね》という女性である。浮舟は最初は匂宮《におうのみや》と薫《かおる》という二人の男性の間で全く受動的に生きていて、どちらに決めようなどという努力がなく、そのため死に追い込まれそうになる。しかし奇跡的に助かってからは、出家の意志を固くし、男性を拒んで生きる。ユング心理学においては、異性像が重視されるように、男女の結合が人格の統合のイメージとして理解されることが多い。しかし男性を拒んで生きていこうとする浮舟に、河合隼雄は、「自分の中から生じてくるものを基盤にもって個として生きる」姿を見るのである。そして「このような個としての女性の物語は、先に示した男性の英雄物語が、近代において「男女にかかわらず」意味をもったように、現代においては「男女にかかわらず」意味をもつのではないかとも思う」と結論づけている。

この受動性から立ち上がる姿は、『昔話と日本人の心』における最終章の「意志する女性」にも通じるし、『日本人の心を解く』の第一章で、「わらしべ長者」の物語を用いつつ、全く受動的であった主人公が突然に主体的になることを取り上げているのにも通じる。受動性から立ち上がる主体というのは、日本人の心を示しているのかもしれず、また心理療法などにおける創造的な解決と関係しているのかもしれない。

また既に空っぽの源氏を中心として女性を描いているのは、必ずしも文字通りの女性ではないことを指摘したように、ここで著者は個としての女性の物語が、必ずしも女性だけのものではないことを明確にしている。これは心理学的な女性の意識や主体であって、男性にも通じる話なのである。またこのようにして生まれた「個としての女性」が「個としての男性」とどのような関係が生じるのかについては、「次の世紀へともち越されるのではなかろうか」という結語は、著者がわれわれに残してくれた宿題として抱えていきたいものである。

〈物語と日本人の心〉コレクション
刊行によせて

岩波現代文庫から最初に河合隼雄のコレクションとして刊行されたのが『ユング心理学入門』『ユング心理学と仏教』などを含む〈心理療法〉コレクションである。それは心理療法を専門としていた河合隼雄の著作で最初に取り上げるのにふさわしいものであろう。またそれに引き続く〈子どもとファンタジー〉コレクションも、河合隼雄の重要な仕事である子どもに関するものと、ユング心理学において大切なファンタジーという概念を押さえている。しかし心理療法を営む上で、河合隼雄が到達した自分の思想の根幹となるキーワードは「物語」なのである。それに従って、本コレクションには、『昔話と日本人の心』と『神話と日本人の心』という主著が含まれている。

心理療法においてセラピストはクライエントの語る物語に耳を傾ける。しかしそれ以上の意味で河合隼雄が「物語」を重視するのは、心理療法において個人に内的に存在するリアライゼーションの傾向に一番関心を持っているからである。リアライゼーションとわざわざ英語を用いるのは、それが「何かを実現する」ことと「何かがわかる、理解する」の両方の意味を持っているからである。そして物語に筋があるように、理解しつつ実現していくことが物語に他ならず、だからこそ物語が大切なのである。小川洋子との最晩年における対談のタイトル『生きるとは、自分の物語を作ること』は、物語が何であるかを如実に示している。

物語は河合隼雄の人生の中で、重要な意味を担ってきた。まず河合隼雄は小さいころから、豊かな自然に囲まれて育ったにもかかわらず、本が好きで、とりわけ物語が大好きであった。興味深いのは、物語は好きだったけれども、いわゆる文学は苦手であったことである。小さいころや若いころに心引かれたのはもっぱら西洋の物語であったのに、このコレクションでは〈物語と日本人の心〉となっているように、主に日本の物語が扱われている。戦争体験などによって毛嫌いしていた日本の物語・神話に向き合わざるをえなくなったのは、夢などを通じての河合隼雄自身の分析体験がある。そして日本で心理療法を行ううちに、日本人の心にとってその古層となるような日本の物語の重要性を認識せざるをえなくなったことが、多くの日本の物語についての著作につながった。

本コレクションの『昔話と日本人の心』は、それまで西洋のユング心理学を日本に紹介するスタンスを取っていた河合隼雄が、一九八二年にはじめて自分の独自の心理学を世に問い、そして昔話から日本人の心について分析したものである。大佛次郎賞を受賞し、心理学の領域を超えて河合隼雄の名声を揺るぎなきものにしたものとも言えよう。

これと並び立つのが、『神話と日本人の心』で、一九六五年に英語で書かれたユング派分析家資格取得論文を四〇年近く温め続け、そこに「中空構造論」と「ヒルコ論」を加え、二〇〇三年に七五歳のときに執筆したある意味で集大成となる作品である。

物語に注目するうちに、河合隼雄は日本人の心にとっての中世、特に中世の物語の重要性に気づいていき、それに取り組むようになる。『源氏物語と日本人——紫マンダラ』と『宇津保《うつぼ》物語』『落窪《おちくぼ》物語』などの中世の物語を扱った『物語を生きる——今は昔、昔は今』は、このようなコンテクストから生まれてきた。

それに対して『昔話と現代』と『神話の心理学』は、物語の現代性に焦点を当てている。『昔話と現代』は、既に〈心理療法〉コレクションに入っている『生と死の接点』に分量的に入れることのできなかった、第二部の「昔話と現代」を中心としていて、先述の追放された神ヒルコを受けていると河合隼雄が考える「片子」の物語を扱っている章は圧巻である。『神話の心理学』は、元々『考える人』に連載されたときのタイトルが「神々の処方箋」であったように、人間の心の理解に焦点を当てて様々な神話を読んだものである。

このコレクションは、物語についての河合隼雄の重要な著作をほぼ網羅している。ここに収録できなかったので重要なものは、『とりかへばや、男と女』(新潮選書)、『日本人の心を解く——夢・神話・物語の深層へ』(岩波現代全書)、『おはなしの知恵』(朝日新聞出版)であろう。合わせて読んでいただければと思う。

このコレクションの刊行にあたり、出版を認めていただいた小学館、講談社、大和書房、および当時の担当者である猪俣久子さん、古屋信吾さんに感謝したい。またご多忙のところを各巻の解説を引き受けていただいた方々、企画・チェックでお世話になった岩波書店の中西沢子さんと元編集長の佐藤司さんに厚くお礼申し上げたい。

河合俊雄

二〇一六年四月吉日

本書は、二〇〇〇年七月『紫マンダラ』として小学館から刊行され、その後、改題、再編集されて二〇〇三年一〇月、講談社＋α文庫に収録された。底本には講談社＋α文庫版を使用した。

人名索引

な

は

ま

〈物語と日本人の心〉コレクションⅠ
源氏物語と日本人 ― 紫マンダラ

2016年6月16日　第1刷発行
2021年5月25日　第2刷発行

著　者　河合隼雄《かわいはやお》

編　者　河合俊雄《かわいとしお》

発行者　岡本　厚

発行所　株式会社　岩波書店
〒101-8002 東京都千代田区一ツ橋 2-5-5
案内 03-5210-4000　営業部 03-5210-4111
https://www.iwanami.co.jp/

印刷・精興社　製本・中永製本

ISBN 978-4-00-600344-9　　Printed in Japan

岩波現代文庫創刊二〇年に際して

二一世紀が始まってからすでに二〇年が経とうとしています。この間のグローバル化の急激な進行は世界のあり方を大きく変えました。世界規模で経済や情報の結びつきが強まるとともに、国境を越えた人の移動は日常の光景となり、今やどこに住んでいても、私たちの暮らしは世界中の様々な出来事と無関係ではいられません。しかし、グローバル化の中で否応なくもたらされる「他者」との出会いや交流は、新たな文化や価値観だけではなく、摩擦や衝突、そしてしばしば憎悪までをも生み出しています。グローバル化にともなう副作用は、その恩恵を遥かにこえていると言わざるを得ません。

今私たちに求められているのは、国内、国外にかかわらず、異なる歴史や経験、文化を持つ「他者」と向き合い、よりよい関係を結び直してゆくための想像力、構想力ではないでしょうか。

新世紀の到来を目前にした二〇〇〇年一月に創刊された岩波現代文庫は、この二〇年を通して、哲学や歴史、経済、自然科学から、小説やエッセイ、ルポルタージュにいたるまで幅広いジャンルの書目を刊行してきました。一〇〇〇点を超える書目には、人類が直面してきた様々な課題と、試行錯誤の営みが刻まれています。読書を通した過去の「他者」との出会いから得られる知識や経験は、私たちがよりよい社会を作り上げてゆくために大きな示唆を与えてくれるはずです。

一冊の本が世界を変える大きな力を持つことを信じ、岩波現代文庫はこれからもさらなるラインナップの充実をめざしてゆきます。

（二〇二〇年一月）

岩波現代文庫[学術]

G399
テレビ的教養
—一億総博知化への系譜—
佐藤卓己

「一億総白痴化」が危惧された時代から約半世紀。放送教育運動の軌跡を通して、〈教養のメディア〉としてのテレビ史を活写する。〈解説〉藤竹 暁

G400
ベンヤミン
—破壊・収集・記憶—
三島憲一

二〇世紀前半の激動の時代に生き、現代思想に大きな足跡を残したベンヤミン。その思想と生涯に、破壊と追憶という視点から迫る。

G401
新版 天使の記号学
—小さな中世哲学入門—
山内志朗

世界は〈存在〉という最普遍者から成る生地の上に性的欲望という図柄を織り込む。〈存在〉のエロティシズムに迫る中世哲学入門。〈解説〉北野圭介

G402
落語の種あかし
中込重明

博覧強記の著者は膨大な資料を読み解き、落語成立の過程を探り当てる。落語を愛した著者面目躍如の種あかし。〈解説〉延広真治

G403
はじめての政治哲学
デイヴィッド・ミラー
山岡龍一
森　達也 訳

哲人の言葉でなく、普通の人々の意見・情報を手掛かりに政治哲学を論じる。最新のものまでカバーした充実の文献リストを付す。〈解説〉山岡龍一

G404
象徴天皇という物語
赤坂憲雄

この曖昧な制度は、どう思想化されてきたのか。天皇制論の新たな地平を切り拓いた論考が、新稿を加えて、平成の終わりに蘇る。

G405
5分でたのしむ数学50話
エアハルト・ベーレンツ
鈴木 直訳

5分間だけちょっと数学について考えてみませんか。新聞に連載された好評コラムの中から選りすぐりの50話を収録。〈解説〉円城 塔

G406
デモクラシーか 資本主義か
―危機のなかのヨーロッパ―
J・ハーバーマス
三島憲一編訳

現代屈指の知識人であるハーバーマスが、最近十年のヨーロッパの危機的状況について発表した政治的エッセイやインタビューを集成。現代文庫オリジナル版。

G407
中国戦線従軍記
―歴史家の体験した戦場―
藤原 彰

一九歳で少尉に任官し、敗戦までの四年間、最前線で指揮をとった経験をベースに戦後の戦争史研究を牽引した著者が生涯の最後に残した「従軍記」。〈解説〉吉田 裕

G408
ボンヘッファー
―反ナチ抵抗者の生涯と思想―
宮田光雄

反ナチ抵抗運動の一員としてヒトラー暗殺計画に加わり、ドイツ敗戦直前に処刑された若きキリスト教神学者の生と思想を現代に問う。

2021. 5

岩波現代文庫[学術]

G409
普遍の再生
―リベラリズムの現代世界論―
井上達夫

平和・人権などの普遍的原理は、米国の自国中心主義や欧州の排他的ナショナリズムにより、いまや危機に瀕している。ラディカルなリベラリズムの立場から普遍再生の道を説く。

G410
人権としての教育
堀尾輝久

『人権としての教育』(一九九一年)に「『国民の教育権と教育の自由』論再考」と「憲法と新・旧教育基本法」を追補。その理論の新しさを提示する。〈解説〉世取山洋介

G411
増補版 民衆の教育経験
―戦前・戦中の子どもたち―
大門正克

子どもが教育を受容してゆく過程を、国民国家による統合と、民衆による捉え返しとの間の反復関係(教育経験)として捉え直す。〈解説〉安田常雄・沢山美果子

G412
「鎖国」を見直す
荒野泰典

江戸時代の日本は「鎖国」ではなく「四つの口」で世界につながり、開かれていた――「海禁・華夷秩序」論のエッセンスをまとめる。

G413
哲学の起源
柄谷行人

アテネの直接民主制は、古代イオニアのイソノミア(無支配)再建の企てであった。社会構成体の歴史を刷新する野心的試み。

2021.5

岩波現代文庫[学術]

G414
『キング』の時代
—国民大衆雑誌の公共性—
佐藤卓己

伝説的雑誌『キング』——この国民大衆誌を分析し、「雑誌王」と「講談社文化」が果たした役割を解き明かした雄編がついに文庫化。〈解説〉與那覇 潤

G415
近代家族の成立と終焉 新版
上野千鶴子

ファミリィ・アイデンティティの視点から家族の現実を浮き彫りにし、家族が家族であるための条件を追究した名著、待望の文庫化。「戦後批評の正嫡 江藤淳」他を新たに収録。

G416
兵士たちの戦後史
—戦後日本社会を支えた人びと—
吉田 裕

戦友会に集う者、黙して往時を語らない者……戦後日本の政治文化を支えた人びとの意識のありようを「兵士たちの戦後」の中にさぐる。〈解説〉大串潤児

G417
貨幣システムの世界史
黒田明伸

貨幣の価値は一定であるという我々の常識に反する、貨幣の価値が多元的であるという事例は、歴史上、事欠かない。謎に満ちた貨幣現象を根本から問い直す。

G418
公正としての正義 再説
ジョン・ロールズ
エリン・ケリー編
田中成明
亀本洋
平井亮輔訳

『正義論』で有名な著者が自らの理論的到達点を、批判にも応えつつ簡潔に示した好著。文庫版には「訳者解説」を付す。

2021.5

G419
新編 つぶやきの政治思想
李静和
秘められた悲しみにまなざしを向け、声にならないつぶやきに耳を澄ます。記憶と忘却、証言と沈黙、ともに生きることをめぐるエッセイ集。鵜飼哲・金石範・崎山多美の応答も。

G420-421
ロールズ 政治哲学史講義(I・II)
ジョン・ロールズ
サミュエル・フリーマン編
齋藤純一ほか訳
ロールズがハーバードで行ってきた「近代政治哲学」講座の講義録。リベラリズムの伝統をつくった八人の理論家について論じる。

G422
企業中心社会を超えて
―現代日本を〈ジェンダー〉で読む―
大沢真理
長時間労働、過労死、福祉の貧困……。大企業中心の社会が作り出す歪みと痛みをジェンダーの視点から捉え直した先駆的著作。

G423
増補「戦争経験」の戦後史
―語られた体験/証言/記憶―
成田龍一
社会状況に応じて変容してゆく戦争についての語り。その変遷を通して、戦後日本社会の特質を浮き彫りにする。〈解説〉平野啓一郎

G424
定本 酒呑童子の誕生
―もうひとつの日本文化―
高橋昌明
酒呑童子は都に疫病をはやらすケガレた疫鬼だった――緻密な考証と大胆な推論によって物語の成り立ちを解き明かす。〈解説〉永井路子

岩波現代文庫[学術]

G430
被差別部落認識の歴史
―異化と同化の間―
黒川みどり

差別する側、差別を受ける側の双方は部落差別をどのように認識してきたのか――明治から現代に至る軌跡をたどった初めての通史。

G431
文化としての科学／技術
村上陽一郎

近現代に大きく変貌した科学／技術。その質的な変遷を科学史の泰斗がわかりやすく解説、望ましい科学研究や教育のあり方を提言する。

G432
方法としての史学史
―歴史論集1―
成田龍一

歴史学は「なにを」「いかに」論じてきたのか。史学史的な視点から、歴史学のアイデンティティを確認し、可能性を問い直す。現代文庫オリジナル版。〈解説〉戸邉秀明

G433
〈戦後知〉を歴史化する
―歴史論集2―
成田龍一

〈戦後知〉を体現する文学・思想の読解を通じて、歴史学を専門知の閉域から解き放つ試み。現代文庫オリジナル版。〈解説〉戸邉秀明

G435
宗教と科学の接点
河合隼雄

「たましい」「死」「意識」など、近代科学から取り残されてきた、人間が生きていくために大切な問題を心理療法の視点から考察する。〈解説〉河合俊雄

2021.5

岩波現代文庫[学術]

G436
増補 軍隊と地域
―郷土部隊と民衆意識のゆくえ―

荒川章二

一八八〇年代から敗戦までの静岡を舞台に、矛盾を孕みつつ地域に根づいていった軍が、民衆生活を破壊するに至る過程を描き出す。

G437
歴史が後ずさりするとき
―熱い戦争とメディア―

ウンベルト・エーコ
リッカルド・アマデイ訳

歴史があたかも進歩をやめて後ずさりしはじめたかに見える二十一世紀初めの政治・社会の現実を鋭く批判した稀代の知識人の発言集。

2021.5